思想的・睿智的・獨見的

經典名著文庫

學術評議

丘為君　吳惠林　宋鎮照　林玉体　邱燮友
洪漢鼎　孫效智　秦夢群　高明士　高宣揚
張光宇　張炳陽　陳秀蓉　陳思賢　陳清秀
陳鼓應　曾永義　黃光國　黃光雄　黃昆輝
黃政傑　楊維哲　葉海煙　葉國良　廖達琪
劉滄龍　黎建球　盧美貴　薛化元　謝宗林
簡成熙　顏厥安（以姓氏筆畫排序）

策劃　楊榮川

五南圖書出版公司 印行

經典名著文庫

學術評議者簡介（依姓氏筆畫排序）

- 丘為君　美國俄亥俄州立大學歷史研究所博士
- 吳惠林　美國芝加哥大學經濟系訪問研究、臺灣大學經濟系博士
- 宋鎮照　美國佛羅里達大學社會學博士
- 林玉体　美國愛荷華大學哲學博士
- 邱燮友　國立臺灣師範大學國文研究所文學碩士
- 洪漢鼎　德國杜塞爾多夫大學榮譽博士
- 孫效智　德國慕尼黑哲學院哲學博士
- 秦夢群　美國麥迪遜威斯康辛大學博士
- 高明士　日本東京大學歷史學博士
- 高宣揚　巴黎第一大學哲學系博士
- 張光宇　美國加州大學柏克萊校區語言學博士
- 張炳陽　國立臺灣大學哲學研究所博士
- 陳秀蓉　國立臺灣大學理學院心理學研究所臨床心理學組博士
- 陳思賢　美國約翰霍普金斯大學政治學博士
- 陳清秀　美國喬治城大學訪問研究、臺灣大學法學博士
- 陳鼓應　國立臺灣大學哲學研究所
- 曾永義　國家文學博士、中央研究院院士
- 黃光國　美國夏威夷大學社會心理學博士
- 黃光雄　國家教育學博士
- 黃昆輝　美國北科羅拉多州立大學博士
- 黃政傑　美國麥迪遜威斯康辛大學博士
- 楊維哲　美國普林斯頓大學數學博士
- 葉海煙　私立輔仁大學哲學研究所博士
- 葉國良　國立臺灣大學中文所博士
- 廖達琪　美國密西根大學政治學博士
- 劉滄龍　德國柏林洪堡大學哲學博士
- 黎建球　私立輔仁大學哲學研究所博士
- 盧美貴　國立臺灣師範大學教育學博士
- 薛化元　國立臺灣大學歷史學系博士
- 謝宗林　美國聖路易華盛頓大學經濟研究所博士候選人
- 簡成熙　國立高雄師範大學教育研究所博士
- 顏厥安　德國慕尼黑大學法學博士

經典名著文庫141

論老年・論友誼・論責任

西塞羅 著
徐奕春 譯

經典永恆・名著常在

五十週年的獻禮・「經典名著文庫」出版緣起

總策劃 楊榮川

五南，五十年了。半個世紀，人生旅程的一大半，我們走過來了。不敢說有多大成就，至少沒有凋零。

五南忝爲學術出版的一員，在大專教材、學術專著、知識讀本出版已逾壹萬參仟種之後，面對著當今圖書界媚俗的追逐、淺碟化的內容以及碎片化的資訊圖景當中，我們思索著：邁向百年的未來歷程裡，我們能爲知識界、文化學術界做些什麼？在速食文化的生態下，有什麼值得讓人雋永品味的？

歷代經典・當今名著，經過時間的洗禮，千錘百鍊，流傳至今，光芒耀人；不僅使我們能領悟前人的智慧，同時也增深加廣我們思考的深度與視野。十九世紀唯意志論開創者叔本華，在其〈論閱讀和書籍〉文中指出：「對任何時代所謂的暢銷書要持謹慎的態度。」他覺得讀書應該精挑細選，把時間用來閱讀那些「古今中外的偉大人物的著作」，閱讀那些「站在人類之巔的著作及享受不朽聲譽的人們的作品」。閱讀就要「讀原著」，是他的體悟。他甚至認爲，閱讀經典原著，勝過於親炙教誨。他說：

「一個人的著作是這個人的思想菁華。所以，儘管一個人具有偉大的思想能力，但閱讀這個人的著作總會比與這個人的交往獲得更多的內容。就最重要的方面而言，閱讀這些著作的確可以取代，甚至遠遠超過與這個人的近身交往。」

爲什麼?原因正在於這些著作正是他思想的完整呈現，是他所有的思考、研究和學習的結果；而與這個人的交往卻是片斷的、支離的、隨機的。何況，想與之交談，如今時空，只能徒呼負負，空留神往而已。

三十歲就當芝加哥大學校長、四十六歲榮任名譽校長的赫欽斯（Robert M. Hutchins, 1899-1977），是力倡人文教育的大師。「教育要教眞理」，是其名言，強調「經典就是人文教育最佳的方式」。他認爲：

「西方學術思想傳遞下來的永恆學識，即那些不因時代變遷而有所減損其價值的古代經典及現代名著，乃是眞正的文化菁華所在。」

這些經典在一定程度上代表西方文明發展的軌跡，故而他爲大學擬訂了從柏拉圖的《理想國》，以至愛因斯坦的《相對論》，構成著名的「大學百本經典名著課程」。成爲大學通識教育課程的典範。

歷代經典．當今名著，超越了時空，價值永恆。五南跟業界一樣，過去已偶有引進，但都未系統化的完整舖陳。我們決心投入巨資，有計畫的系統梳選，成立「經典名著文庫」，希望收入古今中外思想性的、充滿睿智與獨見的經典、名著，包括：

- 歷經千百年的時間洗禮，依然耀明的著作。遠溯二千三百年前，亞里斯多德的《尼各馬科倫理學》、柏拉圖的《理想國》，還有奧古斯丁的《懺悔錄》。
- 聲震寰宇、澤流遐裔的著作。西方哲學不用說，東方哲學中，我國的孔孟、老莊哲學，古印度毗耶娑（Vyāsa）的《薄伽梵歌》、日本鈴木大拙的《禪與心理分析》，都不缺漏。
- 成就一家之言，獨領風騷之名著。諸如伽森狄（Pierre Gassendi）與笛卡兒論戰的《對笛卡兒沉思錄的詰難》、達爾文（Darwin）的《物種起源》、米塞斯（Mises）的《人的行爲》，以至當今印度獲得諾貝爾經濟學獎阿馬蒂亞．

森（Amartya Sen）的《貧困與饑荒》，及法國當代的哲學家及漢學家余蓮（François Jullien）的《功效論》。

梳選的書目已超過七百種，初期計劃首爲三百種。先從思想性的經典開始，漸次及於專業性的論著。「江山代有才人出，各領風騷數百年」，這是一項理想性的、永續性的巨大出版工程。不在意讀者的眾寡，只考慮它的學術價值，力求完整展現先哲思想的軌跡。雖然不符合商業經營模式的考量，但只要能爲知識界開啓一片智慧之窗，營造一座百花綻放的世界文明公園，任君遨遊、取菁吸蜜、嘉惠學子，於願足矣！

最後，要感謝學界的支持與熱心參與。擔任「學術評議」的專家，義務的提供建言；各書「導讀」的撰寫者，不計代價地導引讀者進入堂奧；而著譯者日以繼夜，伏案疾書，更是辛苦，感謝你們。也期待熱心文化傳承的智者參與耕耘，共同經營這座「世界文明公園」。如能得到廣大讀者的共鳴與滋潤，那麼經典永恆，名著常在。就不是夢想了！

二〇一七年八月一日　於

五南圖書出版公司

譯者序

西塞羅和他的三論

西塞羅和他的三論論老年論友誼論責任*

「你的功績高於偉大的軍事將領。擴大人類知識的領域比擴大羅馬帝國的版圖，在意義上更爲可貴。」——朱利烏斯．凱撒

天上的星星，雖然離我們非常遙遠，但它們還是那麼明亮，那麼耀眼，像鑲嵌在天幕上的鑽石一樣，放射出絢爛的光彩。古羅馬時代的西塞羅就是人類理智的星空中一顆璀璨的星星，雖然他作古已兩千多年，但他的智慧之光依然是那樣鮮亮、那樣絢爛，給後人以無窮的啓迪。

馬爾庫斯．圖利烏斯．西塞羅（Marcus Tullius Cicero，西元前一〇六—前四十三年）是古羅馬最有才華的政治家之一，他不僅當過執政官、元老院元老、總督，而且也是當時最偉大的演說家、

*《論老年論友誼論責任》本書第一版於一九九八年十二月出版，書名為《西塞羅三論》，此次列入漢譯世界學術名著叢書，改名為《論老年論友誼論責任》。中文本序

哲學家和散文家。他早年曾在希臘和羅馬受過良好的教育；青年時代，曾在一些著名教師的指導下研究修辭學、法律和哲學。同時，他「為了提高自身的素質，總是把希臘文的學習和拉丁文的學習結合在一起」，因而熟練地掌握了兩種語言，這就為他日後研究、翻譯和闡釋古希臘的文化知識與精神成果提供了必要的條件。成年後，他在從事政治活動之余，致力於古希臘哲學的研究和闡釋。他深受柏拉圖學派、亞里斯多德學派、斯多葛學派和伊壁鳩魯學派的影響，其哲學思想兼有上述各學派的觀點，因此後人一般稱他為折衷主義哲學家。他的哲學貢獻主要在於：對古希臘的各派哲學進行通俗的解釋，不僅成功地將它們傳播給了其同時代人，而且對後代人也產生久遠的影響。後來在很長一段時間內，人們幾乎只是通過他才瞭解古希臘豐富的哲學思想，特別是亞里斯多德以後的各派哲學思想。雖然後來哲學家們對他的哲學思想褒貶不一，但他在傳播古希臘的哲學和文化方面所作出的卓越貢獻則是無可爭議的。

從本質上說，西塞羅是一位思想家。他的政治思想，是結合羅馬社會的歷史和現實對希臘各派學說加以改造而成的。他在《論國家》和《論法律》兩部著作中分別對國家學說和法律理論作了系統的闡述。他認為，國家不是人為的產物，而是在歷史進程中逐漸形成的，其根源在於人天生就有一種社會性，需要國家來協調人與人之間的關係。他以「共和國」的觀念取代希臘人的城邦觀念，認為國家是「人民的事業」，是「共同擁有法律和各項權利，希冀分享共同利益的為數眾多的人們的集合體」。西塞羅認為，國家政體一般可以分為三種，即君主制、貴族制和民主制，但這三種單一的政體很容易蛻變成暴君制、寡頭制、暴民制。唯有將這三種政體有機地結合在一起，取長補短，融合成一種混合的政體，才能制約、均衡與調和各方面的勢力，保持社會的穩定。西塞羅認為羅馬共和國就是這種理想的政體。在《論法律》中，西塞羅根據斯多葛派的觀點，認為自然法，亦即正確的理性，是真正的法律，是衡量一切是非的標準；上帝是自然法的制定者、解釋者和監護者；成文法必須符合自然法，否則就稱不上是法律。在他看來，自然法、理性和上帝是統一的，公正、善和成文法則是它的體現。所有的人在這種神聖的自然法面前都是平等的，但不是財產的均等，而是理性的共有。此外，西塞羅對法律的性質和羅馬人的公平精神也有透闢的論述。他曾在一篇演講詞中說：「民法有什麼特殊性質？法律的性質是不在外來影響之下改變，不在強力壓迫之下屈服，不在金錢誘惑之下腐化。」西塞羅的上述思想對羅馬法乃至後來的西方政治和法律都有很大影響。

西塞羅不僅是學識廣博的思想家，而且還是一個才華橫溢的散文大家。羅馬帝國時代的拉丁散文和拉丁詩是古羅馬作家留下的寶貴的文學遺產。當時，拉丁散文的最偉大作家是西塞羅。他的作品具備羅馬文學的所有優點，是羅馬散文的典範。甚至他的政敵、散文造詣也很高的凱撒，對他的文章風格也佩服之至。他的演說辭鏗鏘有力；他的論文通暢明順，善於運用辭藻，尤其是他的三論（即《論老年》、《論友誼》、《論責任》），明暢華麗，晶瑩澄澈，猶如西方文學寶庫中三顆璀璨的明珠。可以說，他的作品達到了古羅馬散文的頂峰。

在政治舞臺上，西塞羅是一個受人尊敬和愛戴的政治家。他和藹可親，平易近人，具有強烈的愛國主義精神，並渴望獲得榮譽。在羅馬時代，榮譽是人們提供服務的最深厚、最持久的動力之一，擔任公職的人一般都追求榮譽，它不但能使不朽的名聲世代相傳，而且還能使人出類拔萃，在決定國家命運的事務中發揮更大的作用。從《論責任》中人們可以看到，西塞羅渴望獲得榮譽並不是為了滿足自己的虛榮心，而是為了更好地為國效勞。事實上，他確實為國家作出過卓越的貢獻。例如，西元前六十三年，喀提林因競選執政官職位失敗，組織了一個陰謀集團，試圖綁架國家的最高官員；西塞羅及時發現了這個陰謀，並採取果斷的行動制止了它；為褒獎他的這種政治警覺性，他被授予「國父」稱號。

總之，西塞羅的名字不但與古羅馬的歷史聯繫在一起，而且也與西方人文主義的歷史聯繫在一起。美國研究古代史的權威摩塞司．哈達斯博士在《羅馬帝國》一書中把西塞羅列為「永垂不朽的羅馬人」之一。

(一)西塞羅的生平事蹟和主要著作

西塞羅於西元前一〇六年一月三日出生在羅馬東南大約一百公里外沃爾斯克地區的一個古老的山區小城。這個小城叫阿爾皮努姆，它坐落在利里河河谷的山崗上。那裡的人們以務農為主，祖祖輩輩過著一種自給自足的生活。到後來，即西塞羅青年時期，該城成了羅馬的一個自治市。西塞羅自幼生活在一個富有的家庭裡。他的祖父是一個有聲望的市府官員，但思想比較傳統，非常仇視來自希臘的變革。據說，曾有一位羅馬執政官勸他到羅馬去做官，但他故土難離，至死也沒有離開那個小城，西塞羅的父親是羅馬騎士，思想比較開通。他很想到羅馬去當行政官員，但由於身體孱弱，未能如願。他在羅馬貴族中有一些名聲顯赫的朋友，他們當時都擔任著重要的公職，其中有著名的演說家盧西烏斯．利基尼烏斯．克拉蘇、馬可．安東尼和作為「西庇阿俱樂部」最後一批代表人物之一的占卜官昆圖斯．穆丘斯．斯凱沃拉。西塞羅的父親為了使他的兩個兒子（即西塞羅和他的弟弟昆圖斯）能受良好的教育，一度離開家鄉小城，移居羅馬。他認為，年輕人在羅馬接受了傳統教育，就可以使他們保持民族傳統和道德觀念，並結識一些知名人物，將來可以有一個好的前程。

年輕的西塞羅背井離鄉來到了羅馬，但他仍眷戀著那個曾給他的童年帶來歡樂的古老的小城。的確，家鄉的田野山川和淳樸的民風給西塞羅留下了難以磨滅的影響。每當回憶起童年的往事和家鄉的秀麗景色，他就會感到無比的溫馨。阿爾皮努姆人堅毅的性格和對榮譽的渴望也對他產生潛移默化的影響。尤其是他的同鄉、名聲顯赫的馬略，是西塞羅童年時代始終關注和崇拜的一個人物。據說，他還寫過一首題名為《馬略》的詩。毫無疑問，西塞羅童年時代的經歷和體驗對他後來性格乃至思想的形成和發展有很大的影響。

西塞羅從小聰穎靈慧，早在阿爾皮努姆時就已經出類拔萃，是一個聞名遐邇的小神童了。在學校裡，同學們都敬重他，把他當作首領。到了羅馬，西塞羅除了學習拉丁文之外，對詩歌發生了濃厚的興趣，先後寫過許多各種風格和體裁的詩歌與史詩，還翻譯過一些希臘斯多葛派學者的詩作，據說翻譯得比原作更有文采。

西元前九十年或前八十九年，西塞羅到執政官．龐培．斯特拉博的軍隊當兵，此時軍隊正在與反叛的義大利人交戰。不久，他又重返蘇拉的軍隊。但他對軍事活動毫無興趣，加上他身體瘦弱，不適合軍營生活，於是，他就離開了軍隊，試圖以另一種方式（即用自己的口才和思想征服公眾）出人頭地，為自己贏得榮譽（他想贏得的是一種「廣場的榮譽」）。這種榮譽並不亞於其他的榮譽，況且獲得這種榮譽的方式更適宜於他。因此，他脫下戎裝後經常去廣場觀看各種訴訟，參加各種公眾集會，並潛心研究演講術和哲學。他先後聽過好幾個哲學家的講座，一開始是伊壁鳩魯派的費德爾，後來遇到了柏拉圖學園的門徒拉里薩的菲隆，西塞羅很快為菲隆雄辯的口才和閃光的思想所傾倒，成了他忠實的聽講門徒。當時他對雄辯術和哲學這兩門學問簡直是如癡如醉。可以說，在他的頭腦中已經把對言辭美的崇拜與對國家和榮譽的熱愛融合在一起了。

從西元前八十一年起，二十五歲的西塞羅開始了他的律師生涯。據記載，在他早期受理的案子中，最著名的有兩個：一個是為P·昆克提烏斯辯護，這是件民事案，本身不帶任何政治色彩，但審理過程非常曲折、複雜，據說最後是西塞羅勝訴；另一個是綏克斯提阿斯·羅西烏斯被殺案，這是一件刑事案案，此案牽涉到當時的獨裁官蘇拉的紅人克里索格努斯，年輕的西塞羅不畏權勢，出庭為小羅西烏斯辯護，結果他的真誠和口才打動了陪審團，他們宣告小羅西烏斯無罪。西塞羅最初的努力雖然引起人們很大的注意，但也使他得罪了獨裁官蘇拉。

據普盧塔克說，西塞羅出於對自己安全的考慮，於西元前七十九年離開羅馬去了希臘。他在雅典整整待了六個月，主要是聽希臘哲學家阿什凱隆的安條克的課程，以鞏固菲隆在羅馬所傳授給他的知識；同時他還去聽雄辯術教師的課程。在那裡他不但拜訪了以前在羅馬認識的阿波羅尼奧斯·

莫隆，而且還結識了一些著名的雄辯術教師，比如斯特拉托尼基的邁尼博斯和馬格尼西亞的丹尼斯等。在與他們的交往中，他受益匪淺，糾正了自己以往演說中的缺點，形成了自己新的更有魅力的演說風格。後來他在回憶這兩年東方之行的收穫時說，他「不僅僅是取得了很大的進步，而且幾乎是脫胎換骨了」。

西元前七十八年，蘇拉去世。西塞羅於西元前七十七年回到羅馬。西元前七十六年，他被選為行政官，次年被任命為西西里（當時西西里已是羅馬的一個行省）利利巴厄姆的財政官。在西西里，他盡職盡責，處事公道，絕無他前任的那種敲詐勒索的行為，因此，西西里人對他非常敬重。幾年後他期滿離任，回到羅馬，以前任財政官的身分進入元老院。除此之外，他又重操舊業，接受他人的委託，在各種民事或刑事訴訟案中出庭辯護，為民眾提供法律幫助。同時，他還有意識盡可能多結識一些社會名流和城邦公民，爭取贏得他們的信任和好感。因為在羅馬社會，要想在政治上有所作為，或者說，要想更好地為國效勞，就必須要有威望，受到人們的尊敬和愛戴，所以他一生中始終不渝地追求榮譽。

以自己的口才為人們提供法律服務，是西塞羅獲得榮譽的重要途徑之一。西元前七十一年，西西里人請他擔任威勒斯一案（被告威勒斯是西西里總督，曾殘酷地壓迫人民，大肆掠奪該島的藝術品）的起訴人。他對此案的成功處理使他名揚全羅馬。此後，深孚眾望的西塞羅青雲直上，西元前六十六年當選為大法官，西元前六十三年當選為羅馬最高行政長官——執政官。

與西塞羅競爭執政官職位的喀提林，因競選失敗，便糾集了一些失意的政客、負債人以及心懷不滿的貴族青年，策動暴亂，企圖用武力奪取政權。西塞羅得到這一消息後便向元老院揭露了喀提林的陰謀，然而卻未引起元老院議員們的重視。於是，喀提林就決定繼續他們的活動。他們議定了刺殺西塞羅和佔領羅馬城的計畫。後來，西塞羅再次召集元老院會議，出示了喀提林之流試圖發動暴亂的確鑿證據，這才促使元老院通過了「最後法令」，宣佈喀提林為「公敵」。在隨後的那些動盪不安、氣氛緊張的日子裡，西塞羅相繼發表了四篇《聲討檄文》，最後他採取果斷的行動，一舉粉碎了喀提林的陰謀，制止了這起未遂的政變。他也因此被授予「國父」的稱號。這是他一生事業的頂峰。

西元前六十年，凱撒、克拉蘇、龐培制定了一個以瓜分權力為目的的秘密計畫。這就是「前三頭同盟」。西塞羅考慮到自己的聲譽，拒絕參加該同盟，因而得罪了凱撒等人，凱撒就指使自己的親信、西塞羅的死敵、當時的保民官P・克洛狄烏斯提出一個「關於公民性命」的法律草案，矛頭直接指向西塞羅。西塞羅找龐培請求幫助，但龐培拒絕見他。西塞羅只好逃離羅馬。西元前五十八年四月十三日，克洛狄烏斯又提出一項「關於放逐西塞羅」的法令。同一天，西塞羅的財產被洗劫。不久，元老院通過該法令，以未經審判處死喀提林黨羽的罪名，宣佈西塞羅被放逐，但從西塞羅的一些信件中我們可以看到，他並未因此悲觀失望，他相信自己總有一天會重返羅馬。

幾個月後，羅馬的政治形勢發生了變化：凱撒遠在高盧，克洛狄烏斯與龐培的矛盾加劇。龐培為了反擊克洛狄烏斯，指使保民官L・尼尼烏斯・夸德拉圖斯向元老院提出召回西塞羅。第二年放逐令被撤銷，西塞羅被召回羅馬，受到了民眾的熱烈歡迎。

在以後的幾年裡，西塞羅致力於他的法律實踐和寫作，但他並不是完全不顧政事，他注視著羅馬政治局勢的變化。西元前五十二年，西塞羅被派往小亞細亞，任西利西亞行省總督。在任總督期間，他對行省的管理基本上是成功的。西元前五十一年，他卸任回到羅馬。當時凱撒和龐培為獨攬權力展開激烈的鬥爭，西塞羅支持龐培，並勸他採取克制態度。後來凱撒越過其行省邊界魯比科內河，於是戰爭打響，內戰爆發。西塞羅站在龐培一邊，反對凱撒。最後龐培遭到失敗，西塞羅留在達布林迪亞，等待凱撒對他的裁決，但凱撒並未加害於他。

西塞羅回到羅馬後，雖然照常出席元老院會議，但他對政治上的一些敏感的問題始終保持沉默。在這段時間，他再次致力於法庭辯護和著述，寫下了許多傳世之作。西元前四十四年，凱撒被刺身亡。這個「專制的暴君」死後，西塞羅又積極活動於政治舞臺。當時唯一的執政官安東尼繼續奉行凱撒的路線，並與凱撒的外孫屋大維展開激烈的鬥爭。西塞羅支持年輕的屋大維，反對安東尼。他連續發表十四篇著名的演說辭（統稱為《反腓力辭》），抨擊安東尼。西元前四十三年十月，安東尼、屋大維和李必達結成「後三頭同盟」，西塞羅被列入不受法律保護者的名單。西元前四十三年，他被安東尼所派遣的劊子手殺害。他的頭和雙手被割下來，釘在羅馬廣場的講壇上示眾。

西塞羅是一個多產的作家。他的全集有好幾卷，其中包括關於修辭學和許多哲學與政治問題的論著、隨筆、對話、演說和書信。他的重要著作有：《論國家》（又譯作《論共和國》）、《論法律》《論老年》《論友誼》《論責任》《論榮譽》（已散失）、《布魯圖斯》《論演說家》《論神的本性》《論目的》《論安慰》（已散失）、《霍廷西烏斯》《論學園》《圖斯庫盧姆談話錄》《論創意》《論占卜》《文集》（其中包括《哲學的勸誡》〔亦即《霍滕修斯》〕、《前柏拉圖學園》《後柏拉圖學園》等篇；該書只留下一些殘篇）、《論至善與至惡》《論命運》（現只留下其中一部分）、《我的執政官》（詩作，僅存片斷）、《我的時代》（詩作，僅存片斷）、《為米洛辯護》《書信集》等。

(二) 西塞羅的倫理思想

羅馬傑出的詩人賀拉斯說：「羅馬征服了希臘，但在另一種意義上，希臘征服了羅馬。」此話不無道理，因為羅馬雖然征服了希臘，但希臘世界的精神和文化卻滲透到了羅馬社會生活的方方面面，同化了羅馬民族。希臘哲學當然也不例外。雖然它開始時遭到羅馬保守勢力的強烈抵制和反對，但到西元前一世紀初，上層的羅馬年輕人紛紛到雅典或羅德島去學習，聽各學派領袖們演講，有的還成了某個學派的忠實門徒。他們受希臘哲學思想的薰陶，並且把燦爛的希臘文化和哲學思想帶回了羅馬。西塞羅就是當時那些羅馬青年中的佼佼者。

從亞里斯多德時代起，希臘哲學已逐漸進入倫理學時期。當時人們越來越注重現實的社會生活，對希臘哲學最初的那種純理論（亦即一般的形而上學理論）的興趣越來越小，取而代之的是一種處世哲學（亦即倫理學），它成了當時各學派經常討論的基本問題。因此在西塞羅的哲學思想中倫理學佔有重要的地位，他的絕大多數哲學著作都是討論善的本質，以及社會生活的道德準則和人與人之間的義務等問題。西塞羅非常熟悉當時四個主要學派（即伊壁鳩魯學派、斯多葛學派、亞里斯多德學派和學園派）的學說，他對這些學說進行了分析和比較，並介紹給自己的同胞。就西塞羅本人來說，他的倫理思想雖吸收了許多學派的觀點，但總的說來比較傾向於斯多葛派的倫理思想，尤其是羅馬的斯多葛派的創始人、西庇阿的朋友帕奈提奧斯的倫理思想。他認為，世界萬物，周而復始，生生不息，這種自然過程嚴格地為自然法則的必然性所決定，並且都以自然手段來達到一定的目的。這種至高無上的力量是什麼呢？他稱之為「神」或「自然」，也就是有些哲學家叫作「邏各斯」的那種最高的理性。它無所不在，無所不能，支配著整個宇宙和人類。它用一條無形的紐帶把人與人聯結成一個巨大的整體。它賦予人以理智，並指導人的行動。所以，每個人的生命與「自然」息息相通，都是由「自然」法則的必然性決定的。道德是人在內心與「自然」保持一致的力量。因此，在西塞羅看來，凡是符合「自然」的生活都是善的，反之都是惡的。這也就是說，善就是依照「自然」而生活。西塞羅把這一普遍原則應用於各種特殊情形，評價人們行為的善惡、優劣、宜與不宜、當與不當、應該做與不應該做。而且，他還結合羅馬社會的具體實際，強調人的社會責任和道德義務，強調義務同國家和公民的關係，強調服從國家法律。因此他的倫理學帶有濃厚的政治色彩。

伊壁鳩魯學派認為，快樂就是善。西塞羅不同意這種快樂主義的理論。他認為，快樂不是善，它只是善的附屬物。快樂也像財富、名譽、健康等一樣，可以引起善，也可以引起惡，可以是高尚的，也可以是卑賤的。所以，人們應當追求那種高尚的理智上的快樂，拒斥那種邪惡的感官上的快樂，因為「感官上的快樂是自然賦予人類最致命的禍根；為了尋求感官上的快樂，人們往往會萌生各種放蕩不羈的欲念……實際上，沒有一種罪惡，沒有一種邪惡的行為不是受這種感官上的快樂的驅使而做出的。亂倫、通姦，以及一切諸如此類的醜惡行徑，都是這種淫樂激起的。」對於痛苦，西塞羅也不同意伊壁鳩魯學派所謂的「痛苦是最大的惡」的觀點。他明確地指出：「痛苦不但不是最大的惡，而且甚至根本就不是惡。」在《論責任》一文中，他以雷古盧斯為了忠實地履行自己的諾言，情願面對苦刑的例子來論證自己的觀點：如果痛苦與道德上的正直相一致，那麼它不但不是惡，而且是最大的善。

另外，我們從西塞羅的倫理學著作中還可以看到，他雖然信奉斯多葛學派的基本學說，但又試圖改變斯多葛學派的那種刻板嚴肅的特點，使之具有一種新的人道主義的色彩。比如說，他認為，仁慈、博愛、寬厚、同情、憐憫、尊重和體諒他人，乃是「自然」賦予人的美德，所以人們應當「普遍和睦地生活」，善待他人，甚至包括奴隸。

西塞羅倫理思想的另一個特點是，它比較注重倫理學的實踐方面。這可能與羅馬人的務實精神有關。這一特點具體表現在：他利用自己淵博的知識、雄辯的口才和流麗的筆觸，對社會生活和人生中的一些重要問題（諸如人的道德責任、友誼、老年、死亡、個人與國家的關係、統治者的責任、外交事務中的道德原則等問題）作了透澈的分析和系統的闡述。《論老年》《論友誼》《論責任》這三篇文章就是這方面的代表作。

(三)《論老年》評介

《論老年》，又稱《老加圖》，寫於凱撒死之前，發表於西元前四十四年五月。這是西塞羅為他的朋友阿提庫斯所寫的一篇關於老年的論著。當時西塞羅六十二歲，阿提庫斯六十五歲，兩人都已步入老年，對老年人心理上的負擔都有切身的體驗。因此，西塞羅決定撰寫這篇論著，幫助老年人消除心理上的負擔，使他們以健康的心態安度晚年。

《論老年》是一篇對話體論著。西塞羅在這篇論著中假借年事已高的馬爾庫斯·加圖之口來論述老年，目的是為了使他的論著更有分量。這篇對話的時間被移到西元前一五〇年，地點是加圖的家裡。參加這次對話的除了加圖之外，還有普布利烏斯·科內利烏斯·西庇阿·阿非利加努斯（小西庇阿）和蓋烏斯·萊利烏斯。

在人生的旅途中，老年是不是一個令人可悲、無樂趣可言，並且使人產生種種苦惱和恐懼的時期？這個問題是老年人普遍面臨的一個問題。由於它涉及一個人的世界觀、人生觀和幸福觀，所以不同的人就有不同的回答。有些人認為，老年就是這樣一個無奈而又可怕的時期。但西塞羅不同意這種看法。他認為，老年可以和人生的其他任何時期一樣幸福。

西塞羅在這篇對話中首先考察了人們最經常提出的四種對於老年的批評：(1)它使我們不能積極地工作；(2)它使身體衰弱；(3)它使我們幾乎完全喪失肉體上的快樂；(4)它是死亡前的最後一個步驟。然後，他對這四種批評意見逐一進行分析，提出種種論據證明：第一種批評是正確的；第二種批評無傷大雅；第三種批評結果是得多於失；第四種批評能夠通過理性來戰勝。

這篇對話雖然篇幅不長，但作者談古論今，內容卻非常豐富，對人生、死亡、敬老、養生等問題都作了鞭辟入裡的論述，有些還講得非常精彩。例如，他說：「青綠的蘋果很難從樹上摘下，熟透的蘋果會自動跌到地上。人生像蘋果一樣，少年時的死亡，是受外力作用的結果，老年時的死亡是成熟後的自然現象。我認為，接近死亡的『成熟』階段非常可愛。越接近死亡，我越覺得，我好像是經歷了一段很長的旅程，最後見到了陸地，我乘坐的船就要在我的故鄉的港口靠岸了。」我們從這些富有哲理的話語中可以看出作者對於人生和死亡的那種明智而達觀的態度。

另外，這篇對話還用較多的篇幅論述了田園生活的種種樂趣。西塞羅認為，務農其樂無窮；田園生活，尤其是種植葡萄（所以西塞羅對葡萄的種植和管理作了詳細的論述），最有利於老年人的心身健康。因而，他建議老年人在大自然中享受田園之樂。這在一定程度上反映了西塞羅所代表的農民有產階級的幸福觀和生活理想。

這篇對話雖然寫於兩千多年前，但今天人們讀起來仍然覺得非常親切，猶如在傾聽一位閱歷豐富的長者在暢談人生。文章中的許多觀點，迄今仍然具有現實意義。

(四)《論友誼》評介

《論友誼》，又稱《萊利烏斯》，寫於西元前四十四年，是《論老年》的姊妹篇。這篇文章也是為他的朋友阿提庫斯寫的，但它不是「作為一個老人給另一個老人的一件禮物」，而是「作為一個最親密的朋友給他的朋友的一件禮物」。

同《論老年》一樣，《論友誼》也是一篇對話體論著。這次，西塞羅是假借蓋烏斯．萊利烏斯之口來論述友誼，這是因為當時人們普遍認為，在所有的友誼中蓋烏斯．萊利烏斯與普布利烏斯．西庇阿之間的友誼是最值得稱道的。因此，西塞羅決定借重古代名人之口，使這篇論著具有更高的權威性。這篇對話的登場人物有：蓋烏斯．萊利烏斯、他的兩個女婿蓋烏斯．范尼烏斯和昆圖斯．穆丘斯。

友誼是古代大哲學家們的一個重要論題。例如，柏拉圖、亞里斯多德、愛比克泰德、塞內加等都在他們的著作中談到過友誼。在近代初期，蒙田和培根也都各自就這個話題寫過專門的文章。

西塞羅的《論友誼》是一篇比較系統地論述友誼的著作。在這篇著作中，西塞羅對友誼的性質、起源、好處、擇友的標準，友誼所應遵循的規則，以及友誼與美德、年齡、性格、愛好等的關係作了精闢的闡述。他認為，友誼是不朽的諸神賜予我們的最好、最令人愉悅的東西，是最合乎我們天性的東西，因而也是最崇高的東西。友誼就其本性來說，容不得半點虛假，因為它是出於一種本性的衝動，是朋友之間的一種親善和摯愛。由於「友誼只存在於好人之間」，所以德行是友誼的基礎，也是友誼的孕育和保護者，如果沒有德行，友誼就不可能存在。西塞羅還認為，友誼有數不盡的好處，它「既能使成功增光添彩，也能通過分憂解愁減輕失敗的苦惱」。但是，雖然我們能從友誼中得到許多物質上的好處，如果友誼是靠物質上的好處維繫的話，那麼，物質上的好處的任何改變都會使友誼解體。所以，真正的友誼並不是為了索取或得到回報，而是出自一種心靈的傾向，即某種天生的愛的情感。在這篇文章中，西塞羅還為友誼制定了一條規則，那就是：勿要求朋友做壞事，若朋友要你做壞事，你也不要去做……這些教誨，在今天看來，無疑仍然是正確的。

該文中的一些閃光的思想後來被許多哲學家或思想家所引用或發揮，譬如，培根的《論友誼》一文中有些著名的觀點和精彩的論述就可以追溯到西塞羅。

友誼是人生中最美好的東西，它能給我們的生活增添一種絢麗的色彩。所以，我們不但應當懂得什麼是真正的友誼，而且還應當知道如何建立和珍惜真摯的友誼。西塞羅的《論友誼》，可以說就是一部關於友誼問題的人生指南，它可以使我們在處理友誼問題時變得更加理智，並且更好地享受友誼所帶來的快樂。

(五)《論責任》評介

《論責任》，寫於西元前四十四年秋。這部論著雖然篇幅較長，但它採用的則是一種書信（西塞羅寫給在雅典學習的兒子馬爾庫斯的信）的形式。整部著作共分三卷：第一卷，道德上的善；第二卷，利；第三卷，義與利的衝突。

《論責任》是西塞羅的一部重要的倫理學著作。它主要是借鑑帕奈提奧斯的斯多葛主義倫理思想，討論道德生活中的一些基本準則，以及人在社會生活中所應當履行的各種道德責任。在第一卷中，西塞羅首先對道德上的善的要素和特徵作了詳細的闡述。他認為，道德上的善之所以值得稱讚和追求，完全或主要是因為其本身的價值；它具體表現在各種有德之事中。接著，他指出，有德之事均出自四種來源中的一種：⑴充分地發現並明智地發展真理；⑵保持一個有組織的社會，使每一個人都負有其應盡的責任，忠實地履行其所承擔的義務；⑶具有一種偉大的、堅強的、高尚的和不可戰勝的精神；⑷一切言行都穩重而有條理，克己而有節制。這四種來源也就是四種基本美德，它們相互聯結在一起，但每一種都各自產生確定的道德責任。西塞羅用較大的篇幅充分討論了責任是如何從這四種基本美德中衍生出來的，並在每一種基本美德之下討論了各種具體的道德責任和具體的美德，譬如，求知和追求真理的責任，為國效勞和獻身的責任，尊敬老人和撫養家人的責任，為他人提供幫助的責任，以及公正、正直、博愛、仁慈、寬厚、勇敢、剛毅、體諒他人、自制等美德。在討論中，西塞羅特別強調「恰當」這種品質，他認為「恰當」就是一種中庸之道，就是與「自然」的規律保持和諧，所以我們在履行各種責任時，在日常生活的舉止行為中，都應當做到「恰當」。最後，西塞羅還就道德責任的主次，人生不同時期的責任，行政長官、本國公民、外國人的責任等作了詳細的論述。

第二卷主要是討論與生活上的舒適、獲得物質享受的手段、權勢和財富有關的那些責任。首先，西塞羅指出，把道德上的正直與利割裂開來的那些理論是極其有害的；而有些人常常對聰明伶俐者表示讚賞，誤認為詭詐就是智慧，那也是不正確的。西塞羅認為，只有用德行和正義，而不是用欺騙和詭詐，才能達到自己的目的，才能得到真正的利。接著，西塞羅充分肯定了人的勞動、勞動技藝以及相互協作在獲取物質利益和抵禦自然災難中的重要作用。但同時他又指出，人對人造成的禍害也是最可怕的。據此，他得出這樣的結論：人是最能助人的又是最能害人的。在這卷中西塞羅詳細論述了獲得並保持權勢和贏得榮譽的三要件：愛戴、信任和敬佩。要想贏得人們的愛戴，最有效的辦法是善意的服務，最拙劣的手段是使人畏懼；要想贏得人們的信任，需要具備兩個條件，即智慧和公正，或至少需要具備其中的一個條件，而兩者相比，公正更為重要；要想贏得人們的敬佩，就需要具有某種卓越的才能和偉大而高尚的精神。年輕人若想贏得普遍的尊敬，就應當具備克己和孝悌這兩種美德。溫藹的交談、雄辯的演說、法庭上成功的辯護，也可以贏得人們的好感、愛慕或謝意，有時甚至能使人終身難忘。仁慈和慷慨也能博得人們的好感和愛戴而產生各種各樣的好處，但慷慨要注意對象，要「恰當」，既不要胡施濫捨，也不要過分吝嗇。在表示善意的方式中，服務則更高尚、更可貴。在談到公共行政事務和公益服務時，西塞羅告誡人們：「最要緊的事情是絲毫不要被人懷疑有私心。」因為接收賄賂、中飽私囊、利用國家謀取私利等腐敗行為是「不道德的，而且也是有罪的、可恥的」。一個國家如果「染上這種瘟疫」，就會衰亡，不戰而敗。西塞羅還謳歌了保盧斯、盧西烏斯．穆米烏斯等人為官清廉的高尚美德。

第三卷主要是討論：假如義與貌似之利發生衝突，如何決定取捨。西塞羅同意斯多葛學派的觀點，認為道德責任有兩種：一種是以上所討論的那種「普通的責任」，它適用的範圍很廣，人們普遍都負有這種責任，許多人通過其善良的本性和學識的增進都可以達到對它的認知；另一種就是「義」，它是一種「完滿的、絕對的」責任，只有具有最完滿的智慧的人才能達到這種境界（因為現實生活中沒有一個人能具有這種最完滿的智慧，也就是說，沒有一個人是十全十美的，所以這種義只是一種道德理想）。這種義與利，從根本上說，不是對立的，而是統一的，因為凡是真正有利的無不同時也是義的，凡是義的無不同時也是有利的。「道德上的正直與利攜手同行。」而我們平常所見到的那種與義發生衝突的利只是徒有利的外表，也就是說，只是「貌似之利」。所以，西塞羅認為，利與義的衝突只是一種表面的衝突，而不是一種真正的衝突。為了使人們在碰到這種衝突時作出正確的抉擇，為了使人們充分認識到凡是不道德的事情都不可能是有利的，西塞羅列舉了許多歷史上的和神話傳說中的例子，並對它們作了透闢的分析，以此教導人們履行自己應盡的道德責任，過一種合乎「自然」的有道德的生活。

《論責任》不但是一部倫理學力作，而且也是一部內容豐贍、行文明暢的散文佳作；我們閱讀此文不但可以從中瞭解西塞羅的倫理思想和許多歷史知識，而且還可以體驗到西塞羅散文的一種質樸的美感。此外值得一提的是，此文所歌頌的古希臘、古羅馬時期的美德有許多與我們中華民族的傳統美德是相同的，而且迄今仍為世人所頌揚。可見，人類許多美好的東西，無論古今中外，都是共同的、永恆的。

徐奕春

一九九八年三月三十一日

目錄

西賽羅著作三論合輯　導讀

尤煌傑
輔仁大學哲學系教授

一

本人受到五南出版公司邀請爲西賽羅的三論撰寫導言，這是一份很榮幸的邀約。本書的中文譯者徐奕春先生在本書的〈譯者序〉裡對於西賽羅的生平以及本書的三篇著作：《論老年》、《論友誼》、《論責任》的內容，都做了詳盡的介紹，所以筆者在此就盡量避免與徐先生的〈序〉有太多的重複，而是盡量從哲學的歷史背景、哲學理論的基本觀念以及中西倫理觀的對照①，多做闡釋，以利讀者參考與理解。

本中文譯本源自商務印書館印書館於一九九八年出版之《西賽羅三論》，重新列入漢譯世界學

① 徐奕春先生在本書〈譯者序〉的最後（頁二七），提到：「此文（《論責任》）所歌頌的古希臘、古羅馬時期的美德有許多與我們中華民族的傳統美德是相同的，而且迄今仍為世人所頌揚。可見，人類許多美好的東西，無論古今中外，都是共同的、永恆的。」筆者認為古希臘、古羅馬的倫理學的根本理念乃是「德行論」（Virtue Ethics），而中國傳統哲學以儒家倫理學為主流的思想也是強調「德行」的基礎。所以基於「德行」的核心觀念，中西倫理學有可以比較的共同基礎。

術名著叢書，改名爲《論老年・論友誼・論責任》。筆者在接到邀請撰稿的同時，上網查詢了一下譯者徐奕春先生近況，發現徐先生已不幸於二〇二一年二月因病過世的消息。② 徐先生除了曾翻譯本書之外，對於西洋哲學論著的其他譯作也頗多，是一位學術型的編譯者。

二

西賽羅（Marcus Tullius Cicero, 106-43 B.C.）一生正處於羅馬由共和時期轉向帝國時期，政局大變動的時代。他實際參與了他那個時代的許多重大變局，也曾經被選任爲羅馬執政官，因彌平叛亂而受封「國父」稱號，但也曾受到政治鬥爭而遭流放，經歷數次從政生涯的起伏。從他廣泛的著作補充了許多歷史學者對於羅馬歷史的詳細資料，此外，他也兼具演說家、律師和哲學家的身分。

從西洋哲學史的角度來看，羅馬時期是否有所謂「拉丁哲學」或「羅馬哲學」？要回答這個問題，不容易得到很確定的回答。如果我們認爲所謂「哲學」，就是如同柏拉圖、亞里斯多德等人的形上學理論的哲學，那麼羅馬時期確實沒有這種哲學。但是如果從倫理學的角度，來問羅馬時期有無自己的哲學，我們可以說務實的羅馬人借用了許多希臘人的倫理思想，應用於他們的具體生活當中，西賽羅就是一個典型的範例。

---

② 〈王路：懷念徐奕春〉，https://www.sohu.com/a/451907219_672687。清華大學哲學系王路教授撰稿，2021/06/14搜尋。

何以如此？這要回顧一下西洋哲學史發展從「希臘哲學」時代演進到「希臘化哲學」時代的轉變。柏拉圖與亞里斯多德的時代，希臘人的生活型態是以「城邦」作為基本單元，生活在城邦內的生活是按照柏拉圖式理型或理性思維建構的秩序。但是，自從亞歷山大建立其帝國之後，城邦的藩籬被打破，全帝國就是一個包含各種文化、思想混雜的社會，城邦公民變成世界公民，每個人都要重新適應新世界的課題，哲學的任務就是設法提供人民正確的人生方向。在羅馬時代，各種倫理學方面的社群、講座蓬勃發展，爲生存於世界大熔爐的每個個人提供倫理價值與實際生活的指引。西賽羅除了從政的身分之外，他善於演講、辯論、修辭、散文寫作，可謂羅馬共和時期的文化代表。但是，他的哲學思想多半來自其他學派的觀念，缺乏原創的思想，所以不算是傑出的思想家。

在西賽羅所處的羅馬時代，正處於共和制衰敗帝制崛起的階段，爭權奪利的鬥爭不止，所以西賽羅對於哲學思想的期待是利用哲學爲政治所用，以提倡德行的倫理思想喚起羅馬政治菁英改善他們的品格，並以社會整體的安定爲念，降低對名利的欲望。本書三篇論文都完成於西元前四十四年，是西賽羅生命最後階段的作品，也是西賽羅思想的代表性作品。

三

《論老年》的完整拉丁篇名是（Cato Maior de Senectute）亦即「老加圖論老年」，所以此篇可簡稱《老加圖》或《論老年》。老加圖在本篇文章中是作爲西賽羅的代言人。

我們無法期待西賽羅的文章像亞里斯多德的哲學論著充斥著哲學術語和綿密的邏輯系統；相

反地西賽羅的文章像是充滿智慧的散文，處處顯露人生智慧光芒，比較貼近柏拉圖式的對話錄的文體。所以摘述其中深具啟發的佳言名句，更能令人銘刻於心。

本身不知道如何過一種愉快而幸福的生活的人，無論什麼年紀都會覺得活得很累。（頁二四）

註：人生數十寒暑，各個年齡階段都有其優缺點，我們看待人生必須及早有良好的規劃與準備，才會得到幸福人生。否則，浪擲青春，恐將未老先衰，終生都是辛苦度日。

完成人生偉大的事業靠的不是體力、活動，或身體的靈活性，而是深思熟慮、性格、意見的表達。（頁三二）

註：人的整體由肉體和精神結合而成，單憑肉體的能力無法成就偉大的事業，必須善用理性思考、倫理修養和溝通表達的能力，才能成就大事業。

從來沒有聽說過有哪位老人忘了自己藏錢的地方。凡是與他們切身利益有關的事情，他們是不會忘記的。（頁三三）

註：這句話真是一針見血，有些人誤以為老人容易癡呆，容易忘東忘西，但是與切身利益相關的事情還是會牢牢記住，這說明雖然年紀增長記憶力容易衰退，但是緊要的事情，聚精會神還是可以完成的。

「自然」只安排一條道路，而且每個人只能走一趟；我們生命的每一階段各有特色；因此，童年的稚弱、青年的激情、中年的穩健、老年的睿智——都有某種自然優勢，人們應當適合時宜地享用這種優勢。（頁四〇）

註：這句話說明人的一生的各個階段的特性，各有優勢。每個人從出生到老，各階段的發展是一個單行道，無法逆行。善用各階段的優勢加以培養，就可以造就美好人生。西賽羅在他的著作多處提到「自然」。這個「自然」不單只物質界的「大自然」，它也有某種精神性、抽象性以及規律性的意涵。當它用來說明道德的根源來自「自然」，這並不是說道德源自物質物，而是在說明德行的「屬性」。以下觸及此觀念還會再說明。

感官上的快樂是自然賦予人類最致命的禍根；爲了尋求感官上的快樂，人們往往會萌生各種放蕩不羈的欲念。……理智是自然或上帝賜予人類最好的禮物，而對

這一神聖的禮物最有害的莫過於淫樂。（頁四二）

註：人有肉體，因而有感覺。感官上的快樂也是肉體所被吸引的，適度的感官快樂有益人生，過度而無節制的追求感官快樂則容易樂極生悲。利用理智加以節制感性欲望，才能使人生中和寧靜。這裡的「自然」也不是只物質界的自然，而是一個普遍的存有（Universal Being），在本句的脈絡中，自然似乎與上帝是同義詞。

一個人在經歷了情欲、野心、競爭、仇恨以及一切激情的折騰之後，沉入籌思，享受超然的生活，這是何等幸福啊！（頁四六）

註：大凡人生的經歷就是風起雲湧，波濤洶湧，但是千帆過後，一切復歸平靜。這時的生命境界就是沉思（contemplation）人生與萬有的奧義。唯有經歷各種順逆境界的考驗的人，才能體會人生千變萬化歷程背後的不變真理，才能在事過境遷之後，體會超然萬有的生命情調。

死亡無非有兩種可能：或者使靈魂徹底毀滅，或者把靈魂帶到永生的境界。如果是前者，我們完全無所謂；如果是後者，我們甚至求之不得。除此之外，絕無第

三種可能。（頁五四）

註：死亡是有形人生的終結，歷史上許多哲人都相信人除了肉身之外還有靈魂，古希臘的畢達哥拉斯、蘇格拉底、柏拉圖等人都相信靈魂不死，以及靈魂輪迴的學說。西賽羅在此做了一個選言式的邏輯論證，即是：「靈魂隨身體死亡而消滅，或者靈魂不死」；「若靈魂隨身體死亡而消滅，則無所謂損失。」；「若靈魂不死，則求之不得（歡迎之至）。」所以靈魂會消亡或靈魂不死，對我們都有益無害。

我覺得，只要有「終結」，那就算不得長久，因爲大限一到，過去的一切都將消逝——唯有一樣東西可以存留，那就是你用美德和正義的行爲所贏得的聲譽。（頁五五）

註：有「終結」就是「有限」，所以無論在世的生命有多少時光，都是個有限的時間長度。蜉蝣的生命極短暫，阿里山的神木超過三千年，無論時間長短都是一個有限的長度。唯一不受限時間限制的是非物質的東西，而美德和正義的行為得到的是非物質的精神性價值，所以這種倫理評價可以超越時空的障礙，永存人世。

「自然」爲一切事物設定了極限，人的生命也不例外。可以說，老年是人生的最後一幕。（頁六二）

註：人的生命是萬有的一分子，萬物有其固有的性質與限度，所以老年是完整人生必經的最後階段。能夠完整經歷所有人生各階段歷程，並能享有各階段之充分發展的人生，才能算是幸福的人生。所以「老年」不是只有病痛和哀怨，老年也有老年的優勢與幸福，這是完滿的幸福人生最後一塊重要的拼圖。

四

《論友誼》的完整拉丁文篇名是（Laelius de Amicitia）簡稱（De Amicitia），萊利烏斯（Laelius）是此篇中對話的主要人物之一，也是西賽羅的代言人。西賽羅從人性、德行源自「自然」（意涵「本性」）的基本觀念出發，發展出他的友誼理論。以下是選句的補充註釋。

友誼是最合乎我們天性的東西（頁七〇）

友誼只能存在好人之間。（頁七一）

「好人」是指這樣一些人：他們的行爲和生活無疑是高尚、清白、公正和慷慨

的；他們不貪婪、不淫蕩、不粗暴；他們有勇氣去做自己認爲正確的事情。（頁七一）

勿要求朋友做壞事；若朋友要你做壞事，你也不要去做。（頁八〇）

註：人的天性是合群，從合群中認識人際之間的不同性格，進而發展人際之間的情感。所以說友誼是合乎我們天性的。但是，真正的友誼必須能增進彼此的德行，所以真正的友誼只存在於好人之間。對比儒家的朋友觀極為相近：

孔子曰：「益者三友，損者三友。友直，友諒，友多聞，益矣。友便辟，友善柔，友便佞，損矣。」（《論語．季氏》）

曾子曰：「君子以文會友，以友輔仁。」（《論語．顏淵》）

有益的朋友是正直、誠信、博學多聞的人。有害的朋友是動歪腦筋、諂媚奉承、花言巧語的人。與好人結交朋友增益學識，砥礪品德。所以朋友間不要營私舞弊，若發現朋友做壞事，也要有勇氣指正他，做一個諍友。

儒家思想與西賽羅的朋友觀有許多互相對照，東西輝映的觀點。

除智慧以外，友誼是不朽的神靈賦予人類最好的東西。……德行正是友誼的孕育與保護者；沒有德行，友誼就不可能存在。（頁七二）

一個人，他的眞正的朋友就是他的另一個自我。（頁七三）

因爲從本質上說，友誼就是將兩顆心靈融爲一體。（頁九八）

註：在亞里斯多德的理論中，智慧（*σοφία*, sophia）包含追求理論真理的一面，也包含指導實踐行動的判斷。在關於行為中的智慧另有一個名稱就是（*φρόνησις*, phronesis）意味對行動採取謹慎的判斷，這就是產生「德行」的根源。把朋友視為「另一個自我」（another self）的觀點來自亞里斯多德《尼各馬科倫理學》[3]。既然朋友是另一個自我，亞里斯多德以為我們正可以通過看我們的朋友來認識我們自己，這就好比透過照鏡子來看自己的臉一樣。[4]

「友誼」這個拉丁詞（*amicitia*）是從「愛」這個詞（*amor*）派生出來的；而愛無疑是相互之間產生感情的原動力。（頁七五）

---

③ 亞里斯多德，《尼各馬科倫理學》，卷九，1166a33, 1169b6,1170b7,1171b32。

④ 參閱潘小慧，《德行與倫理—多瑪斯的德行倫理學》，台南市：聞道出版社，二〇〇九。頁226。

與其反目倒不如疏遠，除非那種邪惡的行爲確實兇殘得令人髮指，唯有立即分道揚鑣才能符合廉恥和正直。（頁九三）

「值得結交」是指那些本身具有令人愛慕品質的人。（頁九三）

美德，也正是美德，它既創造友誼又保持友誼。……你可以把它叫作「愛」，或者你願意的話，也可以把它叫作「友誼」。（頁一〇一）

註：在這幾句引言當中，「友誼」和「愛」是結合在一起的，我們在中文當中也常說「友愛」這個詞。所以友誼包含愛德，它是從德行的追求中展現出來的一種關係。如果朋友的關係變質了，該怎麼辦？西賽羅認為「與其反目倒不如疏遠」，《論語．顏淵》也說：「子貢問友。子曰：忠告而善道之，不可則止，無自辱焉。」西賽羅不贊成和朋友因細故而絕交，只要保持距離就好，不必惡言相向，反目成仇。這和孔子「忠告而善道之，不可則止。」的態度相似。

五

《論責任》它的拉丁文篇名是（De Officiis），是以一封信的形式寫給他在雅典學習哲學的兒子瑪爾斯（Marce），他當時正在雅典克拉提普斯（Cratippus）門下。這是西賽羅重要的倫理學作品。這部著作似乎隱含著仿效亞里斯多德把他的重要倫理學著作《尼各馬科倫理學》，以送給他的兒子尼各馬科作爲書名一般。本篇共分三卷，分別討論：道德善、利益、義利衝突。

卷一

首先，我們必須討論德行——而德行則可以放在兩個小標題下進行探討；其次，是以同樣的方式討論功利；最後，是討論德行與功利相互發生衝突時的情形。（頁一一一）

註：西賽羅在本書第一卷裡先說明在接下來的三卷裡各卷所要闡述的重點。

「自然」和「理性」明確宣示：人是唯一能感知秩序和禮節並知道如何節制言行的動物。（頁一一二）

註：「自然」一詞是西賽羅倫理思想中的根本觀念，一切善行與美德的根源都是來自「自然」，在他的思想中「自然」蘊含著「理性」。而人之所以能有倫理思想以及倫理行為也在於人類也分享著理性能力，所以能反省到自然的理性規範，進而學習、仿效。

公正的基礎是誠信——即，對承諾和協議守信不渝。（頁一一六）

確立了公正所賴以形成的原則，所以，我們就能夠很容易確定在每一種情形下我們應盡什麼義務，除非我們是極端自私的。（頁一一九）

公正的基本原則所指導：第一，不傷害任何人；第二，維護公眾的利益。（頁一二〇）

在一切不公正的行爲中，沒有比僞君子的行爲更醜陋的了。（頁一二七）

註：誠信在中外倫理思想當中都是極為注重的德行。《中庸．廿六章》：「誠者物之終始，不誠無物。」沒有誠信，就沒有可以成就的事業了。有了「誠信」，就可以推及「公正」，公正即是無私、無我。西賽羅強調公正的第一原則是「不傷害任何人」，這條原則和希波克拉底（Hippocritic）之醫師誓約不傷害（Non-maleficence）的概念來自相同的倫理思考，就是不使任何倫理行為的對象在身、心、靈或精神各方面受到傷害。這也是當今醫學倫理的普世價值。至於為何「偽君子」是最醜陋的不公正行為，那就在於行為虛偽無誠，直接違反誠信，所以是最醜陋的不公正行為。

在行善和報恩中，我們首先必須遵循的一條規則（其他事情也一樣）是：所給予的幫助最好是同受助者的個人需要相稱。（頁一三〇—一三一）

註：這一條倫理規則背後就是要行動「恰當」，幫助人要恰如其分，過猶不及。超過需要的援助，有浪費資源與諂媚的嫌疑；遠低於需要的援助，等於杯水車薪，無濟於事。當然助人者在幫助人的時候，也要先衡量自己的能力，不要作超乎自己能力的事，例如「暴虎馮河」之類的事情，未能達成助人目標，反而為自己招來麻煩。

在我們應負的各種道德責任中分出主次，那麼首先是國家和父母；爲他們服務乃是我們所負有的最重大的責任。其次是兒女和家人，……。最後是親戚……。（頁一三五）

註：我們在這一條文中看出羅馬人的倫理思考也是有親疏遠近之分。把國家和父母放在道德責任的首位，和儒家的倫理思想頗為相近似。

那些天生具有處理公共事務的才能的人應該毫不猶豫地參加公職的競爭，參與指導國事的工作。（頁一四一）

註：這一條文和儒家所強調的「學而優則仕」相近似。《論語・子張》：「子夏曰：仕而優則學，

學而優則仕。」有才能的人不應獨善其身或離群索居，應該貢獻長才於社會人群。

武器屈服於長袍；桂冠屈服於對文官的讚頌。（頁一四四）

註：這是一首讚頌西賽羅的詩文，因為他瓦解了喀提林的叛國陰謀。用現代的用語來理解，訴諸武力是一種「鋭實力」的展現，但是文官以智慧屈服武官的盲動，則是一種「軟實力」的表現。

我們應當只是把那些拿起武器反對國家的人看作敵人，而不應當把那些力圖按自己的方案治理國家的人看作敵人。（頁一五〇）

註：這句話可以表現羅馬時代的政治素養。以武力反對國家的人，是實行一種叛國行為，所以被當作敵人來綏靖。但是對於治理國家方針表達不同意見的人，應以寬容的態度來聽取異見，或用和平的手段來協商，而不是視同國家的敵人。這第二種寬容的心態，在當今全世界的國家中，仍只有少數的國家能做到幾分而已。

如果一個人既沒有能力在法庭上審案，又不能以其口才吸引群眾，或指揮打仗，那麼他仍有責任實踐其他那些力能所及的美德——公正、眞誠、寬厚、穩健、自制——這樣他的其他方面的缺陷就可以不太明顯了。（頁一六六）

註：一個人如果在文才、武略各方面都沒有凸出的才幹，至少他要能自修其德，修得：公正、真誠、寬厚、穩健、自制五種德行，也可以算得上是一位好公民。

卷二

智慧就是「關於人和神的事情以及支配那些事情的原因的知識」。（頁一八八）

有理性的只有兩種存在物——神和人。（頁一九一）

註：按照希臘傳統形上學的理論體系，在一切存有物（beings）當中，人的存有高於其他有形實體。按照亞里斯多德對於人的本質定義，認為「人是有理性的動物」。人在形體上具有和動物相似的結構，但是人還有高於其他動物的精神能力，亞里斯多德認為這是「理性魂」。人的理性魂較次於神的理性魂，因為人是精神與物質的複合體，而神是純粹精神體。所謂的「智慧」就在於理性的發用之上。從形上學來看，萬物的形上學基礎，來自最高的「第一原因」，萬有就在從第一原因，依次推動各次級原因而形成各個等級事物，因而使萬物各歸其類。理性的能

力就是去認識萬有形成的原因，能理解這些原因的來龍去脈就是智慧。

若沒有人的手工勞動，我們絕不可能從那些無生命的東西中得到任何利益。（頁一九二）

註：這是一個非常符合經濟學原理的洞察。一切事物之所以有「利益」就是來自各種事物都是經由勞動而獲得。人類開採地下的礦產，採摘樹上果實，漁獵捕撈，都因為勞動而獲得利益。商人得到原初的物料，精緻加工後，賣得比原物料更高的價值，這是因為勞動而獲得附加利益。跟生產有關的勞動大致如此。但是，在人事上發生的一些無形的價值或利益，也不是不勞而獲，也是要勞神勞力，才能獲得。廣義的勞動，就在於刻意對準某一目標而有所作為。

一般的美德可以說幾乎完全在於三種特性：第一種是〔智慧〕，……第二種是〔節制〕，……第三種是〔公正〕，……。（頁一九三）

註：此處舉出三種美德，但是類似於柏拉圖、亞里斯多德等人所謂的「四樞德」（four cardinal virtues）：智慧、正義、勇敢、節制。公正即是正義。另外，西賽羅也在前面的篇幅提到勇敢。這只是分類的差異，在西方倫理學觀念，還是擺脫不了四樞德為諸德之首要地位。

一度受到壓制而後又重新獲得的自由，比從未經歷艱險的自由更強勁牢固。……獲得或保持權勢的最有效的方法——即，不讓人家懼怕，而讓人家愛戴。（頁一九六）

最高最眞的榮譽有賴於以下三點：人民的愛戴、信任和敬佩。（頁二〇〇）

註：自由之於人，就好像陽光、空氣、水之於我們的生命，在日常生活當中用得理所當然，當我們缺少任何一項時，才發現它們的價值如此可貴。所以日常過著自由的生活的人，不會感受的自由的價值與可貴，唯有失而復得的時候，才會體認到自由的可貴。對於執政者如果是以讓人民感到懼怕來施行統治，那其實就如同黑道的恐嚇、勒索手段，人民只會更恨執政者而不會擁護他。這是人類歷史不變的原則。

卷三

在第三卷主要探討義和利是否必然發生衝突，以及舉出幾個貌似義利衝突的案例該如何裁斷。其中有一段話觸及到本卷的關鍵問題：

凡是不道德的事情都不可能是有利的。但如果最違背「自然」的莫過於不道德（因爲「自然」要求正義、和諧、一致，厭惡它們的對立面），如果最符合「自然」的莫過於利，那麼，利和不道德肯定不能共存於同一個對象之中。（頁二四六）

按照西賽羅的主張，合於道德的也是眞正有利之事。不合於道德的事情就是違背「自然」的事情，合於自然是有利的，不合於道德就是不合於自然，就是不利的。

接下來西賽羅舉出許多實例來分析義利之辨，首先引述柏拉圖對話錄中《理想國》篇的關於古革斯發現隱身戒指的故事。接著討論對神發誓的原則。接著討論誠信交易的問題，對於有瑕疵的商品刻意緘默不說，或不提供完整訊息，都被認爲是一種欺騙行爲。本章提出許多表面的義利衝突的案例，頗爲有趣，爲當代讀者提供許多認識古羅馬風俗民情的資料。這些案例的總結就是：

作惡絕不可能是有利的，因爲惡永遠是不道德的；行善總是有利的，因爲善永遠是道德的。（頁二六一）

至於這個總結如何破解古代的各種稀奇古怪的案例，礙於篇幅，就請讀者諸君自行逐頁欣賞，品鑑。

論老年

提圖斯，如果我能幫你消除
困擾你心靈的煩惱，拔掉那
枚使你心靈發炎化膿的毒刺，
你將如何報答我呢？

阿提庫斯，上面這幾行詩原本是那個

財產上貧窮而名譽上富有

的人寫給弗拉米尼努斯的，現在我把這幾句詩轉贈給你，但是我完全相信你並不像弗拉米尼努斯那樣

一天到晚憂心忡忡。

因爲我知道你是一個富有理智、性情沉穩的人；而且我還知道，你從雅典帶回來的不只是一個姓

氏①，而且還有雅典的文化和健全的見識。但是我覺得，目前使我感到憂慮的一些情形有時也會使你感到煩惱。但是在這方面給與你安慰是件比較重大的事情，應當另找時間再談。現在我已決定爲你寫一部關於老年的論著。因爲你我都已年近古稀，或者至少說都已步入老年，因而都有一種心理上的負擔；儘管我完全相信你也會像對待其他任何事情一樣鎮靜達觀地對待老年問題，我還是想爲消除我們的這種負擔做一點事。但是當我決定撰寫關於老年的論著時，我就馬上想到了你，覺得它也許對我們兩人都有好處，所以應當把它作爲禮物贈送給你。對於我來說，撰寫這本書確實是件非常愉快的事情，它不僅將老年的煩惱一掃而光，而且甚至還使晚年生活變得悠閒而又快樂。因此，對哲學怎麼稱讚都不會過分，因爲它能使其忠實的信徒毫無苦惱地度過一生中的各個時期。關於其他的論題我已經談得很多了，並且將來有機會還要再談；但是，我現在獻給你的這本書是談論老年的。在這整本書中，我並不是像科斯的亞里斯托那樣假借提托諾斯之口來論述老年的（因爲神話畢竟是不可信的），而是假借年事已高的馬爾庫斯·加圖之口來論述老年，以便使我的論著更有分量。此外，我還設計了這樣一個場景：萊利烏斯和西庇阿在加圖家裡，對加圖能如此安逸地遺度餘年表示驚奇，於是加圖就回答他們所提出的問題。如果本書中的加圖似乎顯得比人們通常從他自己

① 古羅馬人的姓名一般由三個名字組成，即praenomen、nomen和cognomen，第三個名字cognomen是姓氏或別號。提圖斯·龐波尼烏斯因曾長期居住於雅典，且對希臘文學和語言有深入的瞭解，故將「阿提庫斯」（Atticus，有雅典之意）作為其第三個名字。所以，西塞羅說他從雅典帶回來了一個姓氏。——中譯者

的著作中所看到的更有學問，那麼，這應當歸功於希臘文學，因爲人們都知道，他晚年曾潛心研究希臘文學。我還需要說什麼呢？你馬上就可以從加圖的口中瞭解到我對於老年的全部看法。

馬爾庫斯・加圖、普布利烏斯・科內利烏斯・西庇阿・阿非利加努斯（小西庇阿）、蓋烏斯・萊利烏斯

西庇阿：馬爾庫斯・加圖，我在和我的朋友蓋烏斯・萊利烏斯談話時，常常對你各方面顯露出來的那種不僅卓越超群而且完美無缺的智慧表示欽佩，尤其令我欽佩的是，老年對於你來說好像從來不是一種負擔，而絕大多數老人卻非常討厭老年，他們說自己的負擔比埃特納山②還重。

加圖：親愛的西庇阿和萊利烏斯，你們所欽佩的事情，我覺得不難做到。當然，本身不知道如何過一種愉快而幸福的生活的人，無論什麼年紀都會覺得活得很累。但是，那些從內部尋求一切愉悅的人絕不會認爲那些因自然規律而不可避免的事物是邪惡的。在這類事物中首當其衝的是老年：人人都希望活到老年，然而到了老年又都抱怨。人就是這樣愚蠢，這樣矛盾和不合情理！他們抱怨說，自己不知不覺地到了老年，眞沒想到它來得這麼快。首先，誰讓他們抱有這樣一種錯覺呢，有

② 西西里島的火山。據一個神話說，宙斯將這座山壓在怪物堤豐身上。——中譯者

什麼理由說成年人不知不覺地步入老年要比兒童不知不覺地長大成人更快呢？其次，假如他們活到八百歲而不是八十歲，對於他們來說老年的煩惱又會少多少呢？因爲他們的往昔不管有多長，一旦消逝，就不可能慰藉一個愚昧的暮年。因此，如果你們常常稱讚我的智慧（但願我能不辜負你們的贊許，不辱沒我自己的姓氏），那麼，我的智慧其實就在於這樣一個事實：我追隨「自然」這個最好的嚮導，對她敬若神明，遵從她的命令。既然她已經把人生戲劇的其餘部分寫得有聲有色，在寫最後一幕時她是絕不會像某些懶懶散散的詩人那樣隨隨便便、漫不經心的。但是不管怎麼說，「最後一幕」是不可避免的，正像樹上的果子和田裡的莊稼最終都要墜落和枯萎一樣。聰明的人是不會爲此而抱怨的。與「自然」抗衡——那不是像巨靈向諸神宣戰一樣，可笑不自量嗎？

萊利烏斯：但是，加圖，如果你能在我們尚未步入老年之前（因爲我們都希望，或至少是願意活到老年）就預先告訴我們如何才能最輕鬆地承受住老年的負擔，那麼你就會給我們莫大的恩惠（不知我的話能不能代表西庇阿）。

加圖：萊利烏斯，我當然很願意告訴你們，尤其是像你所說的，如果你們兩個人意見一致的話。

萊利烏斯：加圖，如果你覺得不麻煩的話，我們的確很想知道，你走過了很長的人生旅途，現在究竟達到了一個什麼樣的境界，因爲我們早晚也是要走上這條路的。

加圖：萊利烏斯，我會盡力而爲的。我常常有幸聽到我的同時代人的抱怨（你們知道，俗話說，物以類聚，人以群分），比如說蓋烏斯·薩利那托和斯普利烏斯·阿爾比努斯（他們曾任執政官，年齡與我相仿），他們總是滿口怨言。首先，他們抱怨說，他們已經失去了感官上的快樂，沒有感官上快樂的生活根本不成其爲生活。其次，他們抱怨說，過去總是向他們獻殷勤的人現在把他們不放在眼裡了。我覺得，他們沒有找對指責的對象。因爲如果這是老年的過錯的話，那麼，這些不幸同樣也會落在我和其他一些老年人的頭上。但是我認識許多老年人，他們從來也沒有抱怨過老年一句，因爲他們非常樂意擺脫情欲的奴役，而且根本沒有被他們的朋友所輕視。事實上，對於所有這種抱怨來說，應當指責的是性格，而不是人生的某個時期。因爲通情達理、性格隨和、胸懷開朗的老人都會覺得晚年很好過；而性情乖戾、脾氣不好的人，無論什麼年紀，都會覺得日子不好過。

萊利烏斯：加圖，你說得不錯。不過，也許有人會說，你有大量的錢財，又有很高的地位，當然覺得晚年好過了；而像你這樣幸運的只是極少數。

加圖：萊利烏斯，這話有些道理，但並不全面。例如，我們知道有這樣一個故事：有一次，地米斯托克利和一個塞里弗斯人吵架，後者說，地米斯托克利的顯赫地位不是憑他自己的本事，而是借助於他國家的聲譽獲得的。地米斯托克利回答說：「不錯，如果我是一個塞里弗斯人，我可能永遠不會出名；但即使你是一個雅典人，你也永遠不會出名的。」對於老年，我們也可以說諸如此類的話。如果一個人非常貧窮，他雖然很達觀，可能也不會覺得老年是安逸的；但愚蠢的人，即使他是個百萬富翁，也肯定會覺得老年是一個負擔。親愛的西庇阿和萊利烏斯，你們可以相信，最適宜於老年的武器就是美德的培養和修煉。如果一生中各個時期都堅持不懈地培養和修煉美德——如果一個人不但長壽而且還活得很有意義——那麼老年時就會有驚人的收穫，這不僅是因爲它們必然能使我們安度晚年（儘管那是最重要的），而且還因爲意識到自己一生並未虛度，並回想起自己的許多善行，就會感到無比欣慰。

例如昆圖斯・法比烏斯・馬克西穆斯③，我指的是收復塔蘭托的那個人。當我還是個青年時，他已經是個老人了，但我非常愛他，覺得他好像和我是同一代人似的。因爲這位偉人不但嚴肅莊重而且平易近人，老年並沒有改變他的性格。說實在的，我剛認識他時，他的確還不是個老人，儘管當時他的年紀已經不小了；因爲在我出生後的第二年他就首次出任執政官了。當他第四次擔任執政官時，我還是一個非常年輕的小夥子，在他的軍隊裡當兵，隨他一起去征伐卡普亞，五年後又去征伐塔蘭托。四年後，圖地塔努斯和凱特格烏斯任執政官，我被選爲檢察官，那一年他發表演說擁護「關於禁止接受饋贈」的「辛西安法」，當時他確實已經很老了。

在晚年，法比烏斯・馬克西穆斯打起仗來仍然像年輕時一樣英勇善戰。他用持久戰的方法逐漸拖垮了漢尼拔，當時他充滿了年輕人的那種自信心。我的朋友恩尼烏斯在其詩作中曾讚譽過他，那幾行詩寫得多麼精彩啊！

③ 昆圖斯・法比烏斯・馬克西穆斯（Quiutus Fabius Maxsimus，？——西元前二〇三年），第二次布匿戰爭時期的羅馬將軍和政治家，綽號「拖延者」。——中譯者

爲了我們，被命運的暴風雨所擊倒的人們，
這個人巧施拖延之計，收復了國家的土地。
讚譽和謾罵均未左右他始終如一的心境，
忠於自己的目的，忠於祖國的利益！
因此，他的美名將流芳百世，永放光彩。

此外，在攻打塔蘭托的過程中他表現得多麼機警、多麼有謀略！我曾親耳聽到他反駁薩利那托（他在塔蘭托城失守後躲進了一個堡壘）的那句名言。薩利那托說：「法比烏斯，幸虧有我，你才奪回了塔蘭托。」法比烏斯哈哈大笑，回答說：「你說得很對，要不是你把這個城市丟了，我怎麼能收復它呢？」法比烏斯不但是一個傑出的軍事家，而且還是一個傑出的政治家。在他第二次任執政官時，護民官蓋烏斯・弗拉米尼烏斯無視元老院的決議，主張把皮森尼人和高盧人的土地分給平民；雖然另一位執政官對此事保持沉默，但法比烏斯則極力抵制弗拉米尼烏斯的提案。還有，他雖然是個占卜官，竟敢說：凡是有利於國家的事情必然是最大的吉兆；凡是有損於國家的法律必然是最大的凶兆。在這位偉人身上有許多値得稱道的東西，但最使我敬佩的是當他忍受喪子之痛時所表現出來的那種理智的態度（他的兒子是個才華橫溢的人，生前曾任執政官）。他在兒子的葬禮中所致的悼詞，流傳甚廣。我們讀後覺得，世界上再沒有比他更達觀更有理智的人了。實際上，他的偉大之處不僅僅表現在羅馬公民有目共睹的那些事蹟上；他在許多鮮爲人知的方面更是出類拔萃。多麼健談！多麼善撰格言！多麼通曉古史！多麼精通占卜！對於羅馬人來說，他還是一個很有文字修養的人。他的記憶力很好，對各種戰爭史（無論是羅馬的戰爭，還是國外的戰爭）都記得清清楚楚。當時我總是如饑似渴地聆聽他的教誨，好像我已經預料到他死後就不會有人來教導我了，事實上結果就是如此。

那麼，我爲什麼要用這麼長的篇幅來談論馬克西穆斯呢？因爲我想讓你們知道，憑良心說，像他的那種老年不可能被認爲是不幸福的。當然不是所有的人都能像西庇阿或馬克西穆斯一樣，可以回想當年曾攻克過哪些城市，參加過哪些海戰和陸戰，指揮過哪些戰役，打過哪些勝仗。除此以外，還有另一種恬靜、清白和優雅的生活，它也能導致一種寧靜安逸的老年，例如，我們知道柏拉圖就是如此，他臨死前還在寫作，享年八十一歲。還有伊索克拉底④，他說，當他寫《雅典娜女神節祝辭》這本書時他已經有九十四歲了；此後他又活了五年。他的老師里昂提尼的戈爾加斯活到一〇七歲，卻從未停止過學習和工作。有人問他爲什麼願意活得這麼長，他回答說：「我並沒有覺得老年有什麼不好。」回答得眞好，不愧是個學者！愚蠢的人總是把他們自己的脆弱和過錯歸咎於老年，而我剛才提到過的恩尼烏斯則不然，他在詩作中說：

④ 伊索克拉底（Isocrates，西元前四三六—前三三九年）：雅典雄辯家和文體批評家。——中譯者

好像一匹勇悍的駿馬，
常在奧林匹克賽場上獲勝，
現在老了，
不再想參加比賽，而想休息了。

他把自己的老年比作一匹勇毅常勝的賽馬的老年。其實你們還完全可以想得起他來。因爲他死於現任執政官提圖斯・弗拉米尼努斯和馬尼烏斯・阿基利烏斯當選前的第十九年，當時是凱皮奧和菲力浦斯任執政官（後者是第二次任執政官）。那一年我六十六歲，曾發表演說支持「沃柯尼法案」，當時嗓音還很洪亮，底氣還很足。那一年恩尼烏斯雖然已經七十歲了，但對於人們認爲最沉重的兩種負擔——貧困和老年，他卻負重若輕，甚至好像樂於承受這兩種負擔似的。

事實上，只要好好想一想就可以發現，老年之所以被認爲不幸福有四個理由：第一是，它使我們不能從事積極的工作；第二是，它使身體衰弱；第三是，它幾乎剝奪了我們所有感官上的快樂；第四是，它的下一步就是死亡。如果你們同意的話，讓我們對這些理由逐一作一番考察，看它們究竟有無道理。

老年使我們不能從事積極的工作。究竟不能從事哪一些工作呢？你是指那些非得年輕力壯才能幹的工作嗎？那麼即使老年人身體很虛弱，難道他們連從事腦力勞動也不行嗎？要是果真如此的話，昆圖斯・馬克西穆斯就是個廢物了！西庇阿，你的父親、我兒子的岳父——盧西烏斯・埃彌利烏斯也是個廢物了！還有其他老年人——例如，法布里齊烏斯、庫里烏斯和科倫堪尼烏斯——也是如此，儘管他們正在用自己的忠告和影響支撐著國家，他們也都是廢物了！阿庇烏斯・克勞狄烏斯更沒用了，因爲他不但老了，而且連眼睛也瞎了；但正是他，在元老院傾向於同皮勒斯媾和並締結盟約時毫不猶豫地直言陳詞，恩尼烏斯用詩的形式將他的話記敘如下：

以前這麼堅強的決心到哪裡去了？

現在怎麼變得這麼糊塗，這麼沒骨氣？

後面的一些話語氣也非常激烈。你們都知道這篇詩作，而且，阿庇烏斯本人的演說詞現仍存在。他發表這篇演說是在他第二次擔任執政官後的十七年；他兩次擔任執政官之間，隔了十年；而且，他在擔任執政官之前還做過監察官。由此可見，在同皮勒斯打仗時他已是一個年事很高的老人了。不過這是個前人流傳下來的故事。

所以，說老年不能參與公眾事務是沒有道理的。這就等於說：舵手對船的航行沒有用處，因爲有的水手在爬桅杆，有的水手在舷梯上跑上跑下緊張地工作，有的水手在抽艙底污水，而他卻靜靜地坐在船尾掌舵。他雖然不幹年輕人所幹的那些事情，但他的作用卻要比年輕人大得多，重要得多。完成人生偉大的事業靠的不是體力、活動，或身體的靈活性，而是深思熟慮、性格、意見的表達。關於這些品質和能力，老年人不但沒有喪失，而且益發增強了。我參加過各種戰爭，曾當過士兵、軍官、將軍和執政官，現在我不再打仗了，所以，你們很可能以爲我就無事可做了。但是我現在仍在指導元老院的工作，告訴他們該做什麼，以及如何去做。長期以來迦太基一直想侵略我國，因此我及時地向它宣戰。只有將這座城市夷爲平地，才能消除我的這塊心病。西庇阿，我祈求諸神將踏平這座城市的榮譽留給你，使你能完成你祖父未竟的功業。雖然你的祖父去世已經三十二年了，但人們一直沒有忘記這位偉人。他是在我做監察官前一年、做執政官後九年去世的；在我做執政官時，他已是第二次擔任執政官了。假如他當時活到了一〇〇歲，他會因年高而抱憾嗎？當然是不會的。因爲他雖然已不能急行軍了，不能衝鋒陷陣了，不能遠距離投矛了，也不能短兵相接了，但是他還能提出忠告，進行推理，在元老院裡一展雄辯。要是我們老年人（seniors）不具備這些特長，我們的祖先也就不會把他們的最高議事機構稱作「元老院」（Senate）了。在斯巴達，那些擔任最高職務的人就叫作「長老」，而且實際上他們也確實是些年長的老人。如果你們不怕費事，願意閱讀或聆聽外國的歷史，那麼你們就會發現，那些最強大的國家往往都是差一點毀在年輕人的手裡，而老年人則是國家的棟樑，他們總是在危急關頭力挽狂瀾，使國家轉危爲安。在詩人奈維烏斯的《競賽》一劇裡，有人提出這樣一個問題：

請問，究竟是哪些人使得你們國家
這樣快地滅亡？

對此有一段冗長的回答，但要點是：

一大批我們所培養的新的演說家，
以及那些愚蠢、淺薄和自以爲是的年輕人。

因爲莽撞當然是青年的特徵，謹愼當然是老年的特徵。

但是，據說記憶力是要衰退的。這是毫無疑問的，除非你經常鍛煉自己的記憶力，或者你生來就有些愚鈍。地米斯托克利能記住雅典所有公民的名字。難道你能想到他老了之後常常把阿里斯提得斯叫作呂西馬庫斯？至於我，不但知道現在這一代人的名字，而且還知道他們的父親和祖父叫什麼名字。根據一般的迷信說法，讀墓表會使人喪失記憶。但我卻不怕，因爲相反，讀墓表會使我重新回想起那些死者。而且事實上我也從來沒有聽說過有哪位老人忘了自己藏錢的地方。凡是與他們切身利益有關的事情，他們是不會忘記的，例如，保釋後出庭的日期，業務性約會，他們欠誰的錢，誰欠他們的錢。律師、大祭司、占卜師和哲學家老了之後怎麼樣？他們的記憶力還好得很呢！

老年人只要經常動腦筋想問題，就能保持良好的記憶力。在這方面，不僅達官顯貴是如此，而且安度晚年的普通百姓也是如此。索福克勒斯直到耄耋之年仍孜孜不倦地寫作悲劇。他專心致志於悲劇創作，以至於被認爲不善理財，於是他的兒子就把他帶到法庭，說他年老智衰，要求法庭剝奪其管理家產的權力——希臘的法律也跟我們的法律一樣，要是家長揮霍家產，通常就剝奪其管理家產的權力。據說，這位年邁的詩人當場把他剛剛寫完且正在修改的劇本（《俄狄浦斯在科羅諾斯》）讀給法官們聽，並且問他們：這個劇本像是一個弱智的人寫的嗎？陪審團聽了他朗讀的劇本後，判他勝訴。可見，索福克勒斯並沒因爲年邁而放棄自己的事業。荷馬、赫西奧德、西摩尼得斯，或我在前面提到過的伊索克拉底和戈爾加斯，或哲學學派的創立者，如畢達哥拉斯、德謨克利特、柏拉圖、色諾克拉底，或後來的芝諾和克萊安西斯，或你們也在羅馬見過的斯多葛學派的第歐根尼，也是如此。所有這些人都從未停止過創作或研究，一直到他們去世爲止。

但是，即使撇開這些崇高的事業不談，我也能舉出一些薩賓地區的羅馬農夫，他們是我的鄰居和朋友，凡是重要的農事，不管是播種、收割或屯糧，他們幾乎是沒有不參加的。然而在其他事情上這也沒有什麼好令人驚奇的，因爲任何人不管怎麼老，也不會認爲自己已經活不了一年。但是這些人辛辛苦苦所幹的事情，他們知道對於他們自己是沒有任何好處的。正如我們的詩人凱基利烏斯・斯塔提烏斯在其《青年夥伴》中所說：

他是為後人種樹。

的確，假如有人問一位農夫，他是為誰而種的，不管他的年紀有多大，他會毫不猶豫地回答：「為了不朽的神靈，他們不但希望我接受祖先的這些東西，而且還希望我把它們傳給子孫後代。」

凱基利烏斯・斯塔提烏斯對於這位老人的那番評論比以下的說法更中肯：

如果說老年的壞處只是，
由於活得長久而看到
許多不願看到的事情，
那已經使我們夠不幸的了。

不錯，一個人由於活得長久會看到許多他不願看到的事情，但是，他也許還會看到許多他樂意看到的事情。再說，他年輕時也常常遇到他不高興的事情呀！

凱基利烏斯還提到一種更糟的觀點：

據說，老年最大的痛苦是：

老年人覺得年輕人討厭自己。

一般說來，年輕人並不討厭老年人，而是比較喜歡老年人。因爲，正如明智的老年人喜歡同有出息的年輕人交往，年輕人的親近和愛戴可以減除老年的孤寂一樣，年輕人也樂於聆聽老年人的教誨，這些教誨有助於他們去尋求美好的人生。我覺得，你們從與我交往中所得到的愉悅也並不亞於我從與你們交往中所得到的愉悅。但這足以向你們表明：老年非但不是萎靡和懶怠的，而且甚至是一個忙碌的時期，總是在做或試圖做某件事情，當然，每個人老年時所做的事情與其年輕時所幹的工作在性質上是相同的。不僅如此，有些老人甚至還在不停地學習呢！譬如說，我們知道，梭倫在他的詩中就誇耀自己雖然老了卻「每天都在學習新的東西」。或者拿我來說也是一樣，我只是到了晚年才開始學習希臘文學，的確，我曾貪婪地——而且也可以說是如饑似渴地——閱讀希臘的文學著作，所以你們可以看到，我現在已能自如地引用希臘文學典故了。我聽說蘇格拉底在晚年還學會了彈七弦琴，我也很想學，因爲古人往往都會彈這種樂器；但是，不管我學不學得會，我在文學方面總是下過功夫的。

其次，我現在也不像年輕時想望有牛或象的力量那樣想望有**青年人的體力**（因爲這是老年的第二點壞處）。一個人應當量力而行，而且，無論做什麼事情都應當全力以赴。還有什麼比克羅頓的米洛的呼號更儒弱的呢？據說，他晚年時看到一些運動員在跑道上練習跑步，於是他就望著自己的胳膊，流著淚大聲地喊道：「哎呀，現在這些肌肉實際上已經死了！」其實，這些肌肉一點也不比他這個無聊的人缺少生機，因爲他絕不是靠他自己的眞才實學，而是靠他的胸大肌和二頭肌才出名的。塞克斯圖斯·埃利烏斯則從未說過這類話，比他還早許多年的提圖斯·科倫堪尼烏斯，或離我們較近的普布利烏斯·克拉蘇，也從未說過這類話——他們都是有實踐經驗的法學專家，他們關於自己專業方面的知識是至死不滅的。演說家到了老年恐怕精力就不濟了，因爲演說不僅要靠理智，而且還要靠肺活量和體力。但是一般說來，人老了以後嗓音就會變得雄渾悅耳，因此，在某種意義上甚至會使演說更具魅力——你們看，我這麼大年紀了，仍不曾失去這種雄渾。然而儘管如此，老年人畢竟適合於那種平靜溫和的演說風格，老雄辯家精練溫雅的演說往往能博得聽眾的好感。即使你本人達不到這一點，你還可以教導一個叫西庇阿的人和一個叫萊利烏斯的人呀！老年人被一群熱情的青年人圍繞著，還有什麼比這更令人愉悅的呢？難道我們不承認即便老年也仍然有力量教導和訓練青年履行人生的一切職責？還有什麼事情比這更高尙的呢？我過去常常認爲，普布利烏斯·西庇阿、格奈烏斯·西庇阿，以及你[5]的兩個祖父——盧西烏斯·埃彌利烏斯和普布利烏斯·阿非利加努斯[6]，都是些幸運的人，因爲他們周圍都有一群傑出的年輕人。而且我們還認爲，凡是美術老

⑤ 指普布利烏斯·西庇阿·阿非利加努斯，即小西庇阿。——中譯者

⑥ 前者是小西庇阿的祖父，後者是其養父的父親。——中譯者

師⑦，不管其體力多麼衰弱，是不會不幸福的。然而這種體力的衰弱往往不是老年時期而是年輕時期的不檢點所致，因爲年輕時放蕩不羈，到了老年身體自然就垮了。例如，色諾芬筆下的居魯士⑧在其老年臨終時曾說，他從未覺得自己老年時比年輕時衰弱。我記得小時候，盧西烏斯·梅特盧斯（他在第二次任執政官後四年又做了大祭司長，這個職務他擔任了二十二年）臨終時身體仍很強健，並沒有衰老的跡象。至於我本人，那就用不著我說了，雖然像我這樣年紀的老人一般說來當然是有資格和權利談論自己的。你們沒有看到《荷馬史詩》中涅斯托耳常常談論自己的優點嗎？因爲當時他已活到了第三代；而且他實事求是地談論自己的情況時，也根本用不著擔心別人會不會覺得他過分自負或誇誇其談。因爲正如荷馬所說，「從他嘴裡講出來的話比蜜還甜」，而說這種甜蜜的話他是不費任何吹灰之力的。儘管埃阿斯勇武過人，希臘軍的那位著名統帥卻認爲，有十個像埃阿斯⑨那樣的人還不如有十個像涅斯托耳那樣的人，因爲有十個像涅斯托耳那樣的人，就可以很快地攻克特洛伊城。

但是還是回過頭來談談我自己吧！我現在已經八十四歲了，也希望能像居魯士一樣誇耀自

⑦ 這裡所說的美術是指：詩歌、音樂、繪畫、雕塑、建築等等。——中譯者

⑧ 波斯帝國的創建者。——中譯者

⑨ 埃阿斯（Ajax）：希臘神話中的英雄，特洛伊戰爭的參加者，身體魁梧，勇猛過人，後因未能得到阿喀琉斯的盔甲憤而自刺身亡。——中譯者

己。但是我不得不承認，我現在的精力確實已不如當年了；想當初在布匿戰爭中當列兵和檢察官的時候，或在西班牙做執政官的時候，或四年後在執政官馬尼烏斯・阿基利烏斯・格拉布里奧的指揮下作爲一名軍事指揮官參加溫泉關戰役的時候，我的精力是何等旺盛。不過，你們也看得出，老年並沒有完全摧毀我的肌體，並沒有使我徹底崩潰。我還有精力指導元老院的工作，或發表演說；我的朋友、門客或外國客人也都認爲，我的精力並未枯竭。我從來就不贊成那句古老而又流傳甚廣的諺語：

早衰老者，

老年長。

對於我來說，寧願老年時期短一些，也不願意提前進入老年時期。因此，迄今爲止，只要有人想見我，我從不回絕。但是，你們也許會說，我沒有你們的力氣大。可是你們也沒有百人隊隊長T・龐梯烏斯的力氣大呀！他因此就比你們更了不起了嗎？每個人最好還是適當地節用體力，量力而行，這樣當然就不會因自己體力衰弱而感到遺憾了。據說，米洛曾在奧林匹克競技會上扛著一頭活公牛步入會場。那麼，你們究竟願意要米洛的體力呢，還是願意要畢達哥拉斯的智力？總之，當你身強力壯時，你就享受那份幸福；當你身體衰老時，你就別再指望恢復昔日強健的體魄——除非我們認爲，年輕人應當希望自己再回到童年時代，中年人應當希望自己再回到青年時代。生命的歷程是固定不變的，「自然」只安排一條道路，而且每個人只能走一趟；我們生命的每一階段都各有特色；因此，童年的稚弱、青年的激情、中年的穩健、老年的睿智——都有某種自然優勢，人們應當適合時宜地享用這種優勢。西庇阿，你祖父的外國朋友馬西尼薩現在已經九十高齡了，關於他的情況我想你是知道的。他一旦開始徒步旅行，中途絕不騎馬；如果一開始就騎馬，他從不半路下馬。即便是颳風下雨或天寒地凍的天氣，他也從不戴帽子。他的身體很健康，所以仍能親理朝政。因此，一個人甚至到了老年，只要他堅持鍛煉身體和有節制地生活，仍能在某種程度上保持其青年時代的強健體魄。

老年是缺乏體力的；不過人們也並不要求老年人有體力。所以，法律和習俗均豁免我這樣年紀的人履行那些沒有體力便不能承擔的義務。因此，人們不但不強迫我們去做那些力所不及的事情，而且甚至也不要求我們去做那些力所能及的事情。但是，也許有人會說，有許多老年人很孱弱，他們甚至連生活都不能自理。孱弱可不是老年所特有的，身體不健康者同樣也會孱弱。你們看，普布利烏斯·阿非利加努斯的兒子，也就是西庇阿的養父，他的身體是多麼弱呀！他的健康狀況有多糟，或者更確切地說，根本無健康可言！要不是因爲這個緣故，他早就成爲政界的第二號大人物了；因爲他除了具有他父親的那種偉人的氣質以外，還有淵博的學識。因此，既然連年輕人也難免會孱弱，老年人有時體弱又有什麼可奇怪的呢？親愛的萊利烏斯和西庇阿，我們應當抵禦老年的侵襲，儘量使它晚一點到來。正如我們應當同疾病作鬥爭一樣，我們也必須同老年作鬥爭。我們應該注意自己的身體，進行適當的鍛煉，每天所攝取的食物要正好能補充體力消耗所需要的營養，不暴飲暴食。我們不但應當保重身體，而且更應當注意理智和心靈方面的健康。因爲它們宛如燈火：若不繼續添油，便會油乾燈滅。此外，鍛煉往往會使身體變得粗壯，但是理智方面的鍛煉卻能使頭腦變得更加精細。凱基利烏斯所說的「喜劇中的老糊塗」是指那種輕信、健忘、邋遢、馬虎的老人。輕信、健忘、邋遢、馬虎並不是老年本身所固有的缺點，只有那些懶散迷糊、老年昏聵的人才是如此。比起老年人來，年輕人往往是比較任性和放蕩的，但也不是所有的年輕人都是如此，只是那些品性不好的年輕人才是如此。那樣，老年癡呆（通常叫作「愚鈍」）也不是所有老年人的通病，只有心智不健全的老人才是如此。阿庇烏斯雖然既老又瞎，但仍然能指揮四個身強力壯的兒子和五個女兒，仍然是一家之主，所有那些門客也都聽他的調遣。這是因爲，他的心靈總是像一張拉滿了弦的強弓一樣綳得緊緊的，絕不因年老而逐漸鬆懈。他在家裡不僅是個有影響的人物，而且是絕對權威：他的奴隸怕他，他的兒子敬重他，所有的人都愛他。的確，在那個大家庭裡，祖先的習俗和戒規仍充滿了活力。其實，只要老年人表明自己的權威，維持自己正當的權利，不屈從於任何人，他便是值得尊敬的。因爲，正如我欽佩老成的青年一樣，我也欽佩有朝氣的老年。凡力求保持青春活力的人，雖然他的身體也許會老，但他的心靈是永遠不會老的。我現在正在編撰《史源》第七卷。我收集所有的古代史料。這段時間，我還在整理我以前在所有重大場合發表的演說詞，準備出版。我正在撰寫有關卜法、教會法和民法的論文。此外，我還在努力學習希臘文；並且，爲了不讓自己的記憶力衰退，我仿效畢達哥拉斯派學者的方法，每天晚上把我一天所說的話、所聽到的或所做的事情再複述一遍。上述這些就是對理智的鍛煉，它們是心靈的「訓練場」：當我在這些事情上幹得很起勁時，我很少感到自己喪失體力。我爲朋友出庭辯護；我還經常出席元老院的會議，並且在會議上常常主動地提出一些建議，這些建議都是經過長時間的深思熟慮之後才提出的。我做這些事情靠的是腦力，而不是體力。即使我身體很弱，不能做這些事情，我也能坐在沙發上享受想像之樂——想像我現在沒有能力去做的那些事情。但是，我現在之所以能做這些事情，是由於我過去的生活所致。因爲一個總是在這些學習和工作中討生活的人，是不會察覺自己老之將至的。因此，他是在不知不覺中漸漸地衰老的。他的生命不是突然崩潰，而只是慢慢地寂滅。

指責老年的第三個理由是：**它缺乏感官上的快樂**。如果老年能使我們抹去這個年輕時代最大的污點，那眞是一件大好事！親愛的年輕朋友們，請聽塔蘭托的阿契塔（希臘最偉大、最傑出的人物之一）是怎麼說的吧。他在一次談話中說（他的這篇講話是我年輕時跟隨昆圖斯・馬克西穆斯而在塔蘭托得到的）：「感官上的快樂是自然賦予人類最致命的禍根；爲了尋求感官上的快樂，人們往往會萌生各種放蕩不羈的欲念。它是謀反、革命和通敵的一個富有成效的根源。實際上，沒有一種罪惡，沒有一種邪惡的行爲不是受這種感官上的快樂欲的驅使而做出的。亂倫、通姦，以及一切諸如此類的醜惡行徑，都是這種淫樂的欲念（而且無需攙雜其他的衝動）激起的。理智是自然或上帝賜予人類最好的禮物，而對這一神聖的禮物最有害的莫過於淫樂。因爲，我們受欲念支配時，就不可能做到自我克制；在感官上的快樂占絕對統治地位的領域裡，美德是沒有立足之地的。爲了使這一點看得更清楚，設想有一個人，他盡情地享受著感官上的快樂，興奮到了極點。毫無疑問，這種人，當他的感官處於這種亢奮狀態時，是不可能有效地運用理智、理性或思維的。因此，再沒有比淫樂更可惡、更要命的東西了，因爲如果一個人長期沉湎於淫樂之中，他的靈魂之光就會泯滅，變成一團漆黑。」

以上是阿契塔對薩謨奈人蓋烏斯・龐梯烏斯所說的一番話，後者就是在考迪翁戰役中擊敗斯普利烏斯・波斯圖彌烏斯和提圖斯・維圖利烏斯兩位執政官的那個人的父親。我的朋友塔蘭托的涅阿庫斯（他始終忠於羅馬）告訴我，他曾聽某個老人轉述過這番話，而且他還說，當時雅典哲人柏拉圖也在場。後來我查明，在盧西烏斯・卡米盧斯和阿庇烏斯・克勞狄烏斯任執政官時，柏拉圖確曾到過塔蘭托。

我爲什麼要引證阿契塔的話呢？爲的是要告訴你們：如果我們借助理性和哲學還不能摒棄淫樂的話，我們就應當感謝老年，因爲它使我們失去了一切不良的嗜好。淫樂阻礙思維，是理性的敵人，因此可以說，它蒙蔽心靈。此外，它與美德是完全不相容的。很遺憾，我不得不把盧西烏斯逐出元老院，他是大名鼎鼎的提圖斯・弗拉米尼努斯的弟弟，而且還做過七年執政官；但是我想，將粗俗好色的行爲視爲恥辱加以擯斥是絕對必要的。因爲他在高盧當執政官時，曾在一次宴會上答應他情婦的要求，將一個被指控犯有死罪的囚犯斬首。在他哥哥提圖斯當監察官（他是我的前任）的時候，他沒有因此受到懲處；但是，我和弗拉庫斯不能姑息這種罪惡放蕩的行爲，尤其是，它不僅玷污了他自己的名譽，而且還給政府帶來了恥辱。

我常聽那些年紀比我大的人說（他們說，他們也是小時候聽老人說的），蓋烏斯・法布里齊烏斯在皮勒斯國王的大本營裡當使節時聽帖撒利亞人基尼阿斯說，有一個雅典人，他自稱是一個「哲學家」，並且斷言我們所做的一切都是同快樂有關。對此，蓋烏斯・法布里齊烏斯常常表示很驚訝。當他把基尼阿斯的這些話告訴曼尼烏斯・庫里烏斯和普布利烏斯・德奇烏斯以後，他們兩人常說，他們希望薩謨奈人和皮勒斯本人也都持這種觀點。因爲如果他們一旦沉湎於淫樂之中，那麼，征服他們就容易得多了。曼尼烏斯・庫里烏斯和普布利烏斯・德奇烏斯很要好，德奇烏斯在庫里烏斯任執政官前四年就爲國捐軀了。法布里齊烏斯和科倫堪尼烏斯也認識他，並且根據他們自己的生活經驗和普布利烏斯・德奇烏斯的行爲，認爲確實存在某種內在的、高尚而又偉大的東西，人們之所以追求它，就是爲了它本身，因此，一切高尚的人無不以此爲目標，而鄙棄和忽視感官上的快樂。那麼我爲什麼在快樂問題上費這麼多口舌呢？因爲，老年對任何快樂都沒有強烈的欲望這一點絕不是指責老年的理由，相反，這是老年最值得讚譽的優點。

但是，你們也許會說，老年被剝奪了飲食之樂，即失去了飽餐美食、開懷暢飲的樂趣。不錯，它的確不能享受這些快樂，因此也沒有酒醉頭疼、胃脹失調、徹夜難眠的痛苦。不過我們應當承認，快樂具有很大的吸引力，要想抵禦它的誘惑不是件容易的事情。柏拉圖說得好，他把快樂稱作「罪惡的誘餌」，因爲人們確實像魚上鉤一樣，很容易上它的當。因此我認爲，老年雖然必須避免豪奢的宴飲，但是參加一些有節制的宴會還是可以的。我小時候常看到蓋烏斯・杜伊利烏斯赴宴歸來。他是馬爾庫斯的兒子，當時已是一個老人了。他很會享受，常常讓一群人舉著火把吹著長笛護送他回家，這對於一個普通人來說是前所未有的。他的光榮歷史使他享有這一特權。但是何必講別人呢？還是回過頭來講講我自己吧。首先，我始終是一個「俱樂部」的成員。你們知道，在我做監察官的時候，由於對大母神的崇拜從伊得山傳入羅馬，成立了許多俱樂部。因此，我經常參加我們俱樂部的聚餐。總的來說，吃得相當儉樸，然而我卻津津有味，非常愉快；但是後來年事漸高，吃的興趣也就日益減退了。實際上，甚至對於這些聚餐，我從來不在乎物質上的享受，我最大的快樂就在於朋友們能聚在一起聊聊天。我們的祖先把宴請賓客（意指共同享受）叫作「一起生活」（*convivium*），是很有道理的。它比希臘文好，希臘文的意思是「一起喝酒」或「一起吃飯」，它們所表達的實際上是宴會的一些最不重要的方面。

對於我來說，因爲喜歡交談，所以甚至早在下午就已經開始享受宴會的樂趣了。我不但喜歡與我同代人（現在還活著的已經沒有幾個了）交往，而且也喜歡與你們以及像你們這種年紀的人交往。我非常感謝老年，它使我對談話的興趣越來越濃厚，對飲食的興趣越來越淡薄。但是如果有人的確能享受到飲食的樂趣（看來不能毫無例外地反對一切快樂，因爲它或許是一種由本性所激起的情感），那麼我覺得，即使對於這些快樂，老年也並不是完全沒有鑑賞力。就拿我自己來說吧，我甚至喜歡照老規矩推定筵席的席主；喜歡按祖先遺下的風俗，在斟完酒後，從坐在左手邊最末尾的那個人開始談話；還喜歡用色諾芬在《會飲篇》中所描繪的那種只能盛一點點酒的小酒盅；而且，夏天喜歡喝涼酒，冬天喜歡喝用太陽曬熱或用火煨熱的溫酒。即使我住在薩賓鄉下的時候，我也一直保留著這些愛好，每天都和鄰居們聚餐，我們邊吃邊聊，無話不談，一直延續到深夜。

但是你們也許會說，老年人已經沒有那種令人興奮的快感了。是的，這是毫無疑問的。但是他們也並不那麼希望有這種快感。凡是你不希望有的東西，你若沒有，是不會感到難受的。當索福克勒斯已經很老很老的時候，有人問他是否還有男女間的床笫之事，他回答得很好，他說：「絕無此事！擺脫了那種事情，有如擺脫了一個粗魯而又瘋狂的主人一樣，我簡直高興極了。」對於確實想望這種事情的人來說，若沒有這種事情，他們可能會覺得很苦惱，很難受；但對於膩味這種事情的人來說，缺乏這種事情比享有這種事情更快樂。不過，不想有這種事情的人，你就不能說他缺乏這種事情。因此，我的論點是：沒有這種欲念乃是最愉快的事情。

但是，即使年輕人更熱衷於這種快樂，也應當指出以下兩點：第一，我已經說過，享受這種快樂是毫無意義的；第二，老年雖然不能充分享有這種快樂，但並不是完全沒有這種快樂。正像坐在劇院裡觀看安必維烏斯・圖爾皮奧的喜劇表演，雖然坐在前排的人所得到的快樂比坐在後排的人多些，但是坐在後排的人畢竟也能得到快樂一樣，年輕人因爲離這種快樂較近，看得比較眞切，所以他們的樂趣也許就更大些，但是老年人，即便離它們較遠，看得不太眞切，也能得到不少樂趣。可以說，一個人在經歷了情欲、野心、競爭、仇恨以及一切激情的折騰之後，沉入籌思，享受超然的生活，這是何等幸福啊！實際上，如果有一些研究能力或哲學功底的話，世界上再沒有比閒逸的老年更快樂的了。我們親眼看到，C・加盧斯（西庇阿，他是你父親的一位朋友）直到他死的那一天還在專心致志地繪製地圖和天體圖。他常常是，從晚上開始計算一道難題，在不知不覺中迎來了黎明，或者，從清晨開始工作，一直幹到夜幕降臨！當他在日蝕和月蝕遠未出現之前就向我們預報它們的出現時間時，他是多麼高興啊！另外，有些人在晚年則從事一些較爲輕鬆的工作，但這也需要敏捷的智力。例如，奈維烏斯以著述《布匿戰爭》爲樂事，而普勞圖斯則以撰寫《凶宅》和《吹牛軍人》爲樂事。我甚至還見過李維烏斯・安德羅尼庫斯，他在我出世前六年就已經開始寫劇本了（當時是堪多和圖地塔努斯當執政官），在我青年時代他還活著。至於普布利烏斯・利基尼烏斯・克拉蘇對於教會法和民法的熱心，或當代的普布利烏斯・西庇阿（他前幾天剛被任命爲大祭司長），那還用得著說嗎？我發現，我上面提到的這些人在晚年都熱衷於這些工作。還有馬爾庫斯・凱特格烏斯，恩尼烏斯公正地稱他爲「說服人的能手」——我們可以看到，他甚至到了老年，演講時還是多麼有激情啊！吃喝嫖賭的快樂能和這種快樂相提並論嗎？這種快樂完全是一種求知的樂趣，對於有理智的、受過良好教育的人來說，這種快樂是隨著他們年齡的增長而增強的。其實，梭倫在我前面引用過的那首詩裡就表達了這種高尚的情感——他活到老學到老，每天都要學習許多新的東西。其他一切快樂當然不可能大於這種理智上的快樂。

現在我來談談農夫的快樂。我覺得務農眞是其樂無窮。這種樂趣並不因年老而消減，而且我認爲，它最適宜於理想中的賢哲生活。因爲他必須同土地打交道，而土地猶如一個銀行，它從不拒絕提款，或不付給利息，雖然有時利率確實低些，但總的說來利率還是比較高的。不過對於我來說，使我快樂的並不只是物產，而且還有土地本身的力量和自然的生產性。因爲她把播撒在翻鬆了的土地上的麥種抱在自己的懷裡，首先把它遮蓋起來（因此，完成這道工序的「耙地」一詞原來是「隱藏」的意思）；接著，她把麥種抱緊了，用自己的熱量給它以溫暖，使它裂開，長出綠色的葉片。然後，麥苗靠鬚根吸收養分，一點點長大，在葉鞘中長出一根有節的主莖，因而使它保持直立狀態，但這時它還沒有成熟。當主莖從葉鞘中脫穎而出以後，它就開始抽穗，穗上有排列整齊的麥粒；而且，爲了防止小鳥啄食，穗上還長有起柵欄作用的麥芒。

至於葡萄的起源、種植和生產，還用得著說嗎？我告訴你們，我老年的消遣就是種葡萄，我覺得種葡萄眞是其樂無窮。從土裡繁殖出來的一切東西都具有一種自然力，因爲泥土能使一粒細小的無花果籽、一粒葡萄核，或其他穀類和植物的最小的種子，長成碩壯的枝幹。關於這種自然力，我在這裡就不談了。但是，槌形切枝、接穗、插枝、壓條——難道這些還不夠令人驚喜嗎？葡萄的枝蔓生來就是下垂的，如果沒有東西支撐，它就臥在地上；但是爲了使自己直立起來，凡是它能夠著的東西，它都用自己的捲鬚將它們纏住，這些捲鬚像手一樣四處攀援。但當它蔓延開來，越纏越多、越長越瘋時，園丁怕它到處攀繞，怕它因長勢過盛而荒蕪，便用剪子對它進行修剪。因此，開春時，在保留下來的枝條的每一節疤處就長出一個「芽眼」。日後，從這些芽眼中長出葡萄。在土地的滋潤和陽光的照射下，它一點點長大。最初它的味道是酸澀的，但到後來成熟時就變甜了；而且，由於有捲鬚遮掩，葡萄棚裡既不缺乏適中的溫度，又能避免太陽的暴曬。還有什麼比葡萄更可口、更美觀的呢？正如我在前面已經說過的那樣，使我欣喜的並不只是它的實利，而且還有它的栽培方法和生長的自然過程：一排排棚柱，頂上的一條條橫檔，枝條的綁縛，壓條繁殖，我已經提到過的對於冗枝的修剪，對於其他枝條的定位。至於灌溉、挖溝和鬆土以增加土壤的肥力，那就更不用說了。關於施肥的好處，我在論農業的那本書裡已經講過。博學的赫西奧德雖然在他的著作中談到過土地的耕種，可是對這個問題卻隻字未提。但荷馬（我認爲他要比赫西奧德早好多代）曾經描寫過，萊耳忒斯因思念兒子遂以耕種和施肥自遣。農夫的樂趣也不僅僅限於麥田、草場、葡萄園和森林，他們還喜歡花園、果園、牧羊、養蜂，以及各種各樣的花卉。不但種植是件很有趣的工作，嫁接也很有意思，它無疑是農夫最巧妙的發明。

我還可以繼續列舉田園生活的種種樂趣，不過我覺得自己已經說得太多了。但是，你們應當原諒我，因爲務農是我非常喜歡的一種消遣，並且，人一老，說起話來自然就會絮絮叨叨——不要以爲我完全沒有老年人的那些缺點。

曼尼烏斯·庫里烏斯在舉行了戰勝薩謨奈人、薩賓人和皮勒斯的凱旋式之後，就是以這種生活度過其晚年的。每當我看到他的鄉間住宅（因爲他的鄉間住宅離我的住處不遠），我都不禁爲這個人的儉樸或那個時代的精神所傾倒。有一次，庫里烏斯正坐在火爐邊，薩謨奈人給他送來一大塊黃金，被他拒絕了。他說，在他看來擁有黃金並沒有什麼了不起，能統治擁有黃金的人才是了不起。你們想，這樣高尚的人在老年能不快樂嗎？

不要離開我自己的行當，還是再回過頭來談談農夫吧。從前，有些元老院議員（即老人）就住在鄉下，據說，L·昆克提烏斯·辛辛納圖斯正在耕地，有人跑來通知他說，他已被委任爲獨裁官[10]。於是，他就命令騎兵統帥C·塞維里烏斯·阿哈拉以試圖篡奪王位的罪名捕殺斯普利烏斯·

[10] 古羅馬握有非常時期權力的官吏。——中譯者

梅利烏斯。庫里烏斯以及其他老人在他們的農舍裡也常常接到通知，請他們出席元老院會議，根據這一情況，人們把傳達這種通知的人叫作「報信人」。那些在耕作中自得其樂的老年人有什麼可憐憫的呢？依我看，農夫的生活是最幸福的，這不僅是因爲它的實際效用（因爲農業有益於整個人類），而且還因爲這種生活的確很快樂（這一點我已經說過），它能大量提供人們養生和祭神所必需的一切食品。所以，既然這些東西是某些人欲求的對象，讓我們同快樂言和吧。因爲勤勞能幹的農夫，他的酒窖、油罐、食品貯藏室總是滿滿的，而且他的整個農舍也顯得很富裕，到處都是豬肉、山羊肉、羔羊肉、禽肉、牛奶、乳酪和蜂蜜。另外還有菜園子，農夫們把它叫作「另一種臘肉」。他們還利用餘暇捕鳥打獵，爲餐桌增添美味。至於綠草如茵的牧場、一排排的樹木、美麗的葡萄園和橄欖樹林，還用得著說嗎？簡言之，沒有什麼比精耕細作的土地既能提供更豐盛的必需品又能呈現更美的景象了。老年人享受這種田園之樂不但沒有障礙，而且還特別適宜。因爲田園生活最有利於老年人的身心健康，天冷時可以到戶外曬太陽，或坐在爐子旁烤火，天熱時可以在樹蔭下或小河邊納涼——除了鄉村之外，你還能找到更愜意的地方嗎？至於武器、馬匹、矛戈、鈍劍、皮球、游泳池和跑道，讓年輕人獨自去享用好了。但是請他們把骰子和籌碼留給我們，因爲有許多體育活動不適宜於我們老年人。如果他們不願意把骰子和籌碼留給我們，那也沒關係，沒有它們老年人照樣能生活得很快樂。

色諾芬的著作內容非常豐富，在許多方面都能給人以很大的教益。我建議你們好好讀讀他的著作。他在那本論田產經營的書（書名爲《經濟論》）中用多麼豐富的詞語來稱讚農業啊！爲了讓你們知道色諾芬認爲耕地是最適合於公子王孫的嗜好，我願把該書中蘇格拉底對克里托布魯斯所說的那段話翻譯出來：

「波斯王子居魯士是位品性卓越、政績輝煌的統治者。他在薩狄斯時，來山得來拜訪他。這位極其豪俠的斯巴達人爲居魯士帶來一些同盟者贈送的禮物，受到居魯士的盛情款待。在訪問期間，居魯士帶他參觀了一個精心培植的庭園。來山得對於庭園中樹木的高大及其梅花形的嚴整排列、土地的精細耕作以至毫無雜草，和花卉所散發的芬芳表示讚美。接著他又說，他所讚歎的不僅是園丁們工作的勤勉，而且還欽佩規劃和設計這個庭園的人的匠心。居魯士回答說：『喔，這整個庭園都是我規劃的。樹木的排列也是我設計的，有許多樹還是我親手栽的呢。』於是，來山得望著他的紫袍、堂堂的儀表，以及鑲有金子和許多寶石的波斯式樣的裝飾品，說：『居魯士，怪不得人們說你幸福，因爲你不但才華出眾，而且很幸運。』」

因此，老年人是可以享受這種幸運的；年齡也無礙於我們從事其他各種事業，尤其是農業，老年人一直可以幹到去世爲止。例如，據記載，M．瓦勒里烏斯．柯爾維烏斯退休後便回故里務農，當他活到一〇〇歲時還在過這種田園生活呢。從他第一次任執政官到他第六次任執政官，中間隔了四十六年。所以說，他服公職的年數相當於我們祖先所規定的從出生到老年開始的歲數。此外，他老年的最後一段時期比他中年的最後一段時期還快樂，因為他那時工作不太辛苦，而威望卻很高。威望是老年人的最大榮耀。

盧西烏斯・凱基利烏斯・梅特盧斯多有威望！阿梯里烏斯・卡拉提努斯的威望也很高，他的墓誌銘是：「許多階層一致認為，此人是全國最卓越的人物。」我想你們一定知道這句墓誌銘，因為它就刻在他的墓碑上。因此，如果一個人歷來受到人們一致的稱讚，他自然就有威望。此外，在近代，大祭司長普布利烏斯・克拉蘇及其繼任者M・李必達是多麼偉大的人物啊！至於保盧斯、阿非利加努斯，或我在前面提到過的馬克西穆斯，那就更不用說了。他們不但在元老院裡發言很有影響，而且即便輕輕地點一下頭也很有分量。實際上，老年的威望，尤其是享受尊榮的老年的威望，其價值相當於青年時代一切快樂的總和。

但是在我的整個談話過程中，你們必須記住，我所讚美的只是那種年輕時代已經打好基礎的老年。由此可以推斷出我曾經發表過的那種為人們普遍贊同的觀點：需要自我辯解的老年肯定是一種可憐巴巴的老年。無論是白髮還是皺紋都不可能使人突然失去威望，因為一個人最終享有威望乃是他早年品行高尚的結果。雖然有些事情一般被看作是微不足道和理所當然的，比如受人敬禮、被人求見、為人讓路、來人時起立、去演講時來回都有人陪同、徵求意見等等，但這一切都是尊敬的表示，我們奉行這些禮節，其他國家也是如此——社會風氣越好的地方，對老年人總是越尊敬。據說，來山得（即我前面提到過的那個斯巴達人）常說，斯巴達是老年最尊榮的故鄉；因為再也沒有比斯巴達更尊敬老年人的地方了。而且我還聽說過這樣一個故事：在雅典，一個老年人去看戲，當他走進劇場時戲已經開演了；在劇場裡，他的廣大同胞沒有一個給他讓座，但當他走到斯巴達人的座位旁邊時（作為使節，他們有自己特定的座位），他們都不約而同地站了起來，請他入座。當全場報以熱烈的掌聲時，有一位斯巴達人說：「雅典人知道什麼是對的，但自己卻不願意去做。」

我們的占卜院也有許多好規矩，但是與我們現在所討論的題目有關的最好的一個規矩是：辯論時發言的先後以年齡大小而不以官職高低為順序，即便官職最高的大官，也得讓比他年長的人先說。哪一種感官上的快樂能與威望方面的報酬相比擬呢？我覺得，生活猶如演戲，善於享用這種報酬的人總是能成功地將這出人生的戲劇演到底，而不是像初出茅廬的演員那樣到最後一幕把戲演砸了。

不過，有人也許會說，老年人煩躁不安，脾氣古怪，不好相處。如果這樣說的話，他們還很貪婪。但這些都是性格的缺點，不是年齡的缺點。而且，煩躁不安以及我所提到的其他缺點畢竟還是有理由的（當然，這個理由是不充分的，但它仍不失為一個理由），那就是：老年人自以為被人忽視，被人看不起，被人嘲弄。此外，由於身體孱弱，哪怕最輕微的傷害都會導致痛苦。不過，只要性格開朗並受過良好的教育，這些缺點是可以克服的。在現實生活中就有這方面的例子。而且《兩兄弟》這齣戲中的那兩兄弟也是一個例證：一個是多麼尖刻，一個是多麼寬厚！事實上，人的性格就像酒一樣，酒放時間長了並不都會變酸，同樣，人的性格到老年也並不都會變得尖刻。我贊成老年人要有威嚴，不過這也應當像其他事物一樣，有一個適當的限度。但是我絕不贊成尖刻。至於老年人的貪婪，我眞弄不懂他們究竟圖的是什麼。因爲這好比一個旅行者：剩下的旅途越短，他越想籌措更多的旅資。難道還有比這更荒唐的事情嗎？

剩下還有第四個理由——**死亡的臨近**。它似乎比其他任何一個理由更使我這種年紀的人苦惱，使他們處於焦慮之中。應當承認，老年人離死是不遠了。但是，如果一個老年人活了一輩子還不知道死亡並不是一件可怕的事情，那麼他肯定是一個非常可憐的老糊塗！死亡無非有兩種可能：或者使靈魂徹底毀滅，或者把靈魂帶到永生的境界。如果是前者，我們完全無所謂；如果是後者，我們甚至求之不得。除此之外，絕無第三種可能。如果我死後註定是或者沒有痛苦，或者甚至很幸福，那麼我又有什麼可害怕的呢？有誰（不管他有多麼年輕）會蠢到竟然敢打包票說，自己一定能活到今天晚上呢？實際上，年輕人死亡的機緣比我們老年人還多：他們更容易得病，而且生起病來更厲害，治療起來也更困難。因此，只有少數人才能活到老年。如果不是這麼多年輕人不幸早亡的話，人生就會變得更加美好，人也會變得更有智慧，因爲有思想、有理性、能做到深謀遠慮的正是那些老年人。沒有老年人，國家就完全不可能存在。但我還是回過頭來談談死亡的迫近這個問題。死亡的迫近怎能算是老年的缺憾呢？要知道，年輕人同樣也存在這個問題。我之所以相信無論什麼年紀都是會死的，那是有理由的，因爲我失去了我優秀的兒子。西庇阿，你也一樣，失去了兩個兄弟，他們都有希望獲得最高的榮譽。你們也許會說：是的，但年輕人希望活得長久，而老年人卻不可能有這個希望。誰要是抱這種希望，他就是個傻瓜，因爲他把不確定的事物看作是確定的，把虛幻的事物看作是眞實的，還有什麼比這更愚蠢的呢？也許有人會說：「老年人甚至沒有什麼可希望的了。」嘿，正是在這一點上，他就比年輕人強，因爲年輕人所希望的東西，他都已經得到了。年輕人希望活得長久，而他卻已經活得長久了。

然而，天哪！人怎樣才算是活得「長久」呢？因爲即便我們能活到塔特蘇斯的國王那樣的歲數，那也是有極限的。我從一篇記載中獲知，加德斯有個叫作阿伽陶尼烏斯的人，他在位八十年，活了一二〇歲。但是我覺得，只要有「終結」，那就算不得長久，因爲大限一到，過去的一切都將消逝——唯有一樣東西可以存留，那就是你用美德和正義的行爲所贏得的聲譽。實際上，年、月、日、時都在流逝，過去的時間一去不再複返；至於未來，那是不可知的。因此，每個人無論能活多久都應當感到滿足。一個演員，爲了贏得觀眾的稱讚，用不著把戲從頭演到尾；他只要在他出場的那一幕中使觀眾滿意就行了。一個聰明的人也不需要老是留在人生的舞臺上一直等到最後的「喝彩」。因爲不管生命怎麼短暫，活得光明磊落和體面總還是可以的。但是假如你的壽命比較長，你也不應當發牢騷，就像農夫不應當因爲春季的消逝和夏秋的來臨而發牢騷一樣。「春天」這個詞在某種程度上使人聯想到青春，並意味著未來的收穫，而其他季節則適合於穀物的收割和儲藏。我以前常說，老年的收穫就是對早年生活中幸福往事的大量回憶。另外，一切順乎自然的事情都應當被認爲是好事。但是還有什麼比老年人壽終正寢更順乎自然的呢？當然，年輕人也會夭折，但那是違背自然的。因此，我覺得，年輕人的死亡猶如熊熊烈火被一場暴雨所澆滅；而老年人去世就像一團火在沒有任何外力作用的情況下漸漸燒盡而自行熄滅一樣。青綠的蘋果很難從樹上摘下，熟透的蘋果會自動跌到地上。人們像蘋果一樣，少年時的死亡，是受外力作用的結果，老年時的死亡是成熟後的自然現象。我認爲，接近死亡的「成熟」階段非常可愛。越接近死亡，我越覺得，我好像是經歷了一段很長的旅程，最後見到了陸地，我乘坐的船就要在我的故鄉的港口靠岸了。

另外，老年沒有固定的界限，只要你能擔負起責任，將生死置之度外，你就是在非常恰當地利用老年。因此，老年甚至比青年還自信、還勇敢。這就是梭倫對僭主庇西斯特拉圖斯所作的如下回答的含意——庇西斯特拉圖斯問梭倫：「你憑什麼，竟敢如此大膽地反對我？」梭倫回答說：「憑我的老年。」但人最好是在頭腦清楚、感官健全的時候死去，「自然」組裝起來的東西仍然由「自然」來拆散。建築家親自建造的船隻或房屋；他自己拆起來比其他任何人更容易；同樣，「自然」把人體組合在一起，由她來親自拆毀人體，也是最合適的。再說，新砌的房屋總是很難拆毀的；如果舊房子，那麼就很容易拆毀。

因此，老年人對於自己短暫的餘生既不應當過分貪戀，也不應當無故放棄。畢達哥拉斯告誡我們：若沒有我們的指揮官即上帝的命令，切不可撤離生命的堡壘和前哨。梭倫確實很聰明，他在爲自己所寫的挽歌中說，他不希望自己死時沒有朋友爲他哀悼。我想，他可能缺乏朋友的摯愛。但是，我倒覺得恩尼烏斯說得更好：

誰也不要用眼淚對我表示敬意，更不要嚎啕大哭，
使我的葬禮沉浸在悲哀的氣氛中。

他認為，死後靈魂不朽，所以死並不是一件令人悲傷的事情。

此外，人臨終時可能會有某種痛苦，但這只是短暫的，尤其是老年人。當然，死後，人們或者感到很快樂，或者什麼感覺也沒有。但是我們必須從青年時代起就接受這方面的教育，才能置生死於度外，因為沒有這方面的知識，就不可能有寧靜的心境。因為人總有一死，而且誰也不能肯定自己今天會不會死。因此，死亡每時每刻都在威脅著我們，所以，要是怕死，心裡怎麼能夠安寧？

但是我想，這個問題用不著我再多說了，儘管我還記得以下這些人的英雄事蹟：盧西烏斯·布魯圖斯為了保衛祖國而遭殺害；德奇烏斯父子以大無畏的精神騎馬衝向敵陣，戰死於疆場；馬爾庫斯·阿梯里烏斯·雷古盧斯為了不違背自己對敵人所許下的諾言，寧願返回異國遭受刑戮；西庇阿兄弟甚至決定用自己的身體阻擋迦太基人前進；西庇阿，你的祖父盧西烏斯·保盧斯在坎尼的那次可恥的失敗中因同僚的失職而賠上了自己的生命；還有馬爾庫斯·馬爾采盧斯，甚至最兇殘的敵人也會允許對他進行厚葬。只要回憶一下下述情形就足夠了：我們的軍團常常雄赳赳氣昂昂地開赴戰場（我在《史源》中曾對此做過記述），然而士兵們心裡都清楚，他們是不可能從戰場上活著回來的。因此，連年輕人——他們不但沒有受過教育，而且都非常幼稚——都認為無所謂的事情，我們這些有知識的老年人還有什麼可害怕的呢？我認為，對一切事情的厭倦必然會導致對人生的厭倦，這是一條普遍真理。有些事情適合於童年，難道年輕人還會留戀那些事情嗎？有些事情則適合於青年，到了所謂「中年」的那個時期，難道還會要求去做那些事情嗎？另外有些事情則適合於中年，到了老年就不會想去做了。最後，還有些事情則屬於老年。因此，正像早年的快樂和事業有消逝的時候一樣，老年的快樂和事業也有消逝的時候。到了那個時候，人也就活夠了，可以毫無遺憾地謝世了。

我認為，我完全可以把我個人對死亡的看法告訴你們，因為我覺得，自己離死亡比較近，所以相對地說來對這個問題看得也比較清楚。西庇阿和萊利烏斯，我相信你們的父親——他們是傑出的人物，都是我最親密的朋友——現在還活著，並且過著一種眞正是名副其實的生活。因為，只要我們被囚禁在這軀殼裡，我們就得履行某種職責，就得做命運分配給我們的工作。實際上，靈魂來源於天國，是從其至高無上的故鄉遣送下來的，因此也可以說是被埋在塵世——即與其神聖和不朽的本性格格不入的地方。但是我想，不朽的諸神之所以要把靈魂植入人的軀體，就是為了能有某種東西俯瞰這個世界，同時還注視天體的秩序，以便將這種永恆不變的秩序貫徹於人類生活之中。使我產生這種信仰的不僅僅是推理和論證，而且還有那些最傑出的哲學家的聲望和權威。我過去常聽說，畢達哥拉斯和他的弟子們——他們幾乎都是我們的同胞，古時候被稱為「義大利哲學家學派」——從不懷疑我們的靈魂都是從普遍的神聖理智中選拔出來的。此外，我還經常重溫蘇格拉底臨終時所發表的那篇關於靈魂不朽的談話；而蘇格拉底，他曾被德爾斐神諭所宣佈為最有智慧的人。我沒有必要再多說什麼了。我對此深信不疑，並且認為，既然靈魂活動迅速，多才多藝，學識淵博，發明諸多，能清楚地記得過去和預知未來，那麼，如此神通廣大的東西，其本身是不可能死的。既然靈魂總是處於活動之中，而且這種活動並沒有外在的原因，因為它是自動的，那麼我可以斷言，它永遠也不會停止活動，因為它絕不可能拋棄自己。另外，既然從性質上說，靈魂並不是合成的，它的內部並不攙雜有任何不同性質的東西，因此我可以斷言，它是不可分的；既然它是不可分的，那麼它就不可能消亡。還有，小孩子學東西很快，往往一學就會，好像他們不是初次接觸這些東西，而是喚起對於過去的記憶似的。這也是一個很有力的證據，證明人們的許多知識是生下來以前就有的。柏拉圖的論證大致上也是如此。

在色諾芬的著作中我們還可以看到大居魯士在臨終時曾說過這樣一番話：

「我親愛的兒子們，你們不要以爲我離開你們之後就不再存在了。即使我和你們在一起的時候，你們也看不見我的靈魂，但是根據我的所作所爲就可以知道，我的軀體裡是有靈魂的。所以，雖然你們以後還是看不見我的靈魂，但是你們應當相信我的靈魂依然存在。假如名人的靈魂並沒有做過某種能使我們追念他們的事情，那麼當他們死後，他們的榮譽也就不復存在了。至於我本人，我從來不相信靈魂在有死的軀殼裡是活的，一旦離開這種軀殼便死了。我也不相信靈魂離開了那沒有理智的軀體之後反而完全失去了理智。我倒是認爲，只有完全擺脫了軀體，靈魂才會開始變得純潔無瑕，這時靈魂才會變得更有智慧。此外，人死之後，他的肉體就分解成爲各種元素，而其他的每種元素究竟去向何方，那是顯而易見的：它們原來是從什麼地方來的，現在又都回到什麼地方去。唯獨靈魂是看不見的：它在軀體裡的時候是看不見的，離開軀體的時候同樣也是看不見的。而且，你們都知道，沒有什麼比睡眠更像死亡的了。當人處於睡眠狀態時，靈魂便最清晰地顯示出它的神性，因爲靈魂在無拘無束的情況下能預見許多事情。這就表明，靈魂完全擺脫肉體的桎梏之後可能會是什麼樣的情形。所以，如果情況果眞如此，那麼我將成爲神靈，你們應當服從我。但是如果我的靈魂與軀體同朽，那麼你們這些活人，出於對諸神的敬畏（他們監視和統治著這個美好的宇宙），也應當以忠誠和虔敬的態度來緬懷我。」

以上是居魯士的臨終遺言。要是你們同意的話，我現在來談談我自己的看法。我親愛的西庇阿，你的父親保盧斯，以及你的兩個祖父保盧斯和阿非利加努斯，或者阿非利加努斯的父親，或者他的叔叔，或者其他許多無需列舉的名人，假如這些人不知道後人會紀念他們，誰也不能使我相信他們會做出這種令子孫後代景仰的豐功偉績。假如我相信我的榮譽只是以我的有生之年爲限，那麼——享受老年人的特權，說句有點自誇的話——你們想我還會在國內外日以繼夜地從事這麼繁重的工作嗎？過一種與世無爭、舒心安逸的生活不是更好嗎？但是不知怎麼搞的，我的靈魂不甘寂寞，它的眼睛總是盯著後世，好像確信：它只有離開軀體之後才能開始過一種眞正的生活。但要是靈魂不是不朽的，那麼一切最優秀人物的靈魂就不會作出最大的努力去追求一種不朽的名聲。

此外，最聰明的人總是能從容地去死，最愚蠢的人總是最捨不得去死，這又怎麼解釋呢？這是因爲有些靈魂的目光比較銳利，看得比較遠，知道死後自己要到一個更好的地方去，而有些靈魂的目光比較短淺，看不到這一點，難道你們不這樣認爲嗎？至於我，現在很想去見你們的父親，他們都是我所敬愛的人。我不但非常想見我所認識的那些人，而且也非常想見我所聽說過的、在書中讀到過的，或在我本人的歷史著作中寫到過的那些人。當我動身去見他們的時候，當然誰也很難把我拉回來，或者像煮珀利阿斯⑪那樣把我的生命再「煮」回來。而且，即使有某個神靈允許我返老還童，讓我再次躺在搖籃裡哇哇啼哭，我也是會斷然拒絕的，因爲我幾乎已經跑完了全程，確實不願意再被叫回來從頭跑起。活在世上有什麼意思呢？還不是受累？即使假定活在世上是很有意思的，但不管怎麼說，最終也會有活夠了的時候。我並不想，像許多人和有些著名的哲學家常常所做的那樣，貶低人生；我對自己活在世上也不感到後悔。因爲我一生的經歷使我覺得我並沒有白來這塵世一趟。但是我告別人生，好像是離開旅館，而不是離開家。因爲「自然」給與我們的是一個暫時的寓所，而不是永久的家園。

啊，到時我將離開這喧噪污濁的世界，前往天國參加靈魂的聚會，那是令人愉快的日子！因爲屆時我不但可以見到我前面提到過的那些人，而且還可以見到我的兒子加圖，世界上沒有比他更

⑪ 希臘神話人物。傳說，女巫師美狄亞為了懲罰珀利阿斯，煽惑珀利阿斯的女兒們把她們的父親砍成幾塊，放在鍋裡煮，謊稱這樣可以使她們的父親恢復青春。——中譯者

好、更孝順的人了。本來應當由他來焚化我的屍體，結果，卻反而由我來焚化他的屍體。但是他的靈魂並沒有遺棄我，而是一直在回頭看著我；他的靈魂必定是先去了那個他知道我早晚也必定要去的地方。人們認爲，我在喪子一事上表現得很英勇豁達，其實我也很悲痛，但是我一想到我們之間的分離不會長久，便覺得有所安慰。

親愛的西庇阿，我正是用這些方法來減輕自己老年的負擔，因此我覺得，老年不但不是難以忍受的，而且甚至是很愉快的（因爲你說，你和萊利烏斯常常對這一點表示驚訝）。但是我認爲人的靈魂是不朽的，即便我的這一觀點是錯誤的，我也願意這樣錯下去，因爲這一錯誤給與我如此多的快樂，我不願在我有生之年失去它。但是，像有些蹩腳的哲學家所認爲的那樣，如果我死後就沒有知覺了，那麼，我也就用不著擔心哲學家們死後會嘲笑我的錯誤了。此外，假如我們不是永生的，那麼，一個人在適當的時候死去也是件值得欣慰的事情。因爲「自然」爲一切事物設定了極限，人的生命也不例外。可以說，老年是人生的最後一幕，這時我們已疲憊不堪，尤其是當我們自己也覺得已經活夠了的時候，那就該謝幕了。

關於老年，我要說的就是這些。祝願你們都能活到老年，到時你們可以通過實踐來檢驗我的話是否正確。

論友誼

占卜官昆圖斯・穆丘斯・斯凱沃拉過去常常以清晰的記憶有聲有色地講述他岳父蓋烏斯・萊利烏斯的故事，而且每次提到他，都毫不猶豫地稱他爲「智者」。我剛滿十四歲，穿上成人服，我的父親就把我帶到斯凱沃拉那裡，並講好，只要他願意，我將永遠不離開這位德高望重的老人身邊。結果是，我記住了他的許多論述和許多簡短精闢的箴言，總之，我儘量用他的智慧來充實自己。他去世後，我又從師於大祭司斯凱沃拉。我敢說，無論是能力還是人品，他在國人中都是最傑出的。但是關於後面這個斯凱沃拉的事，我以後有機會再說。現在回過頭來談談占卜官斯凱沃拉。在關於他的許多事情中，有一件我記得特別清楚。有一天，他像往常一樣，坐在花園裡的一個半圓形的凳子上，當時只有我和他的少數幾個要好的朋友在場；他偶爾談起了一件當時許多人都在議論的事情。阿提庫斯，他和普布利烏斯・蘇爾皮西烏斯很要好，你肯定記得，他從前與執政官昆圖斯・龐培的關係非常親密，感情甚厚，可是後來他當了護民官後卻與昆圖斯・龐培反目爲仇，成了死對頭，人們爲此感到非常驚訝，甚至非常憤慨。那一天，斯凱沃拉偶爾提到了這件事之後，便向我們詳細地轉述了萊利烏斯有關友誼的論述，那是萊利烏斯在阿非利加努斯死後沒幾天對斯凱沃拉和他的另一個女婿蓋烏斯・范尼烏斯（馬爾庫斯・范尼烏斯之子）說的。我還記得這一論述的那些要點，並且在本書中我自行對它們作了一番整理。因爲我把談話者帶到了我的「舞臺上」，讓他們親自開口說話，以免重複記敘文中的那種「我說」、「他說」的字樣，並且使得這一論述具有一種使讀者仿佛身臨其境，聆聽他們說話的神韻。

你常要我寫一點關於友誼的文章，我也覺得，這個題目看起來好像是一個值得每個人研究的題目，而且尤其切合於你我之間存在的那種親密的交情。因此，我很願意答應你的請求，做有益於公眾的事情。

至於登場人物：在我獻給你的《論老年》一文中，我把加圖當作主要的發言人。我想，最適宜於談論老年的莫過於那種年紀比任何人都大而且身體又格外健朗的老人了。同樣，我們從傳說中得悉，在所有的友誼中蓋烏斯．萊利烏斯和普布利烏斯．西庇阿之間的友誼是最值得稱道的，所以我認爲萊利烏斯是最適合於講解友誼的人，而且斯凱沃拉記得他也的確談論過友誼。此外，討論這類問題得設法借重古人之口，特別是古代的名人，這樣才能使這種討論具有更高的權威性。因此，我在讀我自己寫的《論老年》時常常有這樣一種感覺：好像講話的人確實是加圖，而不是我自己。

最後，正像我把前一篇文章作爲一個老人給另一個老人的一件禮物送給你一樣，我把《論友誼》這篇文章作爲一個最親密的朋友給他的朋友的一件禮物謹獻給你。在前一篇文章中，主講人是加圖，他是當時年紀最大，而且最聰明的人；在這篇文章中，論友誼的主講人是萊利烏斯，他不但是一位智者（那是人們授予他的稱號），而且還以篤於友誼見稱於世。請你暫時忘掉我，權當萊利烏斯在說話。

阿非利加努斯去世後，蓋烏斯．范尼烏斯和昆圖斯．穆丘斯來看望他們的岳父。他們提問，萊利烏斯作答。整篇文章都是關於他對友誼問題的論述。你在讀這篇文章時，將會看到你自己的身影。

范尼烏斯：萊利烏斯，你說得不錯，沒有比阿非利加努斯更好更卓越的人了。但是你應當知道，現在所有的眼睛都注視著你。大家都把你叫作傑出的「智者」，認爲你就是這樣的人。不久以前，人們曾把這個尊貴的頭銜授予加圖；而且我們還知道，在上一代，盧西烏斯・阿梯利烏斯也曾被叫作「智者」。但這個詞用在這兩個人身上，其含義是不同的：阿梯利烏斯是由於其精通民法被稱爲「智者」的；加圖，因爲他經驗豐富、深謀遠慮、立場堅定，並且在元老院裡和公眾演說中常常發表一些明智的見解，所以到他老年時便獲得了「智者」這一榮譽稱號。但是你呢，雖然也被稱爲「智者」，然而你被稱作「智者」的緣由卻和他們有所不同——不僅是因爲天賦才能和品性，而且還因爲你的勤勉和學識；他們給與你這個頭銜，並不像一般無知的群眾那樣輕率，而是有學問的人對你的一種評價。在這種意義上，整個希臘除了那個雅典人①之外沒有一個人可稱得上是聰明的；誠然，他還被阿波羅神諭宣示爲「最聰明的人」。因爲愛挑剔的批評家並不承認當時所謂的「七賢」能躋身於「智者」之列。人們認爲，你的智慧就在於：你把自己看成是自給自足的，並把人生的各種變化和機遇看作是不能影響你的美德的。因此，他們總是問我，而且很可能也問過斯凱沃拉：對於阿非利加努斯的去世，你是如何忍受的？以下這一事實更激起了他們的這種好奇心：本月七日②，我們這些占卜師照例在德基穆斯・布魯圖斯的鄉間別墅聚會，你沒有到會，而以前你是從不失約準時赴會的。

---

① 指蘇格拉底。——中譯者

② 原文為Nones，即三、五、七、十月的第七日，其他各月的第五日。——中譯者

斯凱沃拉：是的，萊利烏斯，也有許多人問過我范尼烏斯提到的這個問題。但我是根據自己的觀察來回答的。我說：你對於這位最傑出的人物和非常親密的朋友的去世，是頗能節哀的。當然，你不可能不悲傷，因爲那未免太不符合於你溫雅的性格；但是，你沒有到會的原因是由於生病，而不是由於哀痛。

萊利烏斯：謝謝你，斯凱沃拉。你說得很對，一點沒錯。因爲要是我身體好的話，我確實沒有權利因任何個人的不幸而任意曠誤自己曾經常履行的職責；而且我還認爲，無論發生什麼事情都不可能使一個有原則的人怠忽職責。至於你，范尼烏斯，你說大家授予我這一榮譽稱號（對於這個頭銜我實不敢當，也不敢企求），你無疑是出於對我的偏愛；但是我必須指出，你對加圖的評價似乎不夠公正。如果說世上曾有過「智者」的話——對此我是有懷疑的——那便是他。撇開其他的事情不說，就看他是如何忍受喪子之痛的吧！我未曾忘記保盧斯，我也親眼見過加盧斯。但他們的兒子都是在童年時夭折的，而加圖的兒子卻是在功成名就的成年死的。所以，即便是那個如你所說的被阿波羅判定爲「最聰明的人」，也不要輕易地把他看作是在加圖之上。因爲前者的名氣在於言辭，而後者的名氣在於品行。

至於我自己（我現在告訴你們倆），請你們相信我的話，情況是這樣的：如果我說，對於西庇阿的去世我並不感到哀傷，那麼我就必須讓哲學家們來證明我的這種行爲是正當的，但是實際上我是在撒謊。失去了這樣一位朋友，我當然感到悲傷，因爲我認爲以後永遠也不會再有這樣的朋友了，而且我敢說，這樣的朋友在以前也是從來沒有過的。但是我不需要服藥。我能找到一種自我安慰的方法，這主要在於我能擺脫使一般的人在喪失朋友時產生痛苦的那種錯誤的看法。我相信西庇阿並不受罪，要是說有人遭受苦難的話，那就是我；因自己的不幸而悲痛萬分，那就表明：你不是愛你的朋友，而是愛你自己。

誰能說他這一生過得不好呢？除非他想長生不老（他根本沒有這種想法），凡是世人所能企求的東西哪一樣他沒有得到呢？在他的童年時代，國人就對他寄予很大的期望，後來長大成人果然不負眾望，勇武過人。他從不參加執政官的競選，卻曾兩次當選為執政官：第一次當選是在尚未達到法定年齡之前；第二次當選，對於他來說，年齡早就夠了，但就國家的利益來說，幾乎是太晚了。他攻陷了兩座為帝國勁敵的城池，於是不但結束了當時正在進行的戰爭，而且還杜絕了以後可能發生的戰爭。至於他的和藹可親的態度，對母親的孝順，對姐妹的慷慨，對親戚的寬宏，對他人的誠實，還用得著我說嗎？這些你們全都知道。最後，從葬禮中對他的哀悼情形，便可知道國人是何等敬重他。這樣一個人即便再多活幾年，還能得到些什麼呢？雖然老年不一定是一種累贅——我記得加圖在他去世前兩年對我和西庇阿曾這樣說過——但這必然要減少一些西庇阿至死仍享有的那種英銳之氣。因此，我們可以說，他的一生是再幸運不過的了，他生前所得到的榮譽簡直無以復加；而且他的突然去世也使他免卻了死神的折磨。至於他是怎麼死的，這很難說；你們知道人們猜疑的是什麼。不過，我可以這樣說：西庇阿一生中有許多日子都是在勝利的喜悅中度過的，但最快樂的卻是他死前的那一天，那天元老院散會之後，他由元老院議員、羅馬市民、同盟者和拉丁人護送回家。看來，他臨死前如此受人敬重，死後自然是升入天堂，而不是降到地獄。

我不是一個現代哲學家，因爲現代哲學家們堅持認爲，我們的靈魂隨著肉體的死亡而消逝，人一死什麼都完了。對我影響比較大的是古代的看法：或是我們自己祖先的看法，他們爲死者舉行非常隆重的儀式，如果他們相信死者已完全消亡的話，他們顯然不會這樣做了；或是哲學家們的看法，他們曾經訪問過這個國家，並且在大希臘講授自己的行爲準則和學說，當時大希臘非常繁榮興旺，但是它現在已經衰落了；或是被阿波羅神諭宣示爲「最聰明」的那個人的看法，他一貫主張（我們發現，大多數哲學家的看法卻是動搖不定的）：「人的靈魂是神聖的。靈魂離開肉體後便回歸於天，最容易升天的是那些最有德行、最公正的靈魂。」西庇阿也持有同樣的看法。就在他去世前幾天——好像他預感到要發生什麼似的——他談了三天國事。參加那次談話的有菲勒斯、曼利烏斯和其他幾個人。斯凱沃拉，我也帶你一起去過。他談話的最後部分主要涉及靈魂不朽；因爲他告訴我們，大阿非利加努斯曾經托夢給他。如果說一個人越善良，他的靈魂在死後就越容易擺脫肉體的桎梏，那麼還有誰比西庇阿更容易升天呢？所以，我傾向於認爲，對於他的這種情況而感到悲傷，這是出於嫉妒，而不是出於友誼。但如果不是這樣，而是肉體與靈魂一起消亡，不再有什麼感覺，那麼，雖然死沒有什麼好處，但至少也沒有什麼壞處。因爲一個人要是失去了感覺，那他就好像從未出生過一樣；但是這個人曾經出生過這個事實對於我來說是一件喜事，而且對於這個國家來說也將永遠是一件值得慶幸的事情。

因此，我在前面已經說過，他的一生是再幸運不過了。我卻不如他，因爲照理說，我比他早生，也應當比他早死才是。不過當我回想起我們的友誼時，我覺得非常愉快，以至於認爲自己的一生也是幸福的，因爲我的一生是在和西庇阿的相處中度過的。無論公事還是私事，我們都相互幫助；在羅馬我和他住在一起，後來我們又一起到國外服役；我們之間的愛好、追求和觀點上完全協調一致，這種協調一致乃是友誼的眞正秘訣。因此，我覺得，范尼烏斯剛才提到的我在「智慧」上的聲譽——尤其是一些沒有根據的說法——並沒有什麼值得高興的，我高興的則是希望對於我們的友誼的回憶能持久長存。在這方面使我比較介意的是如下事實：據歷史記載，自古以來眞正誠篤的朋友只有三、四對；我希望西庇阿和萊利烏斯的友誼也能像他們一樣傳諸後世。

范尼烏斯：當然啦，那肯定會是這樣的，萊利烏斯。但是既然你提到了友誼這個詞，而且我們今天也閒著沒事，請你和我們談談友誼問題。如果你能像通常談論其他問題一樣，談談你對友誼的看法、友誼的性質，以及關於友誼所應遵循的規則，我想斯凱沃拉一定也會贊成我這一建議的。

斯凱沃拉：我當然贊成。我也正想提出這種請求，但范尼烏斯卻搶先說了。所以，我們兩人都很願意聽聽你對這個問題的看法。

萊利烏斯：倘若我覺得自己有把握的話，我是肯定不會拒絕的。因爲這個題目是一個很崇高的題目，而且（正如范尼烏斯所說）我們今天也閒著沒事。但是，我算什麼？我有什麼能耐？你們所提議的完全是哲學家才能做到的事情，特別是希臘哲學家，不管你突然提出什麼問題，他們往往都能侃侃而談。這是一件很難的事情，需要長期的練習。所以我認爲，你們若想聆聽關於友誼問題的正式論述，就應當去請教那些具備這種才能的人。我所能做的只是勸你們把友誼看作是人生的頭等大事；因爲友誼是最合乎我們天性的東西，或者說，無論在順境或逆境中，它正是我們最需要的東西。

但首先我得定下這樣一條原則——友誼只能存在於好人之間。不過，我並不像那些把自己的定義搞得過分準確的哲學家那樣非常嚴格地貫徹這一原則。他們也許是對的，但這並沒有什麼實際好處。我指的是那些人，他們說：除了「智者」以外沒有一個是「好人」。這種說法當然是對的。但是他們所說的「智慧」並不是凡人所能得到的。我們看事情必須根據日常生活的實際情況——不應當憑完美的想像或理想。甚至連蓋烏斯・范尼烏斯、曼尼烏斯・庫里烏斯和提貝里烏斯・科倫堪尼烏斯（我們的祖先曾判定他們是「智者」），我也絕不會按照他們的標準宣稱這些人是智者。所以，請他們收回「智慧」這個詞吧。每一個人都討厭它，誰也不知道它究竟指什麼。只要他們承認我所提到的這些人是「好人」，那就行了。但是，他們連這一點也是不會承認的。他們說，除了「智者」以外誰也不可能得到這個頭銜。那麼好吧，讓我們把他們排除在外，並且像俗話所說的那樣，用我們自己「天生譾陋的智力」來盡力而爲吧。

因此，我說的「好人」是指這樣一些人：**他們的行爲和生活無疑是高尚、清白、公正和慷慨的；他們不貪婪、不淫蕩、不粗暴；他們有勇氣去做自己認爲正確的事情**。例如，我剛才提到的這些人就可以算是這樣的人。這種人一般說來被認爲是「好人」，讓我們也同意這樣稱呼他們吧，因爲他們盡人之所能順從「自然」，而「自然」則是善良人生的最好嚮導。

在我看來這樣一個眞理是很清楚的，即：我們生活在世界上，彼此之間自然會形成一種關係，它把我們大家聯結在一起，而且彼此越親近，這種關係也就越牢固。所以我們在感情上喜愛自己的同胞甚於喜愛外國人，喜愛自己的親戚甚於喜愛陌生人，因為對於自己的同胞和親戚，我們自然會產生一種友誼，儘管這種友誼缺少些永久的成分。因此，友誼勝過親戚關係，因為親戚可以是沒有感情的，而友誼則絕不能沒有。親戚沒有感情依然是親戚，而友誼沒有感情就不成其為友誼了。你通過考察以下事實便可最充分地瞭解這種友誼：將人類聯結在一起的那些純粹自然的關係是無定限的，而這種友誼卻是非常集中的，它被限制在一個非常狹小的範圍裡，只有兩個人，或者最多只有少數幾個人，才能分享這份情感。

因此，我們現在可以把友誼定義為：**對有關人和神的一切問題的看法完全一致，並且相互之間有一種親善和摯愛**。我傾向於認為，除智慧以外，友誼是不朽的神靈賦予人類最好的東西。有些人喜歡財富，有些人喜歡健康，有些人喜歡權力，有些人喜歡官職，許多人甚至喜歡感官的快樂。這最後一種是沒有理性的獸類的理想；至於其他各種，我們可以說，它們也是脆弱無常的，它們主要是靠變幻莫測的命運而不是靠我們自己的精明強幹。另外還有一些人，他們覺得德行是「最美好的東西」。這當然是一種崇高的見解。但是，他們所說的德行正是友誼的孕育與保護者；沒有德行，友誼就不可能存在。

我再說一遍，讓我們按普遍公認的詞義來使用「德行」一詞，而不是用高超的語言來界說它。讓我們把通常被認為是這樣的一種人——譬如像保盧斯、加圖、加盧斯、西庇阿和菲勒斯——看作是好人。就日常生活來說，這種人已經是夠好的了；我們無需為找不到那種完人而苦惱。

對於以上所提到的這種人說來，友誼的好處簡直不勝枚舉。首先，用恩尼烏斯的話來說，如果生活中沒有那種在朋友間的相互親善中所能見到的安逸，活著還有什麼意思？假如有一個人，你對他絕對信任，什麼事情都可以跟他說，就像和自己談話一樣，還有什麼比這更令人愉快的呢？如果沒有一個人能夠與你分享快樂，那麼你的成功不是失去了其一半價值？另一方面，如果沒有一個人比你自己還著急地為你分憂，那麼你有了災難就會難以承受。總而言之，其他的欲望都有一個特定的目標——財富是為了使用；權力是為了得到尊敬；官職是為了體面；娛樂是為了感官的享受；健康是為了免除疾苦和充分利用身體的各種功能。但是友誼有數不盡的好處。你無論走到哪裡，友誼永遠在你身旁。它無處不在，而且永遠不會不合時宜，永遠不會不受歡迎。用一句通俗的話來說，火與水本身並不見得比友誼更普遍地為人們所使用。我現在所講的不是普通的或經過修改的友誼（雖然這種友誼也是快樂和裨益的一個源泉），而是那種純真無瑕的友誼，它存在於少數幾個著名的精英之間。這種友誼既能使成功增光添彩，也能通過分憂解愁減輕失敗的苦惱。

友誼的好處很大也很多，它無疑是一個絕好的東西，因為友誼能使我們對未來充滿希望，能給我們力量和信心。可以說，一個人，他的眞正的朋友就是他的另一個自我。所以說，他的朋友與他同在；如果他的朋友很富，他也不會窮；雖然他很弱，但他朋友的力量就是他的力量；他死後仍然可以在朋友的生活中再次享受人生之樂。最後這一點也許是最難想像的。但這是朋友的敬重、懷念和悲悼跟隨我們到墳墓的結果。它們不但使死亡易於為人們所接受，而且給活人的生活增添一種絢麗的色彩。但是，如果你把這種感情的紐帶從世界中排除出去的話，家庭和城市將不復存在，甚至土地的耕作也將無法進行。如果你不知道友誼與和睦的好處，那麼，你只要想一想仇恨與不和的後果，就會明白了。有哪個家庭、哪個國家能夠堅固到不被敵視與分裂徹底摧毀的呢？由此你就可以知道友誼有多麼大的好處。

據說，阿格利琴托有一位哲學家③，他在一首希臘詩歌中以一個預言家的權威口氣提出這樣一種理論：宇宙中凡是不可變的東西都是靠友誼這種結合的力量才如此；凡是可變的東西都是由於傾軋這種分離的力量才如此。實際上，這是一個人人皆知且事實上已爲經驗所證實的眞理。因爲要是有人忠實於友誼，在朋友遇到危難時能挺身而出，或與朋友分擔危險，那麼，誰見了都會拍手叫好。例如，我的朋友和賓客帕庫維烏斯所寫的一齣新戲，其中有一幕獲得了滿場喝彩。這一幕的情節是：國王不知道兩個人中誰是俄瑞斯特斯，願爲朋友而死的皮拉得斯說自己就是俄瑞斯特斯，但眞正的俄瑞斯特斯則堅稱他才是俄瑞斯特斯。當時，全場的觀眾都站立起來，報以熱烈的掌聲。這只不過是一個虛構的故事。想想看，要是眞有這種事情，他們又會感動到什麼樣子呢？不難想像，這是一種多麼自然的情感，他們雖然自己沒有決心這樣做，但卻認爲別人這樣做非常正確。

我認爲關於友誼我沒有更多的話要說了。如果還有什麼可說的（我相信還有很多話可說），要是你們願意的話，你們可以去請教那些專門討論這類問題的人。

范尼烏斯：我們還是願意聽你講。儘管我也常常請教那些人，並且也很願意聽他們談，但是我

③ 即恩培多克勒。——中譯者

覺得你的言論似乎另有一種風味。

斯凱沃拉：范尼烏斯，假如前幾天我們在西庇阿的鄉間別墅討論國家問題時你也在場，你就更要這麼說了。當時他堅持正義，駁斥菲勒斯的詭辯，眞是了不起！

范尼烏斯：唉呀！對於最正義的人來說，堅持正義自然是件很容易的事情。

斯凱沃拉：那麼，友誼怎麼樣呢？誰能比在維護友誼方面最忠誠、最執著、最正直因而享有盛譽的人更輕鬆地談論友誼呢？

萊利烏斯：你們實際上不是在強人所難嘛。這跟強迫有什麼兩樣，你們是在強迫我呀。因爲拒絕我女婿的要求，尤其是正當的要求，不但很難，而且也不合情理。

在思考友誼這個問題時，我常常想到，最主要的是要考慮這樣一個問題：希求友誼是不是因爲脆弱或貧乏的緣故？我的意思是說：友誼的目的是爲了互惠，以便相互取長補短呢？還是，雖然互惠是一種自然屬於友誼的好處，但友誼還有另一種始初原因，這種原因從時間上來說更加古遠，從性質上來說更加崇高，而且更直接地出自我們的本性呢？「友誼」這個拉丁詞（*amicitia*）是從「愛」這個詞（*amor*）派生出來的；而愛無疑是相互之間產生感情的原動力。關於物質上的好處，常常會發生這樣一種情況：甚至那些用虛情假意博得別人好感和出於不純潔的動機贏得別人敬重的人也能得到這種好處。但是，友誼就其本性來說是容不得半點虛假的：就其本身而言，它是眞誠的、自發的。因此，我覺得，友誼是出於一種本性的衝動，而不是出於一種求助的願望：出自一種心靈的傾向（這種傾向與某種天生的愛的情感結合在一起），而不是出自對於可能獲得的物質上的好處的一種精細的計算。你甚至可以在某些動物身上看到這種情感。它們在某一段時期內總是非常愛它們的後代，它們的後代也很愛它們，可見，它們都有這種自然的、天生的情感。至於人類，當然這就更加明顯了：首先是子女與其父母之間的那種自然的情感，除非由於驚人的邪惡，這種感情是不會破裂的；其次，當我們發現某個人的脾氣性格與我們相同時，我們便會對他產生一種愛慕之心，因爲我們認爲，我們在他的身上看到有一種我可以稱之爲「美德的信標光」的東西。沒有什麼比美德更可愛、更能博得人們的好感的了。所以，從某種意義上可以說，甚至對於那些我們從未見到過的人，由於他們的誠實和美德，我們也會產生愛慕之心。例如，雖然人們從未見過蓋烏斯・法布里齊烏斯和曼尼烏斯・庫里烏斯，但是誰能想起他們而不產生一種愛慕之情呢？或者反過來說，又有誰不恨塔爾昆・蘇帕布斯、斯普利烏斯・凱西烏斯、斯普利烏斯・梅利烏斯呢？爲了保衛帝國，我們曾經在義大利同兩位著名的將軍——皮勒斯和漢尼拔——打過仗。前者由於其正直，我們對他沒有太深的仇恨；而後者由於其殘忍，我們全國人民都恨他，而且將永遠恨他。

假如正直的吸引力是如此之大，以至於我們不僅能夠愛從未見到過的正直的人，而且甚至還能夠愛一個正直的仇人，那麼，當人們認爲他們在那些與其能親密結交的人身上看到了美德和善時，他們就產生一種愛慕之心，這是不足爲奇的。我並不否認，確實得到些好處、覺察到一種樂意爲我們效勞的願望，以及密切的交往，都能使愛慕之心變得更加強烈。當這些因素與我前面所說的那種心靈的最初衝動結合在一起時，就會迸發出一種奇異的愛慕之情。而如果有人認爲這種愛慕之情是出於一種脆弱感，以便使自己能夠得到某人的幫助，那麼我所能說的只是：當他堅持認爲它是產生於貧乏之時，他把友誼的動機看得很低賤，認爲友誼不是出自一個高貴的「門第」（如果可以允許我這樣表述的話）。如果實際情況是如此，那麼，一個人越是覺得自己窮，他就會越是想望得到友誼。然而實際上完全不是那麼回事。因爲當一個人最自信的時候，當他因具有美德和智慧而感到很充實，無需求助於人，完全能夠獨立自主的時候，就是在這個時候他是最喜歡結交朋友、最珍重友誼的。例如，阿非利加努斯有求於我什麼呢？一點也不求！我對他也是一無所求。但是我愛他，因爲我欽佩他的德行；他也喜歡我，也許是因爲他對我的性格也有好感。密切的交往更加深了我們彼此之間的感情。雖然我們的友誼的確產生了許多物質上的好處，但是我們互相愛慕的最初動機並不是爲了得到這些好處。正像我們慷慨行善不是爲了得到別人的感恩，我們不是把行善看成是一種投資，而是遵循一種慷慨豪爽的天性；同樣，我們把友誼看作值得企求的東西，也不是因爲希冀日後能得到回報才對它感興趣，而是堅信：它所能給與我們的東西自始至終包含在情感本身之中。

那些像野獸一樣將一切都歸因於感官上的快樂的人的觀點則與此大相徑庭。這是不奇怪的。思想卑劣的人當然不可能看到任何崇高的東西、任何高尚而神聖的東西。所以，我們現在不談論這種人。還是讓我們接受這樣一種學說：愛慕和喜歡都是出自一種自發的情感（一指出正直的存在，就會產生這種情感）。當人們一旦有了這種愛慕之心，他們當然會試圖依附於他們所愛慕的對象，而且會越來越接近於他。他們的目的是：他們可以在同一個層次上平等地互敬互愛，並且更樂意於爲對方效勞而不求回報；他們之間應當有這種崇高的競爭。這樣，雙方都會以誠相待。我們會從友誼中得到最大的物質上的好處；而當友誼是出自一種本性的衝動而不是出自一種需求感時，它就會更加崇高、更加符合於實際。因為，如果友誼是靠物質上的好處維繫的話，那麼，物質上的好處的任何變化都會使友誼解體。而本性是不可能改變的，因此眞正的友誼是永恆的。

關於友誼的起源就講這麼多，也許你們早就不想聽了。

范尼烏斯：不，請繼續講下去。萊利烏斯，讓我們休息一下。我這也是代表我在這裡的朋友說話，我有權這樣做，因為我比他年紀大。

斯凱沃拉：你說得很對！讓我們繼續聽他講。

萊利烏斯：那麼好吧，我的好朋友，請你們聽一聽我和西庇阿討論友誼時常常提到的一些論點。但是，我首先必須告訴你們：他常說，終生不渝地保持友誼，是世上最難的事情。朋友之間可能會發生許多這樣的事情：利益的衝突；政見的不同；人的性格也常常會變化（有時是因為遇到不幸，有時是因為年齡增長）。他常常拿兒童作比喻來說明這些事實，因為兒童之間的友情往往是和童裝一起被拋棄的；而且他們即使設法將兒時的情誼保持到了青年時代，往往也會由於成為情敵，或者由於相互爭利而決裂。即使友誼被延長到了青年時代以後，如果兩人碰巧都想爭取同一個職位，他們的友誼往往也會受到猛烈的衝擊。因為雖然在大多數情況下，對友誼最致命的打擊是貪財，但就上層人物來說，對友誼最致命的打擊是競求功名，它往往會使最親密的朋友變成最大的仇敵。

此外，還有一種反目是情有可原的，它們起因於要求朋友做一件不道德的事情，比如說，要他去煽動某人邪惡的欲望或幫他幹壞事。當這種要求遭到拒絕時，雖然這種拒絕是完全正確的，被拒絕的一方往往會指責對方不夠朋友。那些毫無顧忌地要求朋友去做任何事情的人，爲了朋友什麼事情都幹得出來；正是這種人的反責，往往不僅破壞友誼，而且還會產生持久的敵意。他常常說：「事實上，這種災難大量地威脅著友誼，要想完全避免這種災難，不僅需要智慧，而且還需要好運氣。」

有了這些前提，那麼，如果你們願意的話，讓我們考察一下這樣一個問題：個人感情在友誼中應當起多大的作用？例如，假定寇里奧拉努斯有一些朋友，難道他們都應當和他一起去侵略他的國家？再拿維色利努斯或斯普利烏斯·梅利烏斯來說，難道他們的朋友都應當幫助他們篡奪王位？讓我們就兩種不同的行動路線各舉一個例子。當提比略·格拉古試圖發動革命時，我們知道，昆圖斯·圖貝羅和一些與他年紀相仿的朋友都背棄了他。但是，斯凱沃拉，你家的一個朋友——庫邁的蓋烏斯·伯勞西烏斯卻附逆了。當時我是萊努斯和魯庇利烏斯兩位執政的顧問，負責審問這些謀反者。伯勞西烏斯要求我寬恕他，其理由是：以前他對提比略·格拉古太敬重了，所以把提比略·格拉古的話奉若聖旨。於是，我就問他：「要是他叫你到朱庇特神殿去放火，你也幹？」他回答說：「他絕不會叫我去幹這種事情。」我說：「但假如他叫你去幹呢？」「那我也會服從的。」你們看，這種說法有多邪惡！而事實上他做的比說的更有過之，因爲他不是受命於提比略·格拉古，而是他們的主謀，不是一個狂熱的支持者，而是一個領導者，他昏聵的結果是：他由於害怕受特別法庭的審訊，逃到亞細亞投靠了敵人，結果因爲背叛祖國而受到了應得的嚴厲懲罰。所以認爲，爲了朋友才犯的罪，這不是一個正當的理由。因爲，友誼是出自對一個人的美德的信賴，如果他拋棄了美德，那麼友誼也就很難繼續存在了。但是，如果我們斷定朋友間有求必應是對的，那麼，要是沒有造成任何危害的話，我們就得假定雙方都有完美的智慧。但是我們不能假定這種完美的智慧，因爲我們現在所說的只是通常所能遇到的那種朋友，無論是我們確實見到過他們，還是聽人談到過他們——也就是說，日常生活中的人。我應當舉一些這種人的例子，並且儘量挑選最接近於我們智慧標準的那些人。例如，我們閱知，派帕斯・埃彌利烏斯是蓋烏斯・路斯奇努斯的密友。歷史告訴我們，他們曾兩度同任執政官，一度同任監察官。另外，據記載，曼尼烏斯・庫里烏斯和提貝里烏斯・科倫堪尼烏斯與他們關係非常密切，而且曼尼烏斯・庫里烏斯與提貝里烏斯・科倫堪尼烏斯之間關係也非常密切。我們絕不可能懷疑這些人中有人會要求朋友去做有損於其名譽、有悖於其誓約，或危害國家利益的事情。就這種人來說，以下這種說法是毫無意義的：即便有人提出這種要求，他們也是不會接受的；因爲他們都是非常虔誠的人，提出這種要求和接受這種要求同樣都是違背宗教義務的行爲。但是，蓋烏斯・卡波和蓋烏斯・加圖的確曾追隨於提比略・格拉古，這是千眞萬確的；他的弟弟蓋烏斯・格拉古當時雖然沒有追隨他，但現在卻是他們所有人中最狂熱的追隨者。

所以，我們可以制定這樣一條友誼的規則：**勿要求朋友做壞事；若朋友要你做壞事，你也不要去做**。因爲「爲了友誼」這個托詞是一個不名譽的托詞，是絕不會得到原諒的。這條規則適用於一切不道德的行爲，尤其是叛國。因爲，親愛的范尼烏斯和斯凱沃拉，我們現在所處的情形非常嚴峻，我們必須提高警惕，防止一切擾亂國家的事件發生。現在的政體已經有些逸出常軌和我們祖先爲我們選定的路線。提比略・格拉古曾企圖獲得類似於國王的權力，或者，我可以更確切地說，他曾享有了幾個月那種權力。羅馬人民從前聽說過或者看到過這樣的事情嗎？甚至在他死後，追隨他的那些親戚朋友還成功地對普布利烏斯・西庇阿下了毒手。我一提起這件事情，就會忍不住流下淚來。至於卡波，由於最近提比略・格拉古受到了懲罰，我們已經想方設法頂住了他的攻擊。但要是讓蓋烏斯・格拉古當了護民官，那將來的情況就很難預料了。一件事導致另一件事；在墮落的道路上一旦邁出了第一步，那就會以越來越快的速度往下滑，一發而不可收。就拿投票來說，最初是加比尼亞法案，兩年後又出現了凱西亞法案，它們帶來多大的災難，我似乎已經看到，民眾與元老院疏遠了，一些最重大的事情往往是群眾說了算。因爲你們可以相信，知道如何發動這類事情的人比知道如何制止這類事情的人更多。這句話是什麼意思呢？意思是說：做這一類事情非得有朋友幫助才行。因此，我們必須提醒善良的人們：如果不幸和這種人交上了朋友，那麼就應當不顧情面，和這種背叛國家的朋友一刀兩斷。壞人必然怕見懲罰：無論是脅從還是首惡，一律嚴懲不貸。在希臘，有誰比地米斯托克利更顯赫更有勢力的呢？他曾在波斯戰爭中率領軍隊浴血奮戰，解救了希臘；他把自己的放逐歸因於個人的妒忌：可是他不服從他那忘恩負義的國家對他的錯判（他本該服從這一判決）。他像二十年前我們國家的寇里奧拉努斯一樣，反叛了。但是沒有一個人幫助他們去攻打他們的國家。結果他們兩人都自殺了。

因此，這種邪惡者的聯盟不但不能以友誼爲托詞替自己辯解，而且相反，它應當受到最嚴厲的懲罰，這樣就能使得大家都知道：切不可爲了忠實於朋友而甚至向自己的國家開戰。鑑於現在出現的種種跡象，我傾向於認爲，這種事情遲早總會發生。所以我不但關心國家的現狀，而且也同樣關心身後的國事。

所以，讓我們把這定爲友誼的第一條規律：**我們只要求朋友做好事，而且也只爲朋友做好事**。但我們也不要等人家要求了才去做：永遠要熱心主動地去做，不要遲疑。我們要有勇氣坦率地提出勸告。在友誼中，讓能進忠言的朋友發揮最大的影響；產生這種影響的忠言不但要坦誠，而且有時，如果情況需要的話，還要尖銳；而當朋友作這種勸告時，就應當聽從。

我之所以給與你們這些規則，是因爲我聽說在希臘有些以智慧聞名的人持有一些令人驚奇的看法。順便說一句，以他們的詭辯當然無事不可主張。他們中有些人教導人們說：我們應當避免過分親密的友誼，以免一個人要爲幾個人擔憂。他們說，每個人光爲自己的事情就已經夠忙的人，要是再管別人的閒事，那就太煩了。最明智的方法是把友誼的韁繩盡可能地放得長一些，這樣你願意收緊時就可以收緊，願意放鬆時就可以放鬆。因爲幸福生活的首要條件就是無憂無慮，如果一個人除了自己以外還得爲他人操心，他的心靈便不能享受幸福的生活。我聽說，還有一些人的看法更不近人情。我剛才已經簡要地提到了這個問題。他們斷言：人們尋求友誼，只是爲了能得到他人的幫助，而根本不是出於什麼情感上的動機和愛慕；因此，越是無能和貧窮的人，就越是渴求友誼：所以柔弱的婦女比男子更希望得到友誼的庇護，窮人比富人更需要友誼的扶助，不幸的人比尊貴的幸運者更需要友誼的幫助。多麼清高的哲學！你把友誼從生活中驅除出去就等於把太陽從天空中摘走，因爲友誼是不朽的諸神賜予我們的最好、最令人愉悅的恩惠。

但是讓我們考察一下這兩種學說。這種「無憂無慮」有什麼價值呢？乍一看，它似乎很吸引人，但實際上常常不得不被棄置一旁。因爲你不可能只是爲了避免煩擾，老是拒絕去做道義上要求我們必須去做的事情，或者雖然去做，但卻有始無終。而且，如果我們想要回避煩擾，那麼我們就必須回避德行本身，因爲德行在排斥和厭惡與其相反的品質時（譬如，仁慈排斥暴戾，自制排斥放蕩，勇敢排斥怯懦）必然會產生某些思想上的煩擾。因此，你可以注意到：正義的人最痛恨非正義，勇敢的人最痛恨怯弱，有節制的人最痛恨放蕩。所以，樂於行善和嫉惡如仇，是一個正直的人的特性。那麼既然賢明的人也難免有苦惱（除非我們假定他們根本就沒有人性，否則的話，就必然有苦惱），我們爲什麼生怕友誼會給我們帶來種種苦惱而將它從我們的生活中驅除出去呢？如果你摒除了情感，那麼，我不是說人和獸類，而是說人和石頭、木頭或其他諸如此類的東西還有什麼兩樣呢？

我們也不應當相信這樣一種學說，即認爲美德是某種像鐵一樣僵硬和刻板的東西。其實，美德在友誼問題上也像在許多其他事情上一樣，是非常柔軟和敏感的，可以說，它是隨朋友的貧富順逆而伸縮變易的。因此，我們得出這樣一個結論：雖然基本的美德會帶來某些麻煩和苦惱，但是我們不能因此而摒棄這些美德；同樣，雖然我們常常因爲朋友的緣故而招致精神上的痛苦，但是這種痛苦也不足以使我們將友誼從我們的生活中驅除出去。

那麼，讓我再重複一遍：「美德的顯示自然爲具有同樣品質的心靈所吸引，它是友誼的開端。」在這種情況下必然會產生愛慕之心。因爲有什麼能比愛許多不會作答的東西（如官職、名聲、華廈、麗服、寶飾等）而不愛（或不太愛）有德行的、有愛心的或能以愛相報（如果我可以這樣表述的話）的活人更荒唐的呢？其實，沒有什麼東西比愛的回報和互愛互助更能令人愉快的了。如果我們補充說（我們完全可以這麼說），物以類聚這句話用在友誼上是再恰當不過了，那麼人們馬上就會承認事實確實如此：好人愛好人，好人喜歡與好人交往，好像他們之間有一種天生的血緣關係。因爲人的天性是最喜歡追求（或者更確切地說，渴求）與其相似的東西。所以，親愛的范尼烏斯和斯凱沃拉，我們可以把這看成是一個既成的事實，好人與好人之間可以說必然有一種友好的情感，這種情感是天性所規定的友誼之源泉。但是這種友愛之情也會影響許多人。因爲那絕不是一種冷酷、自私和孤傲的美德，它甚至保護全民族，爲他們謀幸福。要是它蔑視一切對普通百姓的愛心的話，它就肯定不會這樣做了。

此外，在我看來，信仰「利害關係」理論的人摧毀了友誼之鏈中最有吸引力的一環。因爲使一個人感到愉快的與其說是由於朋友而得到的實利，不如說是朋友的一片愛心；只有當朋友的幫助是出自眞誠的愛心時，我們才會感到愉快。如果認爲貧窮是尋求友誼的動因，那就完全錯了。通常最慷慨、最仁慈的正是那些最有錢財，尤其是最有德行（德行畢竟是一個人最好的支柱），因而無需別人幫助的人。其實，我倒是傾向於認爲，朋友之間應當經常需要互相幫助。例如，要是西庇阿無論在國內或國外從未需要我的勸告和協作，那我怎能表達我的一片愛心呢？所以，不是友誼起因於物質利益，而是物質利益起因於友誼。

因此，我們不應當聽信那些過分精明的雅士關於友誼的論述，他們無論在理論上還是實踐上都不懂得友誼。因爲，我的天哪，誰會選擇一種雖然極其富有但卻不准他愛任何人或爲任何人所愛的生活呢？那是一種暴君才能忍受的生活。他們當然不會指望有什麼忠貞、摯愛，也不會相信任何人的善意。對於他們來說，一切都是猜疑和憂慮，根本不存在友誼的可能性。誰會愛一個自己所怕的，或者知道是怕自己的人？雖然這種人有時也會對他們裝出一副很友好的樣子，但這只是一種暫時的假像。當他們一旦失勢（一般說來這是難免的），他們就會立刻看到，昔日的朋友紛紛離他們而去，他們是多麼的孤獨。所以他們說，塔爾奎在他被放逐時說過這樣一句話：雖然他現在知道了他的那些朋友中誰是眞朋友，誰是假朋友，但爲時晚矣，他已經既不能報答那些眞朋友也不能懲治那些假朋友了。不過，使我感到詫異的是，像他這樣傲慢乖戾的人居然也會有朋友。正如他的這種性格使他不可能有眞正的朋友一樣，非常富有的人也常常會出現這種情況——正是他們的財富阻礙了眞誠的友誼。因爲，「幸運」不但自己是盲目的，而且通常也使受其恩寵的人盲目。可以說，他們往往會忘乎所以，變得狂妄而任性；世界上沒有什麼比成功的蠢材更令人難以忍受的了。你們常常可以看到這樣一種人：他們以前態度謙和，但一旦有了權勢，就一反常態，嫌棄舊友而熱衷於新交。

那些具有幸運、財富和權勢所能給予的一切機會的人，只知道去謀求那些能用錢買到的東西——馬匹、奴隸、華麗的飾物和昂貴的器皿——而不去設法結交朋友（朋友是人生中最有價值、最漂亮的「傢俱」，如果我可以這樣表述的話）。難道還有什麼能比他們更愚蠢的嗎？當他們獲得那些財物時，他們還不知道將來誰能享用它們，也不知道自己辛辛苦苦是爲了誰，因爲它們最終都會落入強者之手；而每一個人對其自己的友誼卻有穩固不變、不可剝奪的所有權。儘管那些財物（在某種意義上，它們是命運的恩賜）的確很經久，但生活中如果沒有朋友的安慰和做伴，也是絕不會快樂的。

接下來我想談一談我們論題的另一個分支：我們現在必須設法確定友誼中應當注意的各種限制——譬如說，我們的愛慕之情不能超越什麼界線。關於這一點，就我所知，有三種看法，但我對這三種看法都不敢苟同。第一種是：我們應當正好像愛我們自己一樣愛我們的朋友，而不應當有過之；第二種是：我們對朋友的愛慕之情應當完全對應和等同於朋友對我們的愛慕之情；第三種是：對一個人的評價應當和他的自我評價完全相同。這幾種看法我一種也不贊成。第一種主張，我們對自己的關心應當是我們對朋友的關心的一種尺度，這當然是不對的，因爲有許多事情我們從不會爲自己去做，卻會爲朋友去做。我們有時只好向卑微的人請求，甚至低三下四地懇求；有時不得不用比較尖刻的語言去罵人，用比較激烈的語言去攻擊人。這一類行爲，如果是爲了自己的利益，則是不光彩的，但如果是爲了朋友的利益，則是非常值得稱讚的。此外，稟性正直的人還會自動地放棄（或者心甘情願地讓人剝奪）許多好處，以便讓他們的朋友可以有機會去享用。

第二種看法是這樣一種學說：它把友誼限制爲一種彼此間服務和情感的等量交換。這種觀點把友誼降低到了一種心胸狹窄而鄙俗的斤斤計較的關係，因爲它要求「借貸雙方」完全平衡。在我看來，眞誠的友誼比這種賬簿式的友誼要富足和慷慨；它不斤斤於自己的得失，唯恐給予多於所得。在這種事情上，我們不應當總是擔心自己所給予的某些好處會不會白給，會不會超過了我們的限度，或者會不會由於過分地致力於友誼而適得其反。

但是最壞的是最後那種限制，即：朋友的自我評價應當是我們對他的評價的尺度。常常會發生這樣一種情況：一個人非常自卑，或者對改善自己的命運很沒信心。在這種情況下，他的朋友就不應當像他看待他自己那樣看待他，而是應當想盡一切辦法使他低落的情緒振作起來，使他重新燃起希望之火，具備更健全的思想。

因此，我們必須尋找另一種限制。但是，我首先得提一下過去常常招致西庇阿最嚴厲批判的那種見解。他常說，最有悖於友誼精神的莫過於這樣一句格言：「你在愛你的朋友時應當意識到，你總有一天會恨他的。」西庇阿不太相信一般人的看法，即認爲這句話是出自「七賢」之一的比阿斯之口。他認爲，說這句話的人一定是某個有險惡的動機和自私的野心的人，或者是把一切都看作是影響他自己霸權的人。如果一個人認爲他的朋友將會變成他的仇敵，那麼他怎麼能和別人做朋友呢？照這樣說來，他就應當希望他的朋友盡可能多地犯錯誤，好讓他有更多的把柄反對他；相反，當他的朋友做出正當的行爲或交好運時，他就應當感到沮喪、惱火和妒忌。因此，這句格言不管是誰說的，它都會徹底摧毀友誼。正確的規則是：擇友必須謹慎，如果我們覺得這個人將來我們也許要恨他，就絕不能和他交朋友。而且，按照西庇阿的說法，即使我們不幸交錯了朋友，我們也得保持下去，切不可伺機絕交。

在友誼中必須注意的那種眞正的限制是：兩個朋友的品格必須是純潔無瑕的。彼此的興趣、意向和目的必須完全和諧一致，沒有任何例外。因此，如果出現這樣一種情況，即朋友希望（嚴格地說來，這種願望本身是不正當的）我們在某件關涉到他生命或名聲的事情上予以支援，那麼，我們就應當從權作出某種讓步——也就是說，只要後果不是極其不光彩的，我們就應當助他一臂之力。爲了友誼應當作出某種讓步。但是我們不應當完全不顧自己的名聲，也不應當把同胞的好評看作是我們在處理人生事務中所能輕視的武器，雖然以諂媚和圓滑的話語來博取同胞的好評是卑劣的。我們絕不應當摒棄美德，因爲它使我們產生愛慕之情。

還是再回到西庇阿的話題上，他是論述友誼的唯一權威。他過去常常抱怨說：人們對於任何事情都沒有像對於友誼那麼不經心；每個人都能準確地說出他有多少只羊，卻不能準確地說出他有多少個朋友；他們買羊時精心挑選，而擇友卻氾濫無度，可以說，沒有特定的標準，或者說，沒有適合於他們自己的評判友誼的準則。我們選擇朋友應該選那種堅定、穩健、忠貞不移的人。具有這種品質的人不多，而且，不經過考驗，很難作出判別。然而，人們只有在友誼實際存在期間才能進行這種考驗；所以友誼常常先於判別，不可能有一種事先的考驗。如果我們當時小心謹慎，我們就能像駕馭馬車一樣制馭自己感情的衝動。對於友誼，我們也應當如此；我們應當通過一種嘗試性的友誼來檢驗朋友的品性。常常會出現這樣一種情況：有些人在小額的錢財問題上完全暴露出他們是不可信賴的；又有一些人，雖然經得起小額錢財的誘惑，但如果是大額錢財，就會暴露出自己的眞面目。但是，即使有這樣的人，他們認爲寧要金錢而不要友誼是卑劣的，我們到哪裡去找那種把友誼看得比官職、文武職位的升擢、政權還重，在這些東西與友誼之間進行選擇時寧要友誼而不要這些東西的人呢？置政權於度外並非屬於人的本性；如果人們爲獲得政權而付出的代價是犧牲友誼，那麼他們總認爲，比起這巨大的報償來他們的背信棄義是微不足道的。因此，很難在那些爭權奪利的政客中找到眞正的友誼。你哪裡能找到那種寧可自己不升擢也願意讓朋友升擢的人？甭說那種爲朋友而犧牲自己利益的事情了，試想：對於大多數人來說，替別人分擔政治上的不幸是何等不舒服，簡直是難以忍受。幾乎沒有一個人能夠那樣做。雖然恩尼烏斯有一句話說得不錯：「危難時刻見眞友。」但是絕大多數人卻以這兩種方式暴露出他們不可信賴和易變的品性：自己得意時看不起朋友；或朋友有難時就拋棄朋友。因此，誰要是在這兩種情況下都能表現出一種堅定不移、忠貞不變的友誼，我們就應當把他看作是世界上最了不起的那類人之一，幾乎可以說是「超人」。

人們所尋求的、能保證友誼永恆不變的品質是什麼呢？那就是忠誠。任何缺乏忠誠的友誼都是不能持久的。而且，我們選擇朋友時還應當找那種性格直爽、友善且富有同情心的人，能和我們一樣爲某一事物所感動的人。所有這些品性都有助於保持忠誠。你絕不能信賴一個老謀深算、城府很深的人。而且事實上，一個人如果沒有同情心，不能和我們一樣爲某一事物所感動，他也就不可能是值得信賴的和堅定不移的。我們還可以補充一點：他不但自己不應當以指責我們爲樂事，而且，當別人指責我們時也不應當予以相信。所有這些都有助於形成我一直在試圖描述的那種忠貞的品格。而結果便是我一開始所說的：友誼只能存在於好人之間。

好人（可以被看作相當於智者）在其對待朋友的態度方面總是會表現出兩個特徵。第一，他完全沒有虛情假意，因爲性格直率的人寧可公開表示厭惡，也不願意裝出一副笑臉掩蓋自己的眞情。第二，當朋友受到別人指責時，他不僅會加以駁斥，而且他本人也不會懷疑，或者說，他總是認爲他的朋友絕不會做錯事情。此外，言談舉止的溫厚也能給友誼增添不少情趣。陰沉的氣質和始終如一的嚴肅固然可以給人留下很深刻的印象，但是友誼應該少一點拘束，多一點寬容謙和，並且應該更趨向於各種友善和溫厚的性格。

　　但是這裡出現了一個小小的難題：正像我們喜歡小馬而不喜歡老馬一樣，是否有時我們也會認爲新友比老友更好呢？答案是毫無疑問的。因爲友誼不像其他東西，它是不會饜足的。朋友猶如美酒，愈陳愈醇。有一句俗話說得很對：「對一個人只有長相知，才能與其結爲生死之交。」其實，新的友誼也有其長處，我們不應該看不起它。它猶如綠油油的禾苗，總有希望結出果實。但是老朋友也應當有其適當的地位；而且，事實上，時間和習慣的勢力是非常大的。再拿我剛才所舉的馬這個例子來說：如果其餘情況均相同，那麼每個人都喜歡用自己騎慣了的馬，而不喜歡騎沒有經過訓練的新馬。這條規則不僅適用於有生命的東西，而且還適用於無生命的東西。比如說，我們對於久居之地總有一種愛戀之情，儘管它們是多山且爲森林覆蓋的。然而友誼的另一條重要規則是：你應當和朋友平等相處。因爲常常會出現這樣一種情況：有一些人處於優越的地位，比如像西庇阿，他是「吾儕」中地位最高的人物。但是他對菲勒斯、魯庇利烏斯、穆米烏斯，或其他地位比他低的朋友從不擺任何架子。例如，他的哥哥昆圖斯・馬克西穆斯雖然毫無疑問也是一個有名的人物，其實地位絕沒有他高，但是他總是很敬重他的哥哥，因爲他比他年長，他還常常希望他的所有朋友都能因爲他的幫助而更加體面。這一點是我們都應當效法的。如果我們中間有誰在個人品質、才智或財產上有任何勝於他人的地方，那麼，我們就應當樂於讓我們的朋友、合夥人和同伴分享其惠。譬如說，如果他們的父母處境寒微，如果他們的親戚在才智和財富方面都沒有什麼實力，那麼我們就應當接濟他們，並且提高他們的地位。

你們知道，在神話故事中有一些孩子由於不知道自己的父母和身世，一直過著奴隸一樣的生活；後來他們雖然知道了自己是神或國王的兒子，但是對過去多年來一直當作是自己父母的牧羊人仍然一往情深。對於無疑是自己親生的父母，那就更應當如此了。因爲才智和美德的好處，以及總而言之所有各種優勢，在它們被分施於我們最親近的人之前是絕不會得到最充分的實現的。

但是還應當反過來看。因爲在友誼和親屬關係中，正像具有任何優勢的人應當與不太幸運的人平等相處一樣，不太幸運的人也不應當因爲自己的才智、財富或地位不如別人而生氣。但是他們中間大多數人卻總是怨天尤人，特別是當他們自以爲盡力爲朋友做了什麼事的時候，更是如此。那種爲別人做了一點事就總是掛在嘴邊的人，是最討厭的。接受別人幫助的人固然應當銘記在心，但幫助別人的人則不應當提起。因此，對待朋友，地位高的人應當降低自己的身分，這樣做從某種意義上說也就是抬高了比他們地位低的人。因爲有些人由於自慚形穢而不願與人爲友。一般說來，只有那些認爲自己理應如此的人才會出現這種情況；因此不但應當用言語，而且還應當用行動向他們表明：他們的看法是毫無根據的。首先，你應當盡自己的能力施惠於他們；其次，你應當根據他們的承受能力去關心和幫助他們。因爲不管你個人的威信有多高，你不可能把你所有的朋友都提拔到國家的最高職位上。例如，西庇阿能使普布利烏斯·魯庇利烏斯成爲執政官，卻不能使他的弟弟盧西烏斯成爲執政官。但即便你有很大的權力，能隨意提拔任何人，你也得考慮他是否能夠勝任。

一般說來，我們應當等到人的性格業已成形且達到一定年齡之後，才決定友誼方面的事情。例如，有些人小時候喜歡打獵或踢足球，他們長大以後就不應當仍然把所有曾有同樣嗜好的夥伴視爲可靠的朋友。按照那個規則，如果這只是一個時間問題，那麼，保姆和陪我們上學的奴隸就會最有權利要求得到我們的愛了。這並不是說他們應當被疏遠，而是說我們對他們是另外一種感情。只有那種成熟的友誼才是永恆不變的。因爲，性格的不同會導致旨趣的不同，而旨趣的不同最終會使得朋友之間關係疏遠。例如，好人之所以不可能與壞人交朋友，或者說，壞人之所以不可能與好人交朋友，其唯一的原因就是因爲他們的性格和旨趣大相徑庭。

友誼的另一條有益的規則是：不要因爲自己沒有分寸的善意而妨礙了朋友的大事。這種情況經常發生。我想再引述一個神話故事爲例。涅俄普托勒摩斯如果聽從呂科墨得斯的話，就永遠也攻不下特洛伊城，而後者對前者有養育之恩，並且聲淚俱下地勸他不要去攻打特洛伊城。此外，還常常會出現這樣一種情況，即因爲重任在身而需要離開朋友：因不能忍受這種分離而試圖阻止朋友去執行任務的那種人，不但是脆弱的，而且也不夠朋友。你所應當寄希望於朋友的事情，以及當朋友對你提出要求時你所應當應許他的事情，當然都是有限度的。在任何情況下，你都得仔細掂量一下這些事情是否超出了限度。

另外，和朋友絕交可以說是一種不幸。而有時這種不幸卻是不可避免的。因爲在這一點上，我們所談的不是智者的篤情，而是普通人的友誼。有時會發生這樣的情況：一個人突然幹出一件傷害朋友或陌生人的邪惡的事情。而他的朋友卻因此蒙受恥辱。在這種情況下，應當通過斷絕來往而使友誼逐漸地枯萎死亡。我聽說加圖過去常說：對於這種友誼，與其反目倒不如疏遠，除非那種邪惡的行爲確實兇殘得令人髮指，唯有立即分道揚鑣才能符合廉恥和正直。此外，如果性格和旨趣發生了變化（這種情況經常會出現），或者如果政見的分歧導致了感情上的疏遠（我剛才已經說過，我現在談的是普通人的友誼，而不是智者的友誼），那麼，當我們只是打算放棄友誼時，我們就應當格外謹慎，防止出現公開的敵意。因爲最可恥的事情莫過於同自己昔日的密友反目。你們都知道，西庇阿因爲我的緣故而拋棄了他同昆圖斯・龐培的友誼；此外，由於政見不同，他和我的同僚梅特盧斯也疏遠了。在這兩件事情上他做得既穩妥又不失尊嚴，儘管他確實很生氣，但沒有結仇。

因此，我們第一個目標應當是防止朋友之間出現不和；第二個目標應當是保證：倘若出現了不和，我們也要設法使友誼自然消亡，而非猛然絕交。其次，我們應當小心，別讓友誼變成仇怨，因爲仇怨往往是爭執、惡語和怒斥的根源。但是，即便出現了爭執乃至惡語或怒斥，我們也應當能忍且忍，看在老朋友的情分上應當允許傷害人的一方而不是受傷害的一方犯錯誤。一般說來，要想避免這種不快和麻煩只有一個辦法，那就是：在給與愛心方面不要操之過急，不要把愛心完全給與那些不值得你愛的人。

而我所說的「值得結交」是指那些本身具有令人愛慕品質的人。這種人是很稀少的。其實，凡是卓越的東西都是很稀少的，世界上很難找到那種十全十美的東西。但是，大多數人不僅認爲除了有利可圖的東西之外在我們的生活中沒有什麼美好的東西，而且甚至還把朋友看作謀利的貨物；他們最關心的是那些有希望使他們獲得最大利益的人。因此，他們絕沒有那種最純眞、最具有自發性的友誼，因爲這種友誼所企求的只是其自身，沒有任何不可告人的目的。他們也不能從自己的感情中領略友誼的性質和力量。每個人之所以愛自己，並不是因爲這種愛可以得到某種回報，而是因爲他對自己的愛是獨立於其他任何事情之外的。但是如果這種感情不轉移到另一個人身上，那麼就永遠也得不到眞正的朋友，因爲眞正的朋友就是另一個自我。但是，如果我們發現動物（無論是空中的，海裡的，還是陸上的；無論是野生的，還是馴養的）都有這兩種本能：第一種是愛自己（實際上一切生物天生就是如此），第二種是渴望尋求並依戀於它的其他同類；而且，如果這種自然的行爲伴有欲望和某種類似於人類的愛的東西，那麼，人類按照其自然的法則想必更是如此了。因爲人不僅愛自己，而且還尋求與他情投意合、心心相印的另一個人。

但是大多數人是不講理的，更不用說謙誠了，他們要求朋友去做他們自己不能做到的事情，希冀從朋友那裡得到他們自己不肯給予的東西。正當的途徑是：首先自己做一個好人，然後再去找和自己品質相仿的人做朋友。正是在這種人之間，我們所說的那種穩固的友誼才能得到保證；也就是說，在那種情況下，由於愛慕而結合在一起的人們，首先知道控制住那些奴役他人的感情，其次喜歡以平等和藹的態度對待朋友，彼此傾心相助，絕不要求對方去做任何有悖於美德和公正的事情，並且不僅相互關心和愛慕，而且還相互敬重。我主張「敬重」，因爲如果沒有「敬重」，友誼就失去了它最光燦的「寶石」。因此，這就表明，有些人認爲友誼給放蕩和罪惡開了綠燈，這種看法是錯誤的。「自然」給與我們的友誼是美德的侍女，而不是罪惡的同謀：因爲美德不能在孤單的情況下達到最高的目標，它只有在與他人的聯合和同伴關係中才能做到這一點。不管是現在、過去或將來，享有這種同伴關係的那些人，都應當被認為是為達到自然的至善而獲得了最優異和幸運的結合。我說，這種同伴關係含有人們所認為的值得企求的一切——道德上的正直、名聲、心情的平靜、安詳；因為有了這些，生活是幸福的，而要是沒有這些，生活便不可能幸福。這是我們最好最高的目標，假如我們想得到幸福，我們就必須致力於美德，因為要是沒有美德，我們就既得不到友誼，也得不到其他任何值得企求的東西。實際上，如果忽視美德，那麼，那些自以為有朋友的人，一旦遇到某個嚴重的災禍而迫使他們去考驗他們的朋友，就會發現自己的錯誤了。因此，我必須一而再、再而三地重複：你在愛慕一個人之前應當先對他進行評判，而不要先愛慕後評判。我們在許多事情上都因粗疏馬虎而受到懲罰，在選擇朋友和培養友誼方面尤其如此。我們無視老話，本末倒置，賊走關門。因為我們雖然相互之間長期過從甚密，或由於互惠而結成友誼，但是一旦彼此間發生某件不愉快的事情，便會馬上中斷友誼。

在最重要的事情上犯這種粗疏馬虎的錯誤，更應該受到譴責。我之所以說「最重要」乃是因為，友誼是一種人人都一致認為有益的東西。甚至連美德本身也不是那樣，因為許多人常常以輕蔑的口氣談論美德，好像它只是一種虛飾和自贊。財富也是那樣。許多人蔑視財富，他們安於貧窮，以粗衣惡食為樂。至於官職，有些人趨之若狂，但是也有好多人視如敝屣，認為世上沒有什麼比官職更虛浮的了。

其他東西也是如此；在某些人看來是值得企求的東西，許多人卻認為一錢不值。但是對於友誼，所有人的看法都一樣。無論是那些致力於政治的人，或那些喜歡科學和哲學的人，或那些與世無爭只顧自己做生意的人，或者最後還有那些耽於聲色的人——他們全都認爲，如果沒有友誼，生活就不成其爲生活；如果他們想過一種自由人的生活，無論如何不能沒有友誼。因爲友誼總是千方百計地進入我們每個人的生活，它不允許有任何完全不受其影響的生涯。雖然有人生性粗暴乖戾，厭惡並避免與他人交往（據說雅典的泰門就是這樣的一個人），但即便這種人，他也得找一個人，以便當他發脾氣時可以有人聽他的咒罵。如果有可能出現下述情況的話，我們就會非常清楚地看到這一點：某個神靈把我們帶離人寰，將我們置於完全與世隔絕的某個地方，然後供給我們豐富的生活必需品，但絕不允許我們見到任何人。有誰能硬起心腸忍受這種生活呢？有誰會不因孤寂而失去對於一切樂事的興趣呢？我認爲，實際上塔蘭托的阿契塔就說過類似的話（他的話我是間接地聽說的；我是聽我的前輩說的，他們是聽他們的前輩說的）。他說：「假如一個人能升到天上，清楚地看到宇宙的自然秩序和天體的美景，那奇異的景觀並不會使他感到愉悅，因爲他必須要找到一個人向他述說他所見到的壯景，才會感到愉快。」因此，人的本性的確是厭惡孤獨，總是喜歡尋求扶持，而我們在最親密的朋友那裡就能得到那種最順遂的扶持。

但是，儘管人的本性也通過如此多的跡象表明她的希冀、目標和欲望是什麼，我們卻置若罔聞，不願傾聽她的呼聲。朋友間的交往是形形色色、錯綜複雜的，出現各種猜疑和不快必然是常有的事，對此，聰明的人有時會避而不提，有時會大事化小，小事化了，有時會寬容爲懷。但是當你朋友的利益和你自己的忠誠危在旦夕時，就不應當回避那種可能會出現的不快。比如說，朋友之間常常需要勸告，甚至責備。只要它們是出自好意，都應當欣然接受。但是，我的朋友特倫斯④在其《安德羅斯女子》中所說的話好像也有些道理，他說：

順從易結友，直言遭人恨。

如果直言的結果是招致忌恨，從而破壞友誼，那麼，它就會給人們帶來麻煩；但實際上順從給人們帶來的麻煩則更大，因爲姑息朋友的錯誤會使朋友無所顧忌地走向毀滅。但是，最該受責備的是那種拒納直言而最終卻爲奉承所害的人。因此，在這一點上自始至終需要小心謹愼。我們勸告時不應當太尖刻，責備時不應當使用侮辱性的語言。至於順從（因爲我喜歡借用特倫斯的言詞），儘管對人應當謙恭有禮，但是我們絕不應當阿諛奉承，慫恿人去作惡，因爲這種行爲對於自由民來說都是可恥的，更不必說朋友了。與暴君相處是一回事，而與朋友相處則是另一回事。但是如果一個人拒納直言，甚至聽不進朋友的忠言，那麼我們就可以認爲，他是沒救了。加圖的下面這句話也和他的其他許多話一樣，說得非常深刻：「獻媚的朋友比尖刻的敵人更壞，因爲後者常說眞話，而前者從不說眞話。」此外還有一件怪事，那就是：有些人受了勸告之後，不惱恨他所應該惱恨的事，反而

④ 亦即泰倫提烏斯（Terentius，Publius Afer），下同。——中譯者

非常惱恨他所不應該惱恨的事。他們對自己的過錯一點不惱恨，而對朋友的責備卻非常惱恨。其實應當相反，他們應當恨自己的過錯，並樂於改正錯誤。

因此，如果提出勸告和接受勸告（前者爽直，但不尖刻；後者耐心，且不惱恨）眞的是特別適合於眞正的友誼，那麼，同樣眞實的是，對友誼破壞性最大的莫過於阿諛奉承和諂媚。我儘量多用些詞語來刻劃這種人的邪惡，他們輕佻，不可信任，說話只求取悅於人而全然不顧事實眞相。在任何情況下虛僞都是不好的，因爲它會使我們辨不清眞假。但是它對於友誼比對於其他任何東西更加有害，因爲它能完全摧毀眞誠，而要是沒有眞誠，友誼也就虛有其名了。因爲從本質上說，友誼就是將兩顆心靈融爲一體，所以，如果兩顆心靈雖然聚集在一起，但不是單純的和一致的，而是易變的和複雜的，那麼，怎麼可能產生眞正的友誼呢？世上最柔順、最搖擺不定的莫過於那種人的心靈，他們的態度不僅取決於他人的情感和願望，而且還取決於他人的臉色和首肯。

他說「不」，我也說「不」；他說「是」，我也說「是」。
總之，他怎麼說，我也怎麼說。

我再次引述我老朋友特倫斯的話。不過這些話他是假借格南托之口說出的。和這種人做朋友當然是很愚蠢的。但是像格南托那樣的人很多，當他們具有較高的地位，或擁有較多的財產，或享有較大的名聲時，由於他們地位上的優勢彌補了他們性格上的欠缺，他們的奉承就變得有害了。但是只要我們仔細加以考察，就不難辨別出誰是眞正的朋友，誰是阿諛奉承的朋友，這就像區別其他任何東西一樣，只要仔細考察，就能辨別出什麼是貨眞價實的珍品，什麼是僞造的贗品。參加民眾集會的雖然都是些沒有什麼文化的人，但他們還是能清楚地看出一個只會蠱惑民心的人（亦即，一個奉承者和不可信任的公民）與一個作風正派、有名望、穩健持重的人之間的區別。前幾天，蓋烏斯・帕皮利烏斯爲了想通過一條允許護民官連任的法案，就是用這種阿諛奉承的語言去討好參加集會的群眾的。我當時就表示反對這個法案。但是在這裡我不想談論我自己，還是談西庇阿更好些。哎呀！他的講話是多麼感人，多麼莊重啊！凡是聽過他講話的人都會毫不猶豫地說，他不僅是羅馬人民的僕從，而且也是他們的領袖。當時你們也都在場，而且手裡都拿著他的演講稿。結果是，這個旨在取悅民眾的法案卻被民眾否決了。請原諒，下面我又要提到我自己了。你們是否記得，當盧西烏斯・曼奇努斯和西庇阿的哥哥昆圖斯・馬克西穆斯兩人做執政官的時候，蓋烏斯・利基尼烏斯・克拉蘇所提出來的一個「關於祭司團選舉」的法案是多麼受人歡迎。因爲根據這個提案，祭司團補充自己空額的權力應當轉讓給人民。順便提一下，正是這個人，他開始實行面向廣場對人民講話。但是，儘管如此，由於我站在保守派一邊進行反駁，宗教還是輕而易舉地擊敗了他那似是而非的演講。當時我不過是個司法官，五年之後才被選爲執政官，這表明，我之所以成功主要不是由於官職顯赫，而是因爲事情本身就在理。

如果說，在舞臺上雖然有許多東西是虛構的或半眞半假的（民眾集會實質上就是這樣的一個舞臺），但是只要眞實的東西完全被揭示出來，並暴露在光天化日之下，它還是會佔優勢的；那麼，完全依賴於眞誠的友誼應當出現什麼情況呢？在友誼中，用一句通俗的話來說，你們除非開誠相見，否則任何事情都不能相信──是的，甚至連相互之間的感情都不能相信，因爲你們不能確信它是眞誠的。但是，這種奉承不管多麼有害，它只能傷害那種喜歡並且接受奉承的人。由此可見，最喜歡聽奉承話的人就是第一個奉承自己、最鍾愛自己的人。我承認，美德當然是自愛的，因爲她瞭解自己，知道自己確實非常可愛。但是我現在所談的不是純粹的美德，而是人們自以爲有美德的那種信念。事實是，眞正有美德的人不多，大部分人都是希望被人認爲有美德。這種人最喜歡別人奉承。當別人爲了滿足他們的虛榮心而有意地奉承他們時，他們則把這種無聊的戲弄看作是自己確實具有某些値得稱讚之處的證據。因此，一方不願意聽眞話，而另一方則喜歡說謊話，這根本不是眞正的友誼。在喜劇中，要是沒有像自誇自大的武夫那種人物，我們看到食客的那副奴才相就不會覺得可笑了。「泰依絲眞的非常感謝我嗎？」本來回答說「非常感謝」就已經完全夠了，但他非得說：「萬分感謝。」奴顏婢膝的諂媚者總是誇大其詞，投人所好。因此，雖然這種虛僞的諂媚對於那種喜歡別人奉承的人特別有效，但是，即便性格堅強穩重的人也得隨時提防，否則狡詐隱蔽的諂媚就會乘虛而入。公開的諂媚任何一個人都能識破，除非他是一個地地道道的傻瓜；而狡詐隱蔽的諂媚者則是我們應當加以小心防範的。識破這種人的諂媚當然不是世界上最容易的事情，因爲這種人往往假借反駁來掩蓋其奴顏婢膝，假裝爭論來掩飾其諂媚，最後表示屈從，自甘服輸，以便使對方誤以爲自己英明。還有什麼比被愚弄更不體面的呢？所以你應當提高警惕，否則你就會像《女繼承人》⑤中的那個丈夫一樣，出現這樣一種情況：

簡直把我當成了大傻瓜！任何舞臺上喋喋不休的老糊塗也從來沒有這樣被玩弄過。

因爲即便在舞臺上，我們所看到的最愚蠢的角色也不過是那種目光短淺且容易受騙的老人。但不知怎麼搞的，我已經離題了，我所談的已經不是那種完人的友誼，即「智者」（當然是指人性所能具有的那種「智慧」）的友誼，而是那些庸俗的、不牢固的友誼。那麼，讓我們回到原題，並且最後作一個總結。

好吧，范尼烏斯和穆丘斯，那麼我再重複一遍我以前說過的話。美德，也正是美德，它既創造友誼又保持友誼。興趣的一致、堅貞、忠誠皆取決於它。當美德顯露頭角，放出自己的光芒，並且看到另一個人身上也放出同樣的光芒時，她們就交相輝映，相互吸引；於是從中迸發出一種激情，你可以把它叫作「愛」，或者你願意的話，也可以把它叫作「友誼」。這兩個詞都出自同一個拉丁文詞根。愛就是對於你所愛的人的那種依戀之情，它既不受貧乏的驅使，也不是爲了得到某些

⑤ 羅馬喜劇詩人凱基利烏斯的作品。——中譯者

好處——雖然友誼自然會產生好處，但你們可以看到，它並不以此爲目的。我過去就是懷著這種純眞的感情愛慕盧西烏斯・保盧斯、馬爾庫斯・加圖、蓋烏斯・加盧斯、普布利烏斯・納西卡、我親愛的西庇阿的岳父提比略・格拉古。年紀相仿的人，這種愛慕之情甚至更加強烈，例如西庇阿、盧西烏斯・富利烏斯、普布利烏斯・魯庇利烏斯、斯普利烏斯・穆米烏斯和我本人就是如此。現在我老了，反而愛和年輕人交往了，譬如你們，還有昆圖斯・圖貝羅；不僅如此，我還喜歡和比你們更年輕的人交朋友，比如說普布利烏斯・魯梯利烏斯和奧魯斯・維吉尼烏斯。因爲新的一代生生不息是人性和人生的規律，所以最值得企求的是，和與你同時起跑的同時代人一起，達到人生的終點。但是由於人事易變，我們應當不斷地尋求我們所愛且又愛我們的人，因爲如果人生失去了愛慕和友善，它就會變得索然無味。雖然西庇阿突然去世了，但是對於我來說，他實際上仍然還活著，而且永遠活著。因爲我愛的是他的美德，而他的美德是不會死的。不但在我看來他的美德永遠存在（因爲我畢生都能體驗到它），而且他的美德還會放出絢麗的光彩，照及子孫後代。如果一個人回憶不起或想像不出擺在他眼前最美好的東西，他就絕不會有遠大的抱負或崇高的理想。我斷言，無論是財富還是稟賦所賜予我的一切恩惠中，沒有一件能比得上西庇阿對我的友誼。在我們的友誼裡，不但有對社會問題的一致看法，有對私人事務的彼此商量，而且還有消磨閒暇時無憂無慮的歡樂。就我所知，甚至在最細小的事情上我也從來沒有得罪過他；我也從來沒有聽見他說過一句我不希望他說的話。我們住在同一座房子裡，同桌吃飯，過同樣的生活；我們不但在海外服役期間在一起，而且在外出旅行和鄉間度假時也總是在一起。至於我們在閒暇時常常找一個僻靜的地方一起專心致志地研究學問，這還用得著說嗎？如果對這些往事的回憶也隨著他的去世而消逝，那麼，失去一個在生活中與我如此親密的伴侶，這種悲痛我可能會忍受不了。但是這些往事並沒有消逝，它們在我的記憶中越來越清晰。即使我現在完全想不起它們來了的話，我已到了這個年紀也無所謂了，因爲我忍受這種悲痛的時間已經不可能太長了；任何短暫的痛苦，不管有多酷烈，都應當是能忍受的。

關於友誼，我就談到這裡。臨別時我還想提一個忠告。你們必須接受這樣一種觀點：美德是第一位的（沒有美德就不可能有友誼）；但除了美德之外（而且僅次於美德），一切事物中最偉大的是友誼。

論責任

第一卷　道德上的善

一

我親愛的兒子，馬爾庫斯，你現在已經在克拉蒂帕斯①的指導下學習了整整一年，而且又是在雅典，因而對各種日常格言和哲學原理諒必已經耳熟能詳了吧。人們至少可以對你寄予這種期望，因爲你不但有名師指導，而且還住在這樣好的一個城市裡：前者能夠用知識充實於你，後者能夠向你提供典範。不過，正像我爲了提高自身的素質總是把希臘文的學習和拉丁文的學習結合在一起一樣——我不僅在研究哲學時這樣做，而且在練習演講時也這樣做——我建議你也這樣做，這樣你就可以同時掌握兩種語言。正是在這個方面，假如我沒有弄錯的話，我對國人幫助很大，因此，不僅是那些不熟悉希臘文的人，而且甚至有學問的人也認爲，他們在演講能力和智力鍛煉方面受益匪淺。

所以，你應當向當代第一流的哲學家學習，應當繼續學下去，你想學多久就學多久；而且你的學習願望應當持續到對自己的進步感到不滿足時爲止。儘管如此，要是你願意讀我的哲學著作，當

① 當時著名的亞里斯多德學派哲學家，西塞羅兒子的老師。——中譯者

然會對你有所幫助；我的哲學和亞里斯多德學派的哲學並沒有什麼很大的差別（因爲我和他們都自稱是蘇格拉底和柏拉圖的信徒）。至於你得出的結論，我讓你自己去判斷（因爲我不想妨礙你的思路），但通過讀我的哲學著作，你肯定會覺得自己運用拉丁文的能力更臻圓熟。你切不可以爲我這樣說是在自吹自擂。因爲我認爲，在哲學知識方面就有許多人比我強；但是我自稱具有演說家的特殊才能，即說起話來言辭得體，條理清楚，風度優雅，那麼，我認爲我這樣說並不過分，因爲那個行當我已經幹了一輩子。

因此，我親愛的馬爾庫斯，我懇勸你不但要仔細閱讀我的演講稿，而且也要仔細閱讀我的那些哲學著作②，它們現在差不多也已經不少了。因爲，雖然這些演講顯示出一種比較奔放剛健的風格，但我的哲學著作中的那種冷靜謹愼的風格也是值得培養的。另外還因爲，迄今爲止在希臘人中我還未曾見到過一個集這兩種風格於一身，即既能滔滔不絕地演說又能平心靜氣地討論哲學的人，除非，法勒魯姆的德墨特里烏斯③或許可以算是一個——他確實是個聰明的推理思考者，而且，雖

② 西塞羅是指他的《論國家》、《圖斯庫盧姆談話錄》、《論至善與至惡》、《論神的本性》、《論學園》、《論老年》、《論友誼》、《論命運》、《論占卜》等。——中譯者

③ 法勒魯姆的德墨特里烏斯（Demetrius of Phalerum，約西元前三五〇年—？）：希臘演說學、政治家、哲學家。——中譯者

然演說缺乏生氣，但卻娓娓動聽，因此你可以知道他是狄奧夫拉斯圖斯④的門徒。但是，我在這兩方面做得怎麼樣，還是留給別人去評判吧。至少我在這兩方面已經盡力了。

當然，我相信，假如柏拉圖願意致力於雄辯術的話，他一定可以成爲傑出的演說家；假如德謨斯梯尼⑤繼續從事於對柏拉圖的研究，並且願意闡述自己的觀點的話，他在這方面一定可以做得很出色。我覺得亞里斯多德和伊索克拉底的情況一樣，他們都熱衷於自己的行當，看不起別人的行當。

二

但是因爲我已經決定現在要給你寫一點東西（以後將逐漸增多），所以，可能的話，我想先討論一個既最適合於你的年紀又最適合於我的身分的問題。雖然哲學提供許多既重要又有用的、經過哲學家們充分而又仔細地討論過的問題，關於道德責任這個問題所傳下來的那些教誨似乎具有最廣泛的實際用途。因爲任何一種生活，無論是公共的還是私人的、事業的還是家庭的，所作所爲只關係到個人的還是牽涉他人的，都不可能沒有其道德責任；因爲生活中一切有德之事均由履行這種責

④ 狄奧夫拉斯圖斯（Theophrastus，約西元前三七〇—約前二八五年）：希臘哲學家、亞里斯多德的學生。——中譯者

⑤ 德謨斯梯尼（Demosthenes，？—西元前四一三年）：雅典將軍。——中譯者

任而出，而一切無行之事皆因忽視這種責任所致。

此外，探討這個問題是所有哲學家共同的特點；因爲如果一個人不反復灌輸任何有關責任的教誨，他怎麼能自稱爲哲學家呢？但是有些學派用他們所提出的那些涉及「至善與至惡」的理論來曲解一切責任概念。因爲凡是斷定「至善」與德行無關，並且不是以道德標準而是以他自己的利益來衡量「至善」的人，如果他始終如一並且相當經常地不受其善良本性的支配，那麼，他就不可能重視友誼、正義和寬宏。而且他肯定不可能是勇敢的，因爲他把痛苦看作是至惡；他也不可能是有節制的，因爲他認爲快樂是至善。

雖然這些眞理是自明的，根本不需要討論，但我還是在另一部著作中對它們進行了探討。所以，如果這些學派自稱是始終如一的，他們就不能談論責任；除了那些認爲道德上的善之所以值得追求完全或主要是因爲其本身價值的人以外，誰也不能設定任何固定不變的、自然的責任規則。因此，倫理教誨是斯多葛學派、學園派和亞里斯多德學派的特權；因爲亞理斯托[6]、皮浪[7]和厄瑞勒斯[8]的理論早已遭到過駁斥；但是如果他們留給了我們任何對於事物的選擇權，以便有可能找到一種發現什麼是責任的方法，那麼，他們還是有權討論責任的。所以，這一次我在這一研究上主要

[6] 亞理斯托（Aristo of Chios，活躍於西元前三世紀）：希臘斯多葛學派哲學家、芝諾的學生。——中譯者

[7] 皮浪（Pyrrho of Elis，約西元前三六〇—前二七二年）：希臘哲學家、懷疑論學派的創始人。——中譯者

[8] 厄瑞勒斯（Erillus of Carthage）：芝諾的學生、斯多葛學派哲學家。——中譯者

是遵從斯多葛學派的教誨，但我並不是作爲一個翻譯，而是按照我的習慣，根據我自己的選擇和判斷，以某種適合於我的目的的尺度和方式，從這些原始資料中汲取有用的東西。

因此，既然整個討論都是針對責任問題的，我就喜歡一開始對什麼是責任下一個定義，而使我感到奇怪的是，帕奈提奧斯⑨卻未能做到這一點。因爲對於任何問題的每一系統闡發都應當從下定義開始，這樣每個人才能瞭解討論的究竟是什麼。

三

任何論述責任的文章都有兩個部分：一部分是論述至善說；另一部分是論述可以全方位地制約日常生活的那些實際規則。例如，下述問題就屬於第一部分：一切責任是否都是絕對的，某一責任是否比另一責任更重要，等等。但是關於爲其制定明確規則的特殊責任，雖然它們受至善說的影響，這一事實卻還並不那麼明顯，因爲它們似乎相當注意日常生活的規則；我打算在以下各卷中詳細論述的就是這些特殊的責任。

責任還有另一種分類法：我們可以將它們分爲所謂的「普通的」責任和「絕對的」責任。我認爲，「絕對的」責任也可以叫作「義」，因爲希臘人把它叫作「*κατόρθωμα*」，而把普通的責任叫作「*καθήκον*」。對於這些術語他們是這樣定義的：他們把一切合乎「義」的責任都定義爲「絕對

⑨帕奈提奧斯（Panaetius，約西元前一八五—前一〇九年）：羅馬斯多葛學派哲學家。——中譯者

的」責任，但是他們說，「普通的」責任只是關於可以提出某種適當理由的行爲的責任而已。

因此，帕奈提奧斯認爲，決定某種行爲需要考慮三方面的問題：首先，人們得問這種想要做出的行爲是有德的還是無行的；在這種考慮中，他們往往會得出一些有很大分歧的結論。然後，他們考慮這樣一個問題，即這種想要做出的行爲是否有助於生活上的舒適和快樂，是否有助於對財物的管理，是否有助於擴大自己的影響和權力，從而有利於自己和朋友；所有這些問題的考慮全都圍繞著功利的問題。當某種追求貌似功利的行爲似乎與某種有德行的行爲發生衝突時，便產生了第三類問題；因爲當功利似乎將我們往東拉，而德行似乎將我們往西拉時，我們就會感到困惑，考慮再三，結果往往還是無所適從。

雖然遺漏是分類的大忌，但是上面所說的還是漏了兩點：因爲我們通常不僅考慮一個行爲是有德的還是無行的，而且當兩種有德行的行爲可供選擇時，還考慮究竟哪一種更好；同樣，當有兩種功利可供選擇時，還考慮哪一種更大。因此，我們覺得，帕奈提奧斯認爲是三個方面的問題應當分成五個部分。首先，我們必須討論德行——而德行則可以放在兩個小標題下進行探討；其次，是以同樣的方式討論功利；最後，是討論德行與功利相互發生衝突時的情形。

四

首先，「自然」賦予每一種動物以自我保存的本能，避免一切似乎可能引起對生命或肢體的傷害的危險，獲取和提供一切生命所必需的物品，譬如食物、住所等等。生殖的本能（其目的是傳種）以及對自己後代某種程度的關心也是一切動物的一個共同特性。但是人與獸之間最顯著的區別是：獸只爲感官所驅使，幾乎沒有什麼過去或未來的概念，只是使自己適應於現在此刻的情形；而人（因爲他有理性，憑藉這種理性他能領悟到一連串後果，看出事情的起因，瞭解因對果和果對因的關係，進行類比，並且把現在和將來聯繫起來）卻很容易測知自己生命的全過程，並爲營生作必要的準備。

「自然」同樣也依靠理性的力量，用共同的言語和生活把人與人聯結在一起；尤其是，她向人灌輸一種可以說是異常溫柔的對自己後代的愛。她還敦促人們合群聚居，組織並親自參加公共集會；因此，她進一步要求男人努力提供大量的物品，以便滿足自己的需要，使自己生活得舒適——這不僅是爲了他們自己，而且也是爲了他們的妻子兒女，以及他們所寵愛的和應當贍養的其他人；這一責任也激發了他們的勇氣，使得他們在謀生的活動中變得更加堅強。

尤其是，渴求並探索眞理是人所特有的本性和愛好。因此，我們在有暇且無需爲工作上的事操心時，就渴望看到、聽到或學習一些新的東西，而且覺得想要知道創造的奧秘和奇跡的願望是幸福生活所不可缺少的東西。從而我們開始懂得，眞實、單純和眞誠的東西是最適合於人的天性。除了發現眞理的這種熱情之外，人幾乎還有一種對於獨立的渴求，所以「自然」精心鑄造的心靈是不願意受任何人支配的，除非這個人制定行爲的規則，或是眞理的傳授者，或爲了公眾的利益而根據正義和法律進行統治。從這種態度產生出了靈魂的偉大和對於世俗環境的優越感。

「自然」和「理性」明確宣示：人是唯一能感知秩序和禮節並知道如何節制言行的動物。因此其他一切動物都感覺不到「可見的世界」中的美、可愛與和諧；而且「自然」和「理性」還將這類情狀從感覺世界擴展到精神世界，覺得在思想和行爲中更應當保持美、一致和秩序，因而「自然」和「理性」就小心謹愼，不做任何不恰當的或缺乏陽剛之氣的事情，在每一思想和行爲中既不做也不想變化無常、異想天開的事情。

本卷所探討的道德上的善，就是由上述這些要素形成的——這種道德上的善，即使不爲人們普遍重視，也仍應獲得一切榮譽⑩。我們可以公正地說，由於它本身的性質，即使沒有人讚美它，它也應受到讚美。

五

我的兒子，馬爾庫斯，你現在已經看到了「道德上的善」的大致輪廓，而且也可以說是看到了它的概貌。正如柏拉圖所說，「如果能用肉眼看到它，它就會喚起對智慧的酷愛。」但是，一切有德之事皆出自下述四種來源中的某一種：⑴充分地發現並明智地發展眞理；⑵保持一個有組織的社會，使每個人都負有其應盡的責任，忠實地履行其所承擔的義務；⑶具有一種偉大的、堅強的、高尚的和不可戰勝的精神；⑷一切言行都穩重而有條理、克己而有節制。

儘管這四種來源是相互聯繫和交織在一起的，但是每一種都各自產生某種確定的道德責任：例

⑩ 西塞羅利用拉丁文「honestum」一詞的雙重含義：⑴「道德上的善」，和⑵「榮譽的」、「卓越的」等等。

如，上述所提到的包含智慧和謹慎的第一種來源，就產生追求眞理和發現眞理的責任；這是那種美德的特殊職責。因爲任何一個人在任何給定的情形下越是清楚地觀察到最基本的眞理，越是能迅速而準確地發現和說明其原因，就越是被普遍地認爲聰明和富有悟性，而這也是很公道的。那麼，因此可以說，這種美德必須與之打交道和唯一所關心的東西是眞理。

另一方面，擺在其餘三種美德面前的任務是，提供並維護實際生活事務所依賴的那些東西，以便能保持人類社會中人與人之間的關係，並且使得靈魂的偉大和崇高不僅能體現在增進一個人的才智並使其本人以及其全家受益方面，而且還能更多地體現在不爲這些東西所動方面。但是，有條理的行爲、行爲的一致以及自我克制等等都屬於這樣一類事物，即：它們不僅需要思想活動，而且還需要某種程度的身體力行。因爲我們如果在某種程度上將禮節和秩序引入對日常生活的處理中，就會保持道德上的正直和尊嚴。

六

在我們所列舉的關於道德上的善的四種基本觀念中，第一種就是關於眞理的知識，它最能激發人的本性。因爲我們都有一種強烈的求知熱情；我們以學識淵博爲榮，而把犯錯誤、背離眞理、無知、入歧途視爲卑鄙無恥。在求知——這既合乎自然又合乎道義——中，必須避免兩種錯誤：第一，我們不應當強不知以爲知，非常輕率地表示贊同；凡是想避免這種錯誤的人（所有的人都應當如此）都應當長年累月、殫精竭慮地去考查證據。另一種錯誤是，有些人愛鑽牛角尖，煞費苦心地去研究那些晦澀、難解而又無用的問題。

如果成功地避免了這些錯誤，爲研究那些既合乎道義又值得解決的問題而付出的一切辛勞都會得到充分的報償。例如，在天文學領域裡，我們知道有蓋烏斯・蘇爾皮西烏斯；在數學方面，有塞克斯圖・龐培，我和他有私交；在邏輯學方面有許多著名的學者；在民法方面則更多。這些人都在自己的研究領域裡探索眞理；但爲此而脫離實踐生活則有悖於道德責任。因爲美德的一切榮譽都屬於實踐活動；然而，實踐活動常常被中斷，仍有許多機會回過頭來繼續從事研究工作。此外，頭腦的活動是絕不會停止的，它能使我們終日忙於求知，甚至能使我們不知不覺地這樣做。而且，我們的一切思維和精神活動，不是專注於籌畫那些既符合道義又有助於過一種美好幸福生活的事情，就是專注於科學和學問的研究。

關於責任的第一種來源，我們就討論到這裡。

七

至於其餘三種來源，適用範圍最廣的是社會和我們可以稱之爲社會「公約」的東西賴以維持的原則。這一原則又可以分爲兩個方面：公正，這是美德至高無上的榮耀和人之所以被稱爲「好人」的基礎；還有就是與公正有密切聯繫的博愛，它也可以被稱爲仁慈或寬厚。

公正的首要功能是使一個人不做傷害他人的事情，除非是爲邪惡所激怒。其次是引導人們將公共財產用之於公益，將私有財產用之於他們自己的私利。

然而，並不存在「自然」所建立的私有制這一類東西。財產是通過以下途徑而成爲私有的：或者通過長期佔有（例如有些人很早以前就定居於無人佔領的地區），或者通過征服（例如有些人在戰爭中攫取財物），或者通過適當的法律程式、交易或購買，或者通過配給。根據這一原則，阿爾比農（Arpinum）的土地據說是屬於阿比奈特人（Arpinates）的，圖斯庫蘭（Tusculum）的土地是屬於圖斯庫蘭人（Tusculans）的；私有財產的獲得也是類似的情形。因此，既然原本是公共財產的那些東西，現在有些已經通過上述各種途徑成了個人的財產，所以每個人都應當保有現已屬於他的那份財產；如果有人把不屬於他的東西據爲己有，他就違犯了人類社會的法規。

柏拉圖說得好，我們生下來並非只是爲了自己，我們的國家、我們的朋友都有權要求我們盡一份責任。斯多葛學派認爲，世界上所產生的一切東西都是創造出來給人用的；因爲人也是爲其他人而生的，所以他們能夠相互幫助；在這方面，我們應當遵從「自然」的意旨，彼此關愛，相互授受，爲公眾的利益貢獻出自己的一份力量，例如用我們的技能和才智，以及通過我們辛勤的勞動，使人類社會更緊密地凝結在一起，使人與人之間更加團結友愛。

此外，公正的基礎是誠信——即，對承諾和協議守信不渝。因此，我們可以同意斯多葛學派的說法（他們孜孜不倦地研究詞源），他們說，之所以叫作「誠信」（good faith），就是因爲「履行」（made good）諾言，儘管有些人也許覺得這種解釋⑪有些牽強。

另一方面，不公正有兩種：一種是傷害他人，另一種是能夠制止但卻未予制止傷害他人的行爲。一個人如果在憤怒或其他某種激情的影響下錯誤地攻擊另一個人，那麼可以說，就好像是在對自己的同伴下毒手；但一個人如果能夠制止但卻未予制止傷害他人的行爲，那麼同樣也有罪，其罪孽猶如拋棄父母、朋友或祖國。而且，還有，那些故意傷害他人的錯誤行爲往往是害怕的結果：也就是說，預謀害人者是怕，如果他不這樣做，他自己會受到某種傷害。但是，人們幹壞事多半是爲了達到某種個人目的；一般說來，貪婪是導致這種罪惡的主要原因。

八

另外，人們追求財富，部分是爲了生活需要，部分是爲了享樂。至於那些懷有更大野心的人，他們希望得到財富則是爲了權力、聲望和施惠的資本。例如，馬爾庫斯·克拉蘇不久以前就說過，對於一個渴望成爲國家第一號人物的人來說，除非他的收入能夠養得起一支軍隊，否則他無論有多少財富也不會滿足。豪華的住宅、高級而舒適的生活用品和設備也能使人快樂，而企求獲得這些東西的欲望則使人貪得無厭地渴望財富。假如這樣做並不傷害其他人，我認爲積累財富也無可厚非，但不公正的佔有總是應當避免的。

⑪ 當然，就像fiat和fidem一樣，「good faith」和「made good」也沒有什麼詞源上的聯繫。

但是，絕大多數人，當他們熱衷於謀取軍權或政權時，就會沉湎於其中而不能自拔，完全不顧自己的行爲是否符合公正的要求。恩尼烏斯說：

「爲了王位，就顧不了純潔的友誼，
也顧不了忠誠信義；」

他的這句話具有極其廣泛的普遍意義。因爲，無論什麼時候，遇到這種情形，最多只有一個人能夠出人頭地，在這種情況下競爭通常是非常激烈的，要想保持「純潔的友誼」的確是件極其困難的事情。最近，我們可以看到，蓋烏斯・凱撒厚顏無恥的行徑就證明了這一點：他爲了攫取（他憑藉邪惡的想像力，虛妄地構想出來的）那種至高無上的權力，把一切神和人的法律統統踩在腳下。但是，關於這個問題麻煩的是，在最偉大的人物、最傑出的天才身上，我們通常也能看到對於軍權、政權、榮譽以及想要出人頭地的強烈欲望。因此我們必須更加小心謹慎，不要在這方面犯錯誤。

但是就任何一種不公正的行爲來說，是由於一時感情衝動而做錯事情呢，還是故意或有預謀地幹壞事，兩者之間有很大的區別；因爲由於突然衝動而犯的罪行，比起那些蓄意害人的罪行來，自然應受較輕的懲罰。

但是關於傷害他人的問題，已經說得夠多的了。

九

對傷害他人的行爲不加以制止，因而缺乏責任感，其原因可能是多種多樣的：或則不願結怨樹敵、惹事破財；或則由於冷漠、懶惰或無能；或則專注於某種急務或私利，以致無暇顧及那些有責任去保護的人。因此，恐怕人們有理由認爲，柏拉圖所說的關於哲學家的那番話可能是不適當的，他說，因爲哲學家們忙於追求眞理，因爲他們鄙視大多數人所渴求的，並且往往爲此而你死我活地爭鬥的那些東西，認爲那些東西是毫無意義的，所以他們是正直的。誠然，他們保持了一種公正，即他們的確沒有傷害任何人，但是他們卻違背了另一種公正：因爲他們潛心研究學問，對他們應當去保護的那些人的命運則漠不關心。因此，柏拉圖認爲，他們甚至不願履行公民的義務，除非是強迫。但實際上最好還是自願去履行，因爲本質是正當的行爲，只有自覺自願地去做才是正義的。

還有一些人，他們或則由於一門心思致力於自己的事業，或則由於對世人的某種厭惡，聲稱他們獨善其身，似乎不會對任何人有任何傷害。但是，他們雖然避開了一種不公正，卻陷入了另一種不公正：他們是社會生活的背離者，因爲他們沒有爲之犧牲自己的利益和作出自己的努力，並將自己的財富貢獻給它。

因爲我們已經提出有兩種不公正，並分別闡釋了導致每一種不公正的動機，而且還因爲我們在此之前就已確立了公正所賴以形成的原則，所以，我們就能夠很容易確定在每一種情形下我們應盡什麼義務，除非我們是極端自私的；因爲眞正關心別人的事，這的確不容易做到；然而我們知道，在特倫斯的戲中，克里米斯「認爲凡是關係到他人的事情都跟他有關」。不過，當一件事情牽涉到自己的利害時，我們就會更充分地瞭解它、更深切地感受它，但是同樣的事情如果發生在別人身上，可以說，我們往往只是隔岸觀火而已，而且由於這個原因，我們對此所作的判斷也不一樣。因此，有人提出一條非常精闢的戒律：是非有疑則莫爲；因爲「是」必將閃射出它自己的光華，而「疑」則是我們認爲可能是「非」的信號。

十

但常常出現這樣的情形：看起來似乎最適合於我們所謂的「正人君子」的那些責任，發生了變化，而且變成了完全相反的東西。例如，守信用或履行諾言可能就不是一種責任，有時逃避或不遵行通常需要眞誠和廉恥的事情卻可能是正當的。因爲，我們很可能爲我一開始所定的那些公正的基本原則所指導：第一，不傷害任何人；第二，維護公眾的利益。當這些原則因情況變化而被修改時，道德責任也發生了變化，它並不總是一成不變的。因爲某一承諾或協議可能結果會出現這樣一種情況：假如履行這個承諾的話，那麼就會證明，結果不是對接受承諾者不利，就是對作出承諾者不利。例如，在那齣戲裡，如果涅普頓不履行他對忒修斯所作出的承諾，忒修斯就不會失去他的兒子希波呂托斯；因爲，故事說，涅普頓答應他實現三個願望⑫，第三個願望是：一次在火頭上，他咒希波呂托斯死，結果咒語應驗了，他卻陷入了無可言喻的悲痛之中。因此，如果履行承諾證明對

⑫ 這三個願望是：⑴從冥國安全返回；⑵逃出迷宮；⑶希波呂托斯的死。

接受承諾者有害，那麼就不應當履行；如果履行承諾對你有害而對接受承諾者有利，那麼，兩利相權取其重並不違背道德責任。例如，你已答應某人願意爲他出庭辯護，如果正好在這個時候你的兒子得了急病，那麼你未能履行自己的諾言，就不算違背道德責任；如果委託你的人抱怨你說，在他需要你的時候你卻拋棄了他，那就是不懂責任的眞諦了。再說，誰還不知道那些靠威脅或因受騙而作出的承諾是不作數的呢？這種責任是無效的這類規定大多數見之於司法官的「平衡法」令⑬，少數載之於法律。

不公正還常常起因於詭計，即一種過於巧妙的，甚至是帶有欺騙性的立法。所以現在社會上流傳著這樣一句諺語：「法律多則公正少。」在國與國之間的事務上，有人也常常通過這樣的解釋幹壞事。例如，已與敵人協定停火三十天，一個著名將領⑭卻對他們的營地發動夜襲，他說，因爲停火協議中說的是「白天」⑮，所以不包括晚上。甚至我們自己國人的行爲也不都是無可非議的，如

⑬ 每個司法官都在其就職儀式上公佈自己任職期內的施政原則和方針。這些原則和方針是「司法官法」的原始資料，後者解釋和補充「普通法」，甚至對其古老的苛刻內容進行修正，以便順應更先進的民意，形成羅馬法中最有價値的部分。

⑭ 指斯巴達國王克利奧墨涅斯（Cleomenes，西元前五二〇—前四九一年在位），此事發生在與阿戈斯人作戰時。

⑮ 因為「天」與「白天」是同一個詞——「day」。——中譯者

果人們所說的關於昆圖斯・法比烏斯・拉貝奧——或無論是誰（因爲我只是聽說，沒有根據）——的事是眞的：元老院派他去仲裁諾拉與那不勒斯之間的疆界糾紛，他接受了這一使命，分別會見了雙方的長官，要求他們放棄貪欲，不要擴張，各自退讓。雙方都同意並執行了這一建議，於是他們之間出現了一大片中間地帶。他就以此劃界，把中間的這塊地方判給了羅馬人。這是詐取，不是仲裁。因此，這種不擇手段的行爲，無論在什麼情形下，都應當避免。

十一

此外，我們甚至對那些有負於我們的人也負有某些責任。因爲報復與懲罰是有限度的；或更確切地說，我傾向於認爲，使侵凌者對自己所幹的壞事感到後悔，以便使其不再重犯，使其他人也能引以爲鑑不幹這種壞事，這就夠了。

再者，就一個國家來說，在其對外關係方面，也不應當輕易發動戰爭。因爲解決國家之間的糾紛有兩種方法：第一種是通過協商，第二種是訴諸武力；因爲前者合乎人性，後者則是野蠻的表現，所以我們應當只是在協商無望的情況下才訴諸武力。因此，開戰的唯一理由是：我們可以生活在不受侵害的和平環境中。當我們取得勝利時，我們應當饒恕那些未曾在戰爭中野蠻地進行血腥屠殺的敵人。例如，我們的祖先實際上承認圖斯庫蘭人、埃魁人、沃爾西人、薩賓人和赫爾尼基人有充分的公民權，但他們卻將迦太基和努曼提亞夷爲平地。要是他們不摧毀科林斯有多好；但我相信，他們這樣做一定有他們自己特殊的理由——也許是由於它便利的地理位置——恐怕它的這種有利的地理位置有朝一日會誘使他們再度發起戰爭。我的看法是，至少，我們應當始終努力地去保衛一種絕不允許有詭計的和平。假如當時我的這種勸告已爲人們所重視，那麼，我們至少應當已經有了某種政府，即便不是世界上最好的政府，但是，事實上，我們現在什麼也沒有。

我們不僅應當體恤那些被我們以武力征服的人，而且還應當保護那些放下武器向我們的將領投降的人，即便他們當時已經瀕臨失敗。在我們自己的國人中，對於這方面的公正一直非常重視，譬如說，按照祖先的慣例，只有那些答應保護已被征服的戰敗國的人，才能成爲這些國家的監護人。

至於戰爭，涉及戰爭的各種人道的法律，在宗教的全面保障之下，明載於羅馬人的關於宣戰和締結和約的法典中；由此可以推斷，除非事先已正式提出過決鬥的要求，或提出過警告，或已正式宣戰，否則任何戰爭都是非正義的。波比利烏斯是一個行省的軍事長官。在他第一次率兵作戰時，加圖的兒子正在他的軍隊裡服役。當波比利烏斯決定解散他的一個軍團時，他也把小加圖開革了，因爲小加圖正好就在這個軍團服役。但是這個年輕人很喜歡當兵，仍然留在軍營裡不走，於是他的父親寫信給波比利烏斯說，假如讓他繼續留在軍隊裡，他就得重新作忠誠宣誓，因爲他過去所作的宣誓已因軍團解散而失效，從法律上說他已沒有資格同敵人作戰。另外，士兵還應當極其嚴格地遵守有關作戰行爲的法律。保留至今的還有一封大加圖寫給他兒子馬爾庫斯（即小加圖）的信，信中他寫到，他已聽說這個年輕人在馬其頓與佩修斯作戰時已被執政官⑯開革了。因此，加圖警告他說，千萬得注意，不要參加戰鬥。因爲，他說，在法律上不是士兵的人，沒有權利和敵人作戰。

十二

另外，我還注意到：現在適當地稱之爲「好戰的敵人」的人，過去曾被稱爲「客人」，這樣，溫和的措詞消滅了事實的醜惡；我們的祖先所指的「敵人」，我們現在則稱之爲「陌生人」。這可以從《十二表法》中得到證實：「或者確定某一天審訊陌生人。」另一處還說：「在懲處陌生人時，所有權是永遠不可剝奪的。」和人打仗時，還用這樣溫和的名字稱呼他，還有什麼比這更寬厚的嗎？但經過了漫長的歲月，這個詞的意思漸漸地變得嚴厲起來：它失去了「陌生人」的本意，具有了「武裝著的敵人」的專門含義。

但是當爲了最高地位而發動一場戰爭時，和當榮譽成爲戰爭的目的時，仍然不應當忘記要從我剛才所說的乃是開戰的唯一正當理由的那些動機出發。但是以榮譽爲目的的那些戰爭不應當進行得太酷烈。例如，對付本國的同胞，如果他是個進行人身攻擊的敵人，我們採用某種方法，如果他只是個競爭者，我們則採用另一種方法：與競爭者作鬥爭是爲了官職和地位，與敵人作鬥爭是爲了生命和名譽。所以，我們與克爾特伊比亞人和辛布里安人作戰就像與不共戴天的敵人作戰一樣，因爲

⑯ 盧西烏斯・埃彌利烏斯・保盧斯（西元前一六八年）。

這不是決定誰能爭得最高地位的問題，而是決定誰能存活的問題；但是我們與拉丁人、薩賓人、薩謨奈人、迦太基人和皮勒斯作戰只是爲爭最高地位而已。迦太基人毀棄協議，漢尼拔很殘暴，而其他的對手則比較仁慈。皮勒斯在與我們交換俘虜時，曾說過這樣一段著名的話：

「我不想要金錢，你們也不必出什麼價錢；
因爲我什麼也不要；
得了，我們不是討價還價的戰爭販子，而是
嚴陣以待的戰士。
而且，我們還要冒生命危險，決定命運的
不是金錢，而是刀劍。
我們披上戎裝，考驗自己的勇氣，看
命運女神如何判定，究竟讓你獲勝呢，
還是讓我獲勝。
善良的法布里齊烏斯，你聽著：
不管他們有多麼勇猛，已經不需要
打仗了——我給他們自由。

這是我的決定。偉大的羅馬人，
我把他們交給你們；
送他們回家吧；偉大的諸神祝福你們。」

這番話說得既公正又堂皇，眞不愧爲艾基代人⑰的後代。

十三

另外，如果一個人因境遇所迫而對敵人許下過任何承諾，那麼即便如此，他也應當履行自己的諾言。例如，在第一次布匿戰爭中，雷古盧斯爲迦太基人所俘，迦太基人在他宣誓絕不去而不返之後就派他回羅馬商談交換俘虜問題。他一回到羅馬，首先向元老院提出，不應當與迦太基人交換俘虜；既然如此，他的親友們就勸他留在羅馬別回去了，他卻表示，寧願回去後被敵人折磨至死，也不能違背自己的誓言，儘管這是對敵人的承諾。

還有，在第二次布匿戰爭中，坎尼戰役之後，漢尼拔假釋了十名羅馬戰俘回羅馬，條件是要他們宣誓，若不能贖回他的被俘將士，就一定返回他的營地；他們回來後全都被我們的監察官剝奪了

⑰ 艾基代人（the Aeacidae）：埃阿科斯的後裔。埃阿科斯是希臘神話中的英雄，宙斯和埃癸娜的兒子，忒拉蒙和珀琉斯的父親，大埃阿斯的祖父。——中譯者

公民權，並終身淪爲奴隸，因爲他們犯了違誓罪，違背了他們當初所發的被俘後絕不屈服生還的誓言。其中有一個戰俘，因爲他犯了逃避履行承諾罪，也受到了同樣的懲處：這個人耍了一個詭計，當漢尼拔同意他們離開營地後不久，他又折了回來，佯稱忘了帶某件東西；當他第二次離開營地後，他便聲稱自己已經用不著履行誓言了。雖然根據誓言的字面意思，他是用不著履行誓言了，但是根據誓言的精神實質，他這樣說是不在理的。在承諾問題上，人們始終應當注重其眞正的含義，而不應當只考慮其字面上的意思。

此外，我們的祖先在公正地對待敵人方面，也爲我們樹立了絕好的榜樣：有一個從皮勒斯軍營裡逃出來的叛逆者，向元老院表示願意潛回軍營下毒害死其國王，元老院和蓋烏斯·法布里齊烏斯將這個叛逆者解交給了皮勒斯。他們以此表明不贊成以奸詐的手段謀殺敵人，即便他是一個強有力的、無端尋釁的、喜歡侵略且屢屢獲勝的敵人。

關於與戰爭有關的責任，我就討論到這裡。

但是，讓我們記住，即使對最卑賤的人，也得講公正。現在，地位最低下、命運最淒慘的是奴隸；有人給我們一個很好的指導，叫我們像對待雇工一樣地對待奴隸：他們必須工作，但也應當給他們應得的報償。

另外，一個人可以用以下兩種方式中的任何一種傷害他人，即或則用暴力，或則用欺騙，兩者都是殘忍的：欺騙好像是狡猾的狐狸慣用的伎倆，暴力好像是獅子慣用的手段；兩者都是完全違背人性的，但是欺騙則更卑鄙。在一切不公正的行爲中，沒有比僞君子的行爲更醜陋的了，他們甚至在幹最邪惡的勾當時，也使自己的行爲看起來很善良。

關於公正的討論，就到此爲止。

十四

按照上面所說的順序，接下來我們要談的是仁慈和慷慨。沒有什麼比它們更能體現人性中最美好的東西了，但是在許多具體的情況下，實施仁慈和慷慨則需要小心謹愼：首先，我們應當注意，我們的善行既不可對我們的施惠對象，也不可對其他人帶來傷害；其次，不能超越自己的財力；最後，必須與受惠者本身値得施惠的程度相稱，因爲這是公正的基礎，而公正則是衡量一切善行的標準。有些人將一種有害的恩惠施予某個他們似乎想要去幫助的人，他們不能算是慷慨的施主，而是危險的諂媚者。同樣地，有些人爲了向某個人表示慷慨而傷害另一個人，他們也是不公正的，這種不公正猶如將鄰人的財產據爲己有。

現在，有許多人（尤其是那些渴望得到高位和榮譽的人）常常是，爲了使一些人富裕而對另一些人進行掠奪；假如他們不管用什麼手段，幫助朋友富了起來，那麼他希望被人們認爲對朋友很慷慨。但是，這種行爲與道德責任相去如此之遠，以至世界上沒有什麼比這種行爲更違背責任的了。因此，我們應當注意，在慷慨行善時，我們只能幫助朋友，而不能傷害其他任何人。就因爲這個原因，盧西烏斯・蘇拉和蓋烏斯・凱撒將合法所有人的財產送給陌生人，不應當視爲慷慨。因爲一件事情，若不同時是公正的，就不可能是慷慨的。

需要注意的第二點是，行善不應當超越自己的財力。那些不自量力的慷慨解囊者犯了兩個錯誤：第一，侵犯了其直系親屬的權益，因爲他們把本該由其親屬享用或繼承的財產送給了陌生人。第二，這種過分的慷慨常常產生一種掠奪或非法佔有財富的熱望，以便爲贈送厚禮提供錢財。我們還可以看到，許多人做好事主要是想炫示自己的崇高，而不是出自內心的仁慈；這種人並不是眞正的慷慨，而是在某種野心的驅使下假裝慷慨。這種故意裝出來的姿態更接近於僞善而不是慷慨或道德上的善。

上面所定的第三條規則是，在行善中我們應當根據各個施惠對象本身值得施惠的程度而區別對待；我們應當考慮到他的道德品質、他對我們的態度、他與我們關係的密切程度、我們共同的社會紐帶，以及他曾對我們有過什麼幫助。當然最好是，以上所說的這些條件，一個人全都具備；如果一個人不能全都具備，那麼我們就應當對那些具備條件較多或較重要者相應地施予較多的恩惠。

十五

我們生活中所接觸到的那些人並不是十全十美、大智大賢的，假如能在他們身上找到某些類似於美德的東西，那他們就算是做得很不錯了。因此我認爲，大家肯定會贊成這樣一種觀點：如果一個人表現出些許美德，我們就不應該完全漠視他；而一個人越是具有這些比較高尚的美德（謙虛、自制，以及我已經反復解說過的那種公正），就越是值得稱讚。我沒有提到剛毅，因爲一個人如果沒有達到十全十美、大智大賢的境界，那麼一般說來，其勇敢精神往往是非常魯莽的；看來更詳細地表徵好人的是其他那些美德。

關於我們施惠對象的人品，就談到這裡。

至於別人對我們的情感，我們在履行責任時首先務必要求自己做到：我們應當爲那些最愛我們的人做最多的事情；但是我們不應當像小孩子那樣以情感的熾熱程度，而是應當以情感的強韌度和持久性來衡量情感。但是，假如我們已經受了別人的恩惠，所以我們首先要做的不是施惠，而是報答，那麼似乎就應當更加勤勉了，因爲沒有什麼比證明自己的感激之情更急迫的責任了。

如果按照赫西奧德所說的，一個人在拮据時向人借了錢，可能的話，還錢時就應當加上利息一併償還，那麼請問，我們對於不期而遇的仁慈，又將如何報答呢？難道我們不應當像肥沃的土地一樣，回報的果實大大多於其收受的種子嗎？如果我們毫不猶豫地施惠於那些我們希望將來會幫助我們的人，那麼我們又該如何對待那些已經幫助過我們的人呢？因爲慷慨有兩種：行善與報恩。我們是否行善，這可自行選擇；但對於一個好人來說，假如他能夠在不侵犯其他人的權利的情況下進行報恩的話，則不可知恩不報。

此外，我們對所受恩惠也要有所區分，因爲受惠越大，當然責任也就越重。但在作這種判定時，我們應當首先估量其施惠的動機、誠意和心情。因爲許多人普施恩惠只是出於一種病態的仁慈，或者是由於一時心血來潮，就像一陣風一樣轉瞬即逝。這種慷慨的行爲，比起那些根據判斷而作出的、經過愼重考慮的善行來，是不值得給予很高的評價的。

但是在行善和報恩中，我們首先必須遵循的一條規則（其他事情也一樣）是：所給予的幫助最好是同受助者的個人需要相稱。許多人卻遵行與此相反的原則：對於某個他們希望從他那裡得到最大恩惠的人，即使這個人並不需要他們的幫助，他們也最熱心地爲他服務。

十六

但是，假如人們能按照與自己關係的密切程度對每個人都表現出仁慈，那麼社會利益和社會公約就會得到最好的保護。

但看來我們應當追溯到它們的最終根源，即「自然」爲人類所制定的社會與群體的原則。第一個原則存在於人類的一切成員之間的互相聯繫中；聯繫的媒介是理性和語言，它們通過教學、通信、討論和推理的過程，把人與人聯繫在一起，使他們結合成一種互助互愛的自然聯合體。正是在這一點上，我們已經遠遠脫離了獸性。我們承認動物可能有勇氣（例如，馬和獅子），但是我們不承認它們有公正、平等和善良，因爲它們沒有理性和語言。

因此，這是將人們乃至整個人類聯繫在一起的最寬泛的紐帶。在這條紐帶的維繫下，「自然」所創造出來供人類共同使用的一切東西，人人都有權利共用；同時，人們還應當明白：雖然根據民法和各項法令已作爲私有財產分配給個人的一切東西都應爲個人所擁有，而私有財產的擁有者也應遵守上述那些法律的有關規定，但是看待其他一切東西則應當像希臘諺語所說的：「朋友之間一切都是不分彼此的。」[18]另外，我們發現，詩人恩尼烏斯對那種人類的共同財產也曾下過定義，雖然他只是舉了一個例子，但這個原則卻是普遍適用的：

「好心地爲迷路者帶路的人，
就好像用自己的火把點燃他人的火把：
他的火把並不會因爲點亮了朋友的
火把而變得昏暗。」

他用這個例子深入淺出地教導我們大家，即使對於陌生人，也應當慷慨地施以那種只是舉手之勞且又利人而不損己的恩惠。關於這一原則，我們有以下格言：

「流水誰都可以用」；「任何人都可以借我們的火種」；「給猶豫不定的人出個好主意」。

⑱ 參見：柏拉圖的《斐多篇》，二七九C；亞里斯多德的《尼各馬可倫理學》，Ⅷ，十一。

這種行爲，對受者有益，而對施者又沒有什麼損失。因此，我們應當遵循這些原則，經常不斷地對公共福利作此貢獻。但是因爲個人的財力是有限的，而需要救助的人數是無限的，所以普施恩惠只能按照恩尼烏斯所說的（「他的火把並不會因爲點亮了朋友的火把而變得昏暗」）去做，這樣我們才能繼續保有施惠於朋友的財力。

十七

此外，在人類社會中親疏關係也有許多不同的等級。在我們都是人這種普遍的關係之外，還有同屬一個民族、一個部落，以及說同一種語言的那種比較密切的關係，這種關係將人們非常密切地聯繫在一起；同一個城邦的公民，關係就更密切了；因爲他們有許多共用的事物——廣場、神殿、柱廊、街道、雕像、法律、法庭、投票權等等，更不要說社交和朋友的圈子，以及與許多人的各種業務上的關係了。

但是一種更密切的社會聯繫則存在於親屬之間。原本是那種全人類的無限廣泛的聯繫，現在被限制在一個狹小的圈子裡。因爲生殖本能是「自然」贈與一切生物共同享用的禮物，所以，基本的聯繫紐帶是夫妻，其次是父母與子女，然後是一切共有共用的家庭。這是公民政府的基礎，也可以說是國家的「苗床」。接下來是兄弟姐妹之間的關係，其次是嫡堂（或表）兄弟姐妹之間的關係和嫡堂（或表）兄弟姐妹的子女之間的關係；等到在一個屋簷下已經住不下時，他們就搬出去另建新家，就像開拓新的殖民地一樣。接著在這些家庭之間又進行聯姻，從中又產生出新的血親關係；這樣一代代地繁衍和分裂出新的家庭，於是就慢慢地形成了國家。血緣通過善意和關愛將人們緊緊地聯繫在一起，因爲具有同一家庭的傳統、同一家族祭祀的儀式、同一祖傳的墓地，是非常重要的。

但是在一切友好關係中，沒有比性情相合、志趣相投的好人所締結的眞摯友誼更高尙更堅固的了；因爲事實上，當我們發現另一個人身上有我已詳盡地解說過的那種道德上的善時，我們必然會被它所吸引，並與他結爲朋友。雖然每一種美德都能吸引我們，使我們愛慕那些似乎具有某種美德的人，但是在一切美德中最能吸引我們、最能使我們產生愛慕之心的則是公正和慷慨。另外，沒有什麼比好人之間的性情相合、志趣相投更能引發摯愛和親善了；因爲當兩個人理想和興趣相同時，他們自然會像愛自己一樣地去愛對方；結果，就像畢達哥拉斯所要求的那種理想的友誼那樣，幾個人融爲一體。

另一種牢固的友好關係產生於善意的互助；只要這些善意是互相表達的和可以接受的，那些互助的人們就會長期保持一種友好的關係。

但是，當你以一種理性的眼光全面地考察了人與人之間的各種關係之後，你就會發現，在一切社會關係中沒有比用國家把我們每個人聯繫起來的那種社會關係更親密的了。父母是親愛的，兒女、親戚和朋友也是親愛的，但是祖國則包容了我們所有的愛。因此，如果犧牲自己能對祖國有所助益的話，眞正的愛國志士誰會不願意爲國捐軀呢？而那些用各種罪惡的行徑分裂祖國的人，那些正在從事[19]和曾經從事過[20]顛覆自己國家的陰謀活動的人，眞是喪盡天良，可恨之極。

假如我們想要作一比較，以便在我們應負的各種道德責任中分出主次，那麼首先是國家和父母；爲他們服務乃是我們所負有的最重大的責任。其次是兒女和家人，他們只能指望我們來撫養，他們不可能得到其他人的保護。最後是親戚，在日常生活中他們往往能與我們和睦相處，而且其中絕大多數人都能與我們同舟共濟。

因此，首先應當給與以上所提到的那些人以一切必要的資助；但是在友誼中最盛行的則是生活上的親密無間、勸告、交談、鼓勵、安慰，有時甚至是責備。因性情相合、志趣相投而結成的那種友誼是人間最美好的關係。

十八

但是在履行所有這些責任時，我們應當考慮誰最需要幫助，如果沒有我們的幫助，他自己是否也能夠完成。這樣，我們就會發現，按照社會關係的各種等級提供幫助與按照情況的輕重緩急提供幫助，這兩者往往是不一致的；有些恩惠應當施與某一個人而不是另一個人：例如，在收割時，與其幫助兄弟或朋友，不如幫助鄰居；但如果是在法庭上，那麼就應當爲親屬和朋友，而不是爲鄰居

[19] 指安東尼之流。

[20] 指凱撒、克洛狄烏斯、喀提林。

辯護了。因此，每履行一次道德責任，都應當將諸如此類的問題考慮一番（而且我們應當養成並保持這種習慣），以便成爲善於計算責任的人，能夠通過增減準確地平衡責任的收支，確實弄清楚對每個人應盡多大的責任。

但是，無論是醫生、將軍，還是演說家，不管他們對自己本行業的理論有多瞭解，如果沒有經驗和實踐的話，就不可能獲得巨大的成功；同樣，正像我現在所做的那樣，誠然可以制定一些履行責任的規則，但是這樣重要的事情也需要經驗和實踐。

履行責任所依賴的那種道德上的善是從那些適用於人類社會的原則中衍生出來的。關於這一點，我們就討論到這裡。

但是，我們必須認識到，雖然我們已經設定了道德上的正直和道德責任所源出的四種基本的美德，但是，在世人的眼裡，憑藉一種偉大的、高尚的、不因世俗生活變遷而動搖的精神所獲得的成就是最光榮的。所以，當我們想要奚落一個人時，最先滑到舌邊的可能是諸如此類的話：

「年輕人，你簡直像個娘兒們，而那個勇敢的女人[21]倒像個男人」；

---

[21] 指克羅利亞（Cloelia）。她是一個羅馬姑娘，曾被典作人質，後游泳渡過台伯河逃回羅馬。——中譯者

或者是：

「你這個薩馬昔斯[22]的兒子，既不流汗也不流血，卻得到了這麼多的戰利品。」

另一方面，當我們想要讚揚某個偉人時，我們就會設想用更動人的語調歌頌其勇敢而崇高的工作。因此，演說家們都常常提到馬拉松、薩拉米、普拉泰亞、德摩比利和琉克特拉，因此我們的科克列斯、德奇烏斯父子、格奈烏斯·西庇阿和普布利烏斯·西庇阿、馬爾庫斯·馬爾采盧斯，以及多得難以計數的其他人，尤其是我們整個羅馬民族，都是以勇敢著稱於世。另外，從他們的雕像通常都是身著戎裝這一事實中可以看出，他們喜愛戰場上的榮耀。

十九

但是，假如在危難時所表現出來的那種高昂的鬥志缺乏公正，爲了自私的目的而不是爲了公眾的利益而鬥爭，這是邪惡的；因爲這不僅沒有美德的成分，而且其本質上是野蠻的，與我們一切美好的情感大相徑庭。所以，斯多葛學派將勇敢正確地界說成「支持正義事業的那種美德」。因此，

[22] 執掌小亞細亞卡里亞的一條河的女神。據傳，凡喝此河水者，肌膚變得嬌嫩。——中譯者

凡是以背信和詭計而博得勇敢的名聲的人不會獲得眞正的榮譽，因爲一切不講公正的行爲都不可能是有德行的。

所以，柏拉圖說得好：「不僅一切背離公正的知識應當被稱作詭計而不應當被稱作智慧，而且即便是臨危不懼的勇氣，如果它不是出於公心而是出於自私的目的，那也應當被稱作厚顏而不應當被稱作勇敢。」因此，我們要求勇敢而高尙的人同時也應當是善良和正直的，應當熱愛眞理，反對欺詐，因爲這些品質是公正的核心和靈魂。

但遺憾的是，這種無所畏懼的氣魄往往會導致肆無忌憚和過分貪慕權力。正像柏拉圖告訴我們的，整個斯巴達民族的性格就是熱衷於贏得勝利，同樣，一個人越是具有無所畏懼的氣魄，他就越是想成爲第一號公民，或者毋寧說是，越是想成爲獨裁者。但是當一個人開始渴望顯貴時，他就很難保持正義所絕對必需的那種公正的態度。結果是，這種人既不願意使自己受制於辯論，也不願意使自己受制於任何公眾和法律的權威；但他們往往成爲社會生活中的行賄者和煽動者，企圖用武力謀取最高的權力而成爲優勝者，而不是以公正的態度與他人平等相處。但是，越是困難的事情，越要做得堂堂正正，因爲一個人如果犯了不公正的錯誤，是絕不可原諒的。

因此，不是傷害他人的那些人，而是阻止這種傷害他人的行爲的那些人，才能被認爲是勇敢的。此外，眞正而且明達的勇敢者認爲人的本性最渴望的那種道德上的善在於行爲，而不在於虛譽，他們所注重的是「實」，而不是「名」。我們應該贊成這種觀點，因爲那種依靠無知暴民的任性胡爲而得逞的人不能算是偉人。另外還有，一個人的野心越大，他爲了得到虛名就越容易受誘惑而幹出不公正的事情。當然了，我們自己究竟怎麼樣，現在還很難說；因爲我們很少看到有這樣的人，他雖曾歷盡艱險，但卻不企求榮譽作爲對他成功的報償。

二十

勇敢而偉大的靈魂首先具有兩種特性：第一種特性是：漠視外界的環境；因爲這種人相信，只有道德上的善和正當的行爲才值得欽佩、企求或爲之奮鬥，他不應該屈從於任何人、任何激情或任何命運的突變。第二種特性是：當靈魂經受過上面所提到的那種鍛煉之後，一個人不僅應當做偉大的、最有用的事情，而且應當做得極其努力和勤奮，甚至甘冒喪失生命和許多使生活過得有意思的物品的危險。

勇敢的這兩種特性的一切榮光與偉大，而且我可以補充說，還有它們的一切有用性，都集中於後者；使得人們偉大的原因則集中於前者。因爲前者含有使靈魂卓越並且漠視塵世沉浮的因素。判別這種品質有兩個標準：⑴是否把道德上的正直看作是唯一的善；⑵是否擺脫一切激情。因爲我們必須同意這樣一種觀點，這種觀點認爲，如果一個人具有勇敢和英雄的靈魂，那麼他就會對大多數人認爲是重大和光榮的事情不屑一顧，而且還會從一些固定不變的原則出發鄙視這些事情。人生中會遇到許多形形色色似乎很痛苦的事情，要想承受得住這些苦難，就需要有堅強的性格和偉大的志向，這樣才能夠面對苦難毫不畏縮，絕不動搖，像哲人那樣雍容自然。此外，如果說一個人不被恐懼征服卻被欲望征服，或一個人不辭勞苦卻耽於享樂，這是自相矛盾的。因此，我們不僅應當避免後者，而且還應當謹防對於財富的野心，因爲沒有什麼比「愛財」更能表現出靈魂的狹小和鄙俗的了。一個人沒有錢，卻能漠視錢財，或者有錢，卻能樂善好施，那是最可敬、最可貴的。

正像我以前所說，我們還應當謹防對於榮譽的野心，因爲這會剝奪我們的自由。靈魂高尚的人應當不顧一切地去維持自由。一個人也不應當追求軍權，而且相反，有時應當謝絕㉓，有時應當辭職㉔。

另外，我們必須使自己不受一切情緒的干擾，不僅不應當有欲望和恐懼，而且還不應當過分地悲痛和歡樂，不應當發怒，這樣我們就可以享受心靈的寧靜和那種無憂無慮的自在，它們既能導致道德上的穩定，又能導致品格上的端方。但是，曾經有許多人，而且現在還有許多人，爲了尋求我所說的那種心靈上的寧靜，放棄了公民的義務，退隱村泉。在這類人中有最著名、最傑出的哲學家㉕，以及其他一些認眞嚴謹的、有思想的人㉖，他們無法容忍俗眾或當政者的行爲。其中有些人還隱居到鄉下，以經營自己的私產爲樂。這種人具有同帝王一樣的目標——不缺乏任何生活必需品，不受制於任何權威，享受自由，實際上也就是隨心所欲地生活。

㉓ 比如，西塞羅在其任執政官期滿後謝絕連任。
㉔ 比如，蘇拉辭去獨裁官之職。
㉕ 例如，柏拉圖、亞里斯多德、芝諾、畢達哥拉斯、阿那克薩哥拉。
㉖ 如西塞羅的朋友阿提庫斯和馬爾庫斯・皮索。

二十一

儘管有政治野心的人和我剛才所說的退隱者都有這種欲望，但前者認爲，如果他們弄到大量財富，他們就能達到自己的目的；而後者卻認爲，如果他們滿足於他們已有的一點薄產，他們便能達到自己的目的。在這個問題上，這兩種思想方法都無可厚非。但隱居生活則比較輕鬆安全，同時也較少連累或相煩他人，而那些致力於國事或從事偉大事業的人，他們的生涯比較有益於人類，並且比較有助於使他們自己成爲偉人和享有名望。

因此，也許應當原諒那些具有非凡天賦、獻身於學問的人不參與公共事務；同樣，也應當原諒那些因身體不好或以其他更正當的理由而退出政壇以讓賢路的人。但是如果有些人沒有上面所說的這些理由卻鄙視大多數人所敬慕的文武官職，那我認爲，這並不值得稱讚，而應當被認爲是件不光彩的事情。因爲，雖然如他們所說的，他們對榮譽看得很淡，認爲它沒有什麼意思，就這一點而言，使人很難不同情他們的態度，但實際上，他們似乎怕吃苦、怕麻煩，而且也許還怕政治上失敗會蒙受恥辱。因爲有些「在野」的人在行爲上是自相矛盾的：他們極端鄙視享樂，卻又非常害怕受苦；他們漠視榮譽，卻又生怕受辱；甚至他們的這種自相矛盾的行爲，也不見得是前後一貫的。

但是，那些天生具有處理公共事務的才能的人應該毫不猶豫地參加公職的競爭，參與指導國事的工作。因爲，再沒有其他方法能治理一個政府，或表現偉大的氣魄了。同哲學家一樣，政治家也——甚至也許更——應當具有偉大的氣魄，並漠視我常常提到的「外界環境」，如果他們想擺脫煩惱，過一種高尚而平穩的生活，那麼他們還應當保持心靈的寧靜和無憂無慮的處世態度。這對於哲學家來說比較容易做到，因爲他們的生活很少有什麼大的波折，他們的需求也較少，即便遇到什麼不幸，也不會一落千丈、一敗塗地。因此，從事公務的人比隱退的人更容易激動，而且從事公務的人渴求成功的野心更大，這不是沒有道理。所以，他們更需要有偉大的氣魄和那種無憂無慮的處世態度。

如果一個人要從事公務，那就叫他不要只是想到官職帶來的榮耀；而且還要讓他保證自己具有勝任此職的能力。同時，叫他注意，不要因爲受挫折而輕易地喪失信心，也不要因爲有抱負而過分地自信。總之，在從事任何事業之前，必須做好充分的準備。

二十二

大多數人認爲，戰爭的功績比和平的功績更偉大。但這種看法需要修正。因爲許多人只是出於貪圖虛名的野心而去尋求戰爭的機會。有魄力、有天賦才能的人特別容易出現這種情況；如果他們適應軍旅生活，又喜歡打仗，那就更有可能發生這種事情。但是，如果我們願意正視事實，我們就會發現，有許多和平時期的功績比戰爭時期的功績更偉大、更光榮。

例如，不管人們如何稱讚地米斯托克利（他也是值得稱讚的），不管他的名聲比梭倫顯赫得多，不管薩拉米[27]可以爲他最輝煌的勝利作證（這一勝利比梭倫在設立「元老會議」方面所表現出

㉗ 希臘薩羅尼克海灣的一個島嶼和城市。西元前四八〇年，在這個島嶼附近的海戰中大敗波斯人，故此次海戰

來的那種治國之才更輝煌），然而卻不能認爲梭倫的功績不如地米斯托克利顯赫。因爲地米斯托克利的勝利只是一度有利於國家，而梭倫的工作卻具有永恆的價值。因爲通過他的立法，維持了雅典人的法律以及他們祖先的各種機構和制度。地米斯托克利很難說出自己對「元老會議」有什麼幫助，而「元老會議」卻可以公正地斷言，地米斯托克利接受過它的幫助；因爲那次海戰是由「元老會議」指揮的，「元老會議」則是由梭倫創立的。

可以說，保薩尼亞斯[28]和來山得的情況也是如此。雖然人們認爲，正是由於他們的功績，斯巴達才獲得其霸權地位，但是這些功績遠遠不能和呂庫古[29]制定法律和紀律的功績相提並論。甚至，毋寧說，保薩尼亞斯和來山得有如此勇敢、如此紀律嚴明的軍隊，這應當歸功於呂庫古。就我自己而言，在我少年時代，我並不認爲馬爾庫斯・斯考魯斯[30]不如蓋烏斯・馬略[31]，或者，在我從事公

被稱為薩拉米海戰。——中譯者

[28] 保薩尼亞斯（Pausanias，西元前四〇八—前三九五年在位）：斯巴達的國王。——中譯者

[29] 呂庫古（Lycurgus，西元前九世紀）：斯巴達著名的制定法典者。——中譯者

[30] 馬爾庫斯・斯考魯斯（Marcus Scaurus，約西元前一六二—約前八十九年）：羅馬元老院貴族黨領袖。西元前一一五年當選為執政官。同年擊敗阿爾卑斯山幾個山民部族，在羅馬舉行凱旋儀式。西元前一一二年出使努米底亞王國。——中譯者

[31] 蓋烏斯・馬略（Gaius Marius，西元前一五七—前八十七年）：羅馬政治家和將領，曾七次當選執政官。——中譯者

職時，我並不認爲昆圖斯・卡圖盧斯㉜不如格奈厄斯・龐培㉝。因爲如果國內沒有一個運籌帷幄的智囊團，武器在戰場上是沒有什麼用的。因此，阿非利加努斯雖然是一位偉人、一個具有非凡才能的軍人，但他摧毀努曼提亞而對國家所作出的貢獻也並不比普布利烏斯・納西卡在同一時期所作出的貢獻大，後者雖然當時還沒有被賦予官方的權力，但他除掉了提比略・格拉古。誠然，這一行爲不完全屬於民事的範圍，它還帶有戰爭的性質，因爲它採用的是暴力。但是，儘管如此，它沒有得到軍隊的幫助，仍然算是一種政治的手段。

有一句詩說出了全部眞相，但我聽說，惡毒和愛妒忌的人往往對它橫加指責。這句詩是：

「武器屈服於長袍；桂冠㉞屈服於對
文官的讚頌㉟。」

㉜ 昆圖斯・卡圖盧斯（Quintus Catulus，西元前一二〇—前六十／六十一年）：羅馬政治家，元老院內保守派貴族黨的領袖之一。——中譯者

㉝ 格奈厄斯・龐培（Gnaeus Pompey，西元前一〇六—前四十八年）：羅馬共和國末期的軍人、政治家和執政官。——中譯者

㉞ 指勝將的桂冠。

㉟ 指對西塞羅的讚頌，因為他瓦解了喀提林的叛國陰謀。

用不著舉其他的例子，在我當政時期，武器不是屈服於長袍了嗎？當時共和國正處於空前的危境，和平正遭到空前的威脅。但是由於我的警覺和勸告的結果，武器突然從那些最亡命的叛國者手中滑落——心甘情願地將武器放在地上！什麼戰爭能夠達到這種效果？什麼勝利能夠與此相比？我的兒子，馬爾庫斯，我可以對你自誇，你應當繼承我的光榮傳統，而且有義務效仿我的爲人處事。甚至格奈厄斯·龐培，一個成功卓著的英雄，也在許多人面前這樣稱讚我，他說，要不是我爲國效勞，從而使他有一個慶祝他凱旋的地方，他的第三次勝利就會是徒勞的。

因此，有例爲證，文官的勇氣並不亞於軍人的勇氣。而且前者甚至比後者需要付出更大的精力，需要有更偉大的獻身精神。

二十三

當然，我們在一個高尚的心靈中所尋求的那種道德上的善是由道義上的力量，而不是由身體上的力量促成的。不過，身體還是應當鍛煉的，有了強健的體魄才能辨事和忍受苦活時服從判斷力和理性的命令。但是，我們的論題——那種道德上的善則完全取決於思想和心靈對它的關注。在這方面，指導國事的文官所提供的服務，其重要性並不亞於指揮戰爭的武官所提供的服務：戰爭常常由於文官的治國才能而被避免或終止；有時也因此而宣戰。例如，根據馬爾庫斯·加圖的建議和勸告，爆發了第三次布匿戰爭，而且他的影響左右了這次戰爭的行爲，甚至在他死後也是如此。因此，通過外交途徑友好地解決爭端比用武力在戰場上一決勝負更可取。不過，我們得小心，不要只是爲了避免戰爭而不顧及公眾的利益。然而，有一點必須明確，那就是戰爭的目的只能是爲了獲得和平，除此之外不應當有任何其他的目的。

但是，要想做到在困難的時候不心煩意亂、不急躁或不驚慌失措，而能像俗話所說的那樣，保持心平氣和、沉著鎮靜、不逸出理性的軌道，那就需要一種勇敢、堅毅的精神。

所有這一切都需要有個人莫大的勇氣，同時還需要有洞察未來的聰明才智，這樣才能預見將來會發生什麼事情，是好事還是壞事，我們在未來可能發生的事件中應該做些什麼，絕不會弄到只好說：「我沒有想到會是那樣。」

這些活動標誌著一種在深謀遠慮和智慧方面堅強、高尚和自力更生的精神。而魯莽地參與打架和與敵人肉搏只是一種野蠻、粗魯的事情。但當爲情形所迫而需要這樣做時，我們必須揮劍迎敵，寧死也不能做奴隸、受侮辱。

二十四

至於摧毀和掠奪城市，我認爲要特別小心，切不可濫殺無辜和胡作非爲。在亂世中，偉人的責任是，挑出那些有罪的人加以懲罰，寬恕大多數群眾，並且在每次分配沒收來的財產時，堅持一種公正和光明磊落的做法。正像我前面所說的那樣，因爲有許多人把戰爭的功績置於和平的功績之上，所以，人們也會發現有許多這樣的人，在他們看來，冒險躁進的建議似乎比冷靜審慎的措施更令人欽佩、更使人激動。

當然，我們在避免危險時絕不應當顯得畏葸怯懦；但我們也必須注意，不要去冒不必要的危險。那是最有勇無謀的事情。因此，我們在遇到危險時，應當像醫生診治病人一樣對待險情：對輕微的病症，醫生們一般只用溫和的療法；對危險的重病，他們只好用藥性猛烈的，甚至危險的藥物。所以，只有瘋子才會在天氣晴和時祈求暴風雨；聰明人的做法是，當暴風雨來臨時，用一切可能的辦法加以抵禦，特別是當預期如結果成功的話所能得到的好處超過冒險拼搏所付出的代價時，那就更是如此。

伴隨著國家大事的那些危險有時會落到那些處理這些國家大事的人的頭上，有時會落到國家的頭上。爲了將這種事業進行到底，一些人不惜冒犧牲生命的危險，另一些人不惜冒喪失自己的名譽和國人的善意的危險。因此，我們應當是，寧願危及自己的福利也不願危及公眾的福利，寧願名譽受損也不願其他的一切利益[36]受損。

可是，也有許多人，他們不僅願意爲國家慷慨解囊，而且還願意爲國捐軀，卻不願意絲毫損害自己的個人榮譽——即便國家的利益需要他們作出這種犧牲，他們也不願意。例如，卡利克拉提達斯在伯羅奔尼薩斯戰爭中指揮斯巴達海軍，打了許多大勝仗，最後卻因爲不肯聽從別人的勸告將艦隊從阿吉努賽列島撤出以免與雅典人交火，而前功盡棄。他對勸告他的那些人的回答是：「斯巴達

㊱ 比如，國人的尊敬和善意；生命、自由和對幸福的追求；國家的存在及其帶來的一切好處。

人如果失去一支艦隊，還可以再建立一支；但他撤退的話，勢必會給自己的榮譽造成無可挽回的損失。」不過，這一次失敗對斯巴達的打擊還不算最大，最慘的是另一次失敗：克勒翁布羅圖斯㊲因爲怕別人說自己就不顧後果地與埃帕米農達斯㊳決戰。結果，斯巴達一敗塗地。

昆圖斯・法比烏斯・馬克西穆斯就穩重得多了！關於他，恩尼烏斯曾寫有這樣的詩句：

「一個人——也只有他——用『拖延』收復了國土。
絲毫不把自己的名譽放在國家的安危之前；
因此，他的美名光焰四射，流芳千古。」

在政治生活中，同樣也應當避免犯這種錯誤㊴。因爲有些人怕得罪人，不管自己有多好的意見，也都不敢坦率直言。

㊲ 克勒翁布羅圖斯（Cleombrotus）：保薩尼亞斯的兒子，斯巴達的國王（西元前三八〇—前三七一年）。——中譯者

㊳ 埃帕米農達斯（Epaminondas，？—西元前三六二年）：底比斯的將軍和政治家。——中譯者

㊴ 即為了個人的榮譽，犧牲公眾的利益。

二十五

要想擔任政府公職的那些人不應當忘記柏拉圖所說的兩條戒律：第一條，要一心只考慮人民的利益，不計較個人的得失，使自己的一切行爲都符合於人民的利益；第二條，要顧全國家的整體利益，不要只爲某一部分人的利益服務而辜負其餘的人。政府的行政部門應當像信託事務管理局一樣，總是爲委託的一方而不是爲受託的一方著想。那些只關心一部分公民的利益而漠視另一部分公民的利益的人，把危險的因素——意見分歧和派系鬥爭——引入政府的文職機關。結果是，某些人是民主派的忠實支持者，另一些人是貴族派的忠實支持者，很少有人關心整個民族的利益。

由於這種黨派精神，在雅典曾出現激烈的鬥爭㊵，在我們自己的國家不但曾發生衝突㊶，而且還爆發兵連禍結的內戰㊷。凡是愛國的、勇敢的、適宜於擔任國家領導職務的公民都會以厭惡的心情避開這種事情。他們會毫無保留地獻身於國家，不在乎自己的影響和權力，心目中只有整個國家和全體公民的利益。此外，他們不會無根據地指控任何人而使其遭人憎恨或蒙受恥辱，但是他們會不惜任何損失以堅持正義和誠信，不管損失有多大，也不會背棄正義和誠信，甚至面對死亡也在所不惜。

㊵ 自從伯里克利死後。
㊶ 例如，喀提林陰謀。
㊷ 馬略和蘇拉，凱撒和龐培的內戰。

當然了，拉選票、爭官職是一種最卑劣的習俗。有關這一點，我們可以在柏拉圖的著作中看到一種很好的想法。他說：「兩個候選人爲取得治理國家的權力而相互競爭，就像水手們爲爭當舵手而吵架一樣。」而且他還制定了這樣一條規則：我們應當只是把那些拿起武器反對國家的人看作敵人，而不應當把那些力圖按自己的方案治理國家的人看作敵人。普布利烏斯・阿非利加努斯和昆圖斯・梅特盧斯就是持這種態度，他們雖然政見不同，但彼此之間絕不敵視。

我們也不要聽那些人的話，他們認爲一個人應當對他的政敵大發雷霆，以爲這樣才能顯示出一個人的魄力和勇氣。因爲沒有什麼比謙恭和克制更值得稱讚、更能體現出一個傑出偉人的品性的了。的確，在自由的民族中（那裡在法律面前人人享有平等的權利），我們必須學會和藹待人和所謂「心平氣和」的處世態度，因爲，如果有人在不適當的時候打擾我們，或提出些不合理的要求，我們就發火，那麼，我們就會養成一種乖戾、暴躁的脾氣，這不但對自己的身體健康不利，而且還遭人忌恨。不過，雖然溫厚和克制是值得稱讚的，但我們還必須懂得，適當的嚴厲對國家有好處，因爲如果沒有這種適當的嚴厲，政府就不可能得到很好的治理。另一方面，假如必須予以懲罰或譴責，那也不要進行侮辱；應當考慮到國家的利益，予以懲罰或譴責的人不要只圖個人一時的痛快。

我們還應當注意，不要罰不當罪，不要某些人犯過失就懲罰而另一些人犯同樣的過失甚至連問都不問就過去了。在執行處罰時，最要緊的是不能有絲毫的怒意。因爲在憤怒的情況下執行處罰，絕不可能遵守那種恰如其分的中庸原則——施罰既不過重也不過輕。亞里斯多德學派的人贊成——而且非常明智地贊成——這種中庸之道，但我感到奇怪的是，他們竟然稱讚憤怒，並且告訴我們說，憤怒是「自然」出於好意而贈予我們的一個禮物。因爲，事實上，無論在什麼情況下都應當杜絕發怒。人們希望的是，當政者應當像法律一樣，施加懲罰是爲了伸張正義而不是爲了泄私憤。

二十六

還有，當我們走紅運、事事如願以償時，切不可忘乎所以、盛氣凌人。因爲成功時趾高氣揚與遭厄運時悲觀喪氣一樣，都是一種淺薄和脆弱的表現。而在任何情況下都保持一種平靜的心情、恆定的態度和同樣的面孔，則是一件好事。歷史告訴我們，蘇格拉底的特點就是這樣，蓋烏斯・萊利烏斯也是如此。我覺得，馬其頓國王腓力雖然在功績和名聲上不如他的兒子，但在謙和與文雅方面則超過他的兒子。因而，腓力始終是偉大的，而亞歷山大卻常常被認爲很卑劣。所以，有人提出這樣的忠告：「地位越高，越應當低著頭走路。」帕奈提奧斯告訴我們，他的弟子和朋友阿非利加努斯常說：「當馬匹因經常參加戰鬥而變得桀驁不馴時，它們的主人就把它們交給馴馬師去訓練，以便使它們變得比較溫順，易於駕馭；同樣，人由於成功而變得狂傲和過於自信時，也應當對他們進行教育和開導，使他們懂得人事的易變和命運的無常。」

另外，我們越是成功，就越應當設法尋求朋友們的忠告，越應當重視他們的意見。在這種情況下，我們還應當警惕，不要聽信諂媚者的奉承之言，不要爲他們的媚言所迷惑。因爲人在這種時候很容易欺騙自己，常常誤以爲自己是完全值得這樣稱讚的。在這種心態的支配下，人就會產生許許多多錯覺，這時他就會自以爲了不起、忘乎所以，幹出極其愚蠢的錯事，從而使自己身敗名裂，爲世人所恥笑。

這個題目就談到這裡。

現在讓我們回到原來的問題——我們必須認定，掌理國事的那些人所從事的是最重要、最能顯示出勇氣和魄力的活動，因爲這種公務活動範圍最廣，涉及絕大多數人的生活。但是，即使在退隱者之中，也曾有過，而且現在仍然有許多高尙的人，他們致力於重要的探究或從事於最重要的事業，而且還與世無爭，只是幹自己的事情；或者說，他們過著一種介於哲學家與政治家之間的生活，滿足於經營自己的私產——不是不擇手段地積累財富，也不是不讓親屬們分享，相反，如果有必要的話，他們還拿出自己的財產去濟助朋友或捐獻給國家。首先，只能用誠實的手段獲取財產，不能採取不誠實的或欺詐的方法；其次，應當用智慧和通過勤儉節約來增加財產；最後，應當使自己的財產爲盡可能多的人所享用（只要他們是應該得到幫助的），應當用於慷慨濟助，而不應當用於奢侈淫逸。

遵守這些規則，一個人就可以活得高尙、尊嚴和自主，而且對所有人都很眞誠、富有愛心。

二十七

我們接下去要討論道德上的正直的最後一個方面。我們發現，這方面道德上的正直有體諒和自制，可以說，它們給與生活以一種光澤；它也包括節制、徹底抑制一切激情，以及做什麼事情都要適度和穩重。這一節另外還包括拉丁文中可以稱之爲decorum（恰當）的那種東西，因爲它在希臘文中被稱作πρπον。[43]從本質上說，它與道德上的善是不可分的，因爲凡是恰當的都是有德行的，凡是有德行的都是恰當的。道德與恰當之間的區別只可意會，不能言傳。因爲，無論是什麼樣的恰當，只有當預先存在著道德上的正直時，它才能表現出來。所以，不僅在我們現在要討論的道德上的正直的這個方面，而且在前面所講的三個方面，都清楚地表明了什麼是恰當。例如，推理和說話有條有理、做什麼事情都經過仔細考慮、看出每一件事情的眞相並堅持眞理——這就是恰當。相反，出差錯、看不出眞相、犯錯誤、入歧途——這就是不恰當，而且不恰當到神經錯亂和喪失理智的程度。一切公正的事情都是恰當的；一切不公正的事情，像一切不道德的事情一樣，都是不恰當的。

恰當與剛毅也是類似的關係。凡是以男子漢的氣概和勇氣做出來的事情似乎都同男子漢相稱，因而是恰當的；凡是以相反的方式做出來的事情既是不道德的又是不恰當的。

因此，我所說的恰當屬於道德上的正直的每一方面；它與各種主要美德的關係非常密切，這完全是不證自明的，無需任何深奧的推理過程就能看到這一點。因爲，在每一種道德上的正直的行爲

---

[43] 西塞羅試圖把*πρόπον*譯作*decorum*。*decorum*的意思是：在言談、行為、衣著等方面，對事物的合情合理性，即對內在情感或外在形態的恰當性的一種鑑賞。πρπον很難用拉丁文詞來表達：同樣，*decorum*也很難譯成英語。在這裡，*decorum*這個詞作為形容詞譯作「proper」（恰當的、適當的、得體的），作為名詞譯作「propriety」（恰當、適當、得體）。

中都可以覺察到有某種恰當的因素；這種因素與美德在實踐上很難區分，但在理論上是比較容易區分的。正像一個人的俊美是與健康不可分的，我們現在所說的這種恰當，雖然事實上與美德完全攙和在一起，但在思想上和理論上仍然是可以與美德區分開來的。

此外，恰當可以分爲兩類：(1)我們認爲有一種一般性的恰當，它見之於作爲一個整體的道德上的善；(2)在這種恰當之下還有另一種特殊類型的恰當，它屬於道德上的善的某些方面。前者通常大致上被定義爲：「恰當是那種與人的優越性相一致的東西，正因爲人具有這種優越性，所以他的本性不同於其他動物的本性。」至於後者，則通常被定義爲與「自然」相一致的那種恰當，其中顯然包括節制和自制，以及某種紳士風度。

二十八

我們可以從詩人們㊹所企求的那種恰當中推斷出以上所說的是恰當的通常含義。關於那個結論，我還要在另一部著作中加以論述。現在，我們說的只是詩人們所注意到的那種恰當，即一切言辭或行爲都應當與個人的品性相吻合。比如說，如果埃阿科斯或米諾斯㊺說：

㊹ 此處是指詩劇作者。——中譯者

㊺ 米諾斯（Minos）：希臘神話中的克里特國王，宙斯和歐羅巴的兒子。許多神話都把他描寫成一位賢明公正的國王。——中譯者

「只要他們害怕，就讓他們恨去吧」，

或者：

「父親本身就是其孩子的墳墓」，[46]

那似乎是不恰當的，因爲我們知道他們都是正派人。但是當阿特柔斯[47]說出這些臺詞時，卻博得了全場熱烈的掌聲，因爲它們符合人物的品性。根據個人的品性，每個人物究竟什麼樣的臺詞恰當，這要由詩人們來確定；但是「自然」卻親自賦予我們一種出類拔萃的品性，使我們遠遠超過其他一切動物，所以，我們必須根據這種品性來確定恰當所要求的東西。

因此，詩人們總是注意觀察形形色色的人物，賦予所有的舞臺角色——甚至包括壞人——以恰當的言辭或行爲。但是，「自然」指派給了我們堅定、節制、自制和體諒他人的那種角色；「自

[46] 詩人阿克齊烏斯借阿特柔斯之口說出的詩句。阿特柔斯殺死堤厄斯忒斯的兒子們，並宴請他吃他們的肉。——中譯者

[47] 阿特柔斯（Atreus）：邁錫尼國王，珀羅普斯和希波達彌亞的兒子，阿伽門農和墨涅拉俄斯的父親，許多神話中的主人公。——中譯者

然」還教導我們，應當注意自己對同胞的態度和行爲。因而我們可以清楚地看到這種恰當的適用範圍有多廣，它不僅包括那種道德上的正直所必不可少的、一般性的恰當，而且還包括見之于美德的各別分支的、特殊的恰當。因爲，正像四肢勻稱的形體美因身體的各個部分和諧、優美地結合在一起而引人注意、使人悅目一樣，在我們的行爲中閃現出來的這種恰當，同樣也會因爲它強加於每一言行的那種條理、一致和自制而贏得同胞們的讚賞。

因此，我們在同人們打交道時，對所有的人——不僅對最優秀的人，而且還對其他的人——都應當表示我幾乎可以稱之爲尊敬的那種心意。因爲漠視公眾的意見不僅意味著傲慢，而且還意味著完全缺乏原則。在一個人與其同胞的關係上，公正與體諒也是有區別的。公正的職能是不錯待其同胞，而體諒的職能則是不傷害他們的感情；在這一點上最能看出恰當的本質。

通過以上的解說，我想，我們稱之爲恰當的那種東西的性質已經很清楚了。

此外，關於源出自恰當的責任，它指導我們去做的第一件事情就是與「自然」保持和諧，忠實地遵守其規律。如果我們把「自然」當作指南加以遵循，那麼我們就永遠不會誤入歧途，但是我們還應當追求對事理明確透澈的認識（智慧）、適合於促進和鞏固社會的力量（正義），以及堅強和勇敢的精神（剛毅）。不過，恰當的本質則見之於我們現在正在討論的那方面美德（節制）。因爲，只有當它們與「自然」的規律一致時，我們才能贊許那些不僅是軀體上的，而且更多是精神上的活動。

現在我們發現，精神的基本活動有兩種：一種力量是欲望，它促使一個人忙這忙那；另一種力量是理性，它教導並解釋什麼事情應該做，什麼事情不應該做。結果是，理性指揮，欲望服從。

二十九

另一方面，幹什麼事情都不應當過分倉促或草率；我們也不應當去做任何自己說不出充足理由的事情。實際上，這兩句話就是責任的定義。

此外，必須使欲望服從理性的管束，既不能讓它跑在理性的前面，也不能讓它沒精打采或懶懶散散地落在理性的後面。但是，人們應當保持心靈的寧靜，不爲一切情欲所動。結果，堅強的性格和自制就會放出絢麗的光彩。因爲欲望一旦沖出樊籬，比如說，像脫韁的野馬，無論是因爲企求還是因爲厭惡，不受理性的控制，它們顯然會無法無天，放蕩不羈；因爲它們桀驁不馴，拒絕服從理性的管束，而按照「自然」的規律，它們則受理性的管轄。這種欲望不但擾亂心靈，而且還會使身體失調。我們只要看看人們在勃然大怒或感情激越或驚恐不安或欣喜若狂時的臉色和樣子就已經夠了：這時，他們的面容、聲音、動作和態度全都變了。

從上述這一切情形——我們再回過頭來討論責任——我們可以看出，必須控制和平息一切欲望，我們必須做出最大的努力，克制自己不要憑一時的衝動或隨隨便便地做出任何未經仔細考慮的事情。因爲，「自然」把我們帶到這個世界上來，並不是要我們做起事來好像是遊戲人間似的，而是要我們認認眞眞地做事，要有某種比較嚴肅而重要的追求。當然，我們可以酷愛運動或喜歡開玩笑，但是這種愛好應當像享受睡眠或其他各種形式的休閒一樣，只有在嚴肅認眞地完成了自己的工作之後方才可以這樣做。此外，開玩笑也不可以過分或太放肆，而是應當文雅而有風趣。因為，正像我們不允許孩子們嬉戲無度，只可在不違背善良行爲的範圍內享受自由一樣，所以我們即使在開玩笑時，也應當讓純眞的本性閃射出光芒。一般說來，玩笑有兩種：一種是粗俗的、無禮的、惡意的、下流的；另一種是高雅的、溫文的、聰慧的、風趣的。關於後一種玩笑，不僅在普勞圖斯的作品和古老的雅典喜劇中有許多，而且在蘇格拉底學派的哲學著作中也有不少；另外，我們還看到過許多出自諸多人之口的妙語薈萃——例如，大加圖編的《格言集》。因此，區別玩笑的高雅與粗俗是很容易的：一種玩笑，如時機適宜（例如在精神放鬆時），則適合於最尊貴的人；另一種玩笑，如題材猥褻、言辭污穢，那麼對任何正人君子都是不合適的。

所以，開玩笑也必須有分寸，應當小心不要過分，不要忘乎所以，幹出某種不光彩的事情。但是，譬如說，體育運動和狩獵就是有益於心身的正當娛樂。

三十

但是，每當我們研究責任問題時，我們必須搞清楚人的本性究竟在多大程度上優越於牛和其他牲畜的本性：後者除了在本能的驅使下尋求肉體上的快樂之外，別無其他思想；但人心卻是由學習和思索來滋養的；人總是或者在探究，或者在行動，他沉迷於視聽方面的快樂。而且，即使一個人比一般人更喜歡肉體上的快樂，當然，假如他並不是完全與野獸處於同一水準上（因爲有些人名義上是人，實質上卻不是）——也就是說，如果他有點兒太容易爲享樂所誘惑，那麼，不管他如何爲了享樂而疲於奔命，他也會隱瞞這一事實，而且因爲怕難爲情而掩飾自己的欲望。

由此可見，肉體上的快樂完全有悖於人的尊嚴，我們應當鄙視並摒棄這種快樂；但要是有人認爲肉體上的滿足也有某種價值，那麼，他就必須把這種嗜好嚴格地控制在適當的範圍內。因此，一個人應當根據其健康和體力方面的需要，而不應當根據享樂方面的需求，來安排自己的物質生活，購置各種使生活得以舒適的設備和食物、衣服等生活必需品。只要我們沒有忘記我們本性的優越性和尊嚴，我們就會認識到沉湎於窮奢極侈是多麼錯誤，過一種節儉、克己、樸素和嚴肅的生活是多麼正確。

我們還必須認識到，「自然」似乎賦予我們兩種本性；一種是普遍的本性，它起因於這樣一個事實，即我們都有理性和那種使我們凌駕於動物之上的優越性。從這種本性衍生出一切道德和恰當，並且依靠這種本性才能用合理的方法搞清楚我們的責任。另一種本性是分配給各個人的特殊的本性。就身體稟賦而言，就有很大的差別：我們可以看到，有些人跑步的速度特別快，有些人摔跤的力氣特別大；就人的外貌而言也是如此，有些人長得很魁梧，有些人長得很秀氣。就性格而言，更是五花八門。盧西烏斯・克拉蘇和盧西烏斯・菲力普斯非常風趣；盧西烏斯的兒子蓋烏斯・凱撒比他們還風趣，並且更多地體現在做學問方面。與他們同時代的馬爾庫斯・斯考魯斯和馬爾庫斯・德魯蘇斯（小），特別嚴肅；蓋烏斯・萊利烏斯常常歡飲無度；而他的密友西庇阿卻有更遠大的理想，過一種比較儉樸的生活。歷史告訴我們，在希臘人中，蘇格拉底很有吸引力、很風趣，是一位和藹的健談者；他是希臘人所謂的那種「假裝無知者」——在每次談話中，他都佯裝無知，向對方請教，然後對對方的智慧表示欽佩。相反，畢達哥拉斯和伯里克利雖不取悅於人，卻權勢顯赫。我們知道，迦太基將軍中的漢尼拔和我們羅馬將軍中的昆圖斯・馬克西穆斯都很精明，很會隱瞞自己的計畫，遮蓋自己的蹤跡，掩飾自己的行動，佈設圈套，先發制人。在這方面，希臘人認為地米斯托克利和菲勒的傑生最為傑出。梭倫特別機智，為了使自己的生命比較安全，同時也是為了更好地為國效勞，他曾裝瘋賣傻。

另外有一些人卻與這種秉性大相徑庭，他們坦誠、直率，認為無論做什麼事情都不應該採用詭詐的手段或背信棄義。他們熱愛眞理，憎恨欺騙。另外還有一些人，只要他們能達到自己的目的，什麼事情都可以做，什麼人都可以去奉承。我們知道，蘇拉和馬爾庫斯・克拉蘇就是這種人。據說，這類人中最狡猾、最堅忍的是斯巴達的來山得。而卡利克拉提達斯的性格正好相反，他繼來山得之後任艦隊司令。因此我們發現還有另一種人，不管他的地位有多顯赫，在社交上總是謙卑得使自己看起來像一個很普通的人。我們在卡圖盧斯（卡圖盧斯父子）身上就可以看到這種謙和的態度，還有昆圖斯・穆丘斯・曼西亞也是如此。我聽老人們說，普布利烏斯・西庇阿・納西卡也老於此道；但是，另一方面，他的父親——此人曾對提比略・格拉古的邪惡行為加以懲罰——在社交上卻沒有這種謙和的態度（……），而且正因為這一事實，他成了一個偉大的、有名氣的人物。

另外還有各種各樣多得不計其數的性格類型，它們全都是無可訾議的。

三十一

但是，每一個人都應當堅決把握住自己特殊的稟賦（只要它們只是特殊的而不是邪惡的），以便更容易做到我們所探討的那種恰當。因爲，我們不應當違背人性的一般規律，但是，在維護這些規律時，我們也得順應自己特殊的個性；即使另外還有更好、更高尚的職業，我們也應當從事最適合於自己本性的職業。因爲與自己的本性較量，或向著不可能達到的目標努力，是徒勞無益的。從這一事實中我們可以更加清楚地看到上面已經解釋過的那種恰當的本質，因爲，正如俗話所說，凡是「違背本性」——即正好與一個人的天賦相反——的事情都是不恰當的。

假如世界上果眞有恰當這種東西，那麼它只能是我們整個生命歷程中以及一切各別的行爲上的始終一貫性。而且，一個人不可能通過模仿他人的人格特徵和消除自己的人格特徵的方法來保持這種始終一貫性。因爲，正如我們應該說自己本國的語言，以免像有些人，講話中老是夾雜些希臘字，把自己弄得不倫不類、非常可笑一樣，我們也不應當把任何異質的東西引入自己的行爲或全部生命之中。的確，這種性格的差異很重要，它可以使自殺對於某個人來說是一種責任，而對於另一個人來說（在相同的情況下）卻是一種罪惡。馬爾庫斯・加圖發覺自己所處的困境與那些在非洲向凱撒投降的人所處的困境有什麼不同？然而，如果他們自殺，也許他們就會受到譴責，因爲他們的生活方式本來就不太嚴謹，他們的性格本來就比較柔順。但是加圖生來就具有一種令人難以置信的堅強性格，並且始終如一地發揚光大自己的這種秉性，堅定不移地忠實於自己的理想和既定的信念；對他來說，與其看暴君的臉色，還不如死了呢。

攸利賽斯㊽在長途漂泊期間甚至忍受伺候女人的屈辱（如果喀耳刻㊾和卡呂普索㊿可以稱爲女人的話），而且對所有人都低聲下氣，謙恭有禮，這需要有多大的忍耐力啊！到家之後，他爲了最終達到自己想要達到的目的，甚至忍受男女僕人對他的侮辱。如果是埃阿斯，以他的性格，寧願死一千次，也不願忍受這種侮辱！

如果我們對以上這種情況加以考慮，我們就會明白：好好權衡自己特有的性格特徵，對它們加以適當的調整，以及不要設法使自己也具有他人的性格特徵，乃是每一個人的責任。因爲一個人的性格越是獨特，它就越是適合於他。

因此，每一個人都應當恰如其分地估量自己的天賦才能，而且不但要看到自己的長處，還要看到自己的短處；在這方面，我們不應當讓演員顯得比我們更實事求是、更明智。他們並不是選擇最好的劇本，而是選擇最適合於發揮他們才能的劇本。那些主要靠自己的音色吸引觀眾的演員選擇關於後輩英雄和墨多斯等題材的劇本；那些比較注重於動作的演員選擇關於墨拉尼珀和克呂泰涅斯特拉等題材的劇本；我記得魯庇利烏斯，他總是演關於安提俄珀題材的劇本，伊索配斯很少演關於埃

㊽ 攸利賽斯（Ulysses）：神話中的伊塔刻島國王，萊耳忒斯和安提克勒亞的兒子，《伊利亞特》和《奧德賽》兩大史詩中的主人公。——中譯者

㊾ 喀耳刻（Circe）：神話中的埃亞島上的女巫師。——中譯者

㊿ 卡呂普索（Calypso）：俄古癸亞島的女神。她俘獲尤利西斯，後者在島上留居七年。——中譯者

阿斯題材的劇本。演員在選擇自己在舞臺上的角色時已經注意到了這一點，一個聰明人在選擇自己在人生舞臺上的角色時爲什麼不這樣做呢？

因此，我們應當致力於最適合自己去做、最能發揮自己特長的工作。但是，如果有時環境迫使我們去做某種與自己志趣不合的事情，那麼，我們也應當盡心盡力地去做，這樣即使做得不算恰當，至少也可以儘量少犯錯誤；我們不必硬是要達到卓越的程度，「自然」沒有賦予我們這種卓越的才能，我們只要能努力改正自己的缺點就行。

三十二

除了上面提到的這兩種本性(51)之外，還有第三種本性，這種本性是某種機遇或某種環境強加於我們的，另外還有第四種本性，這種本性是我們自己經過慎重的考慮之後選取的。王權、軍令、高貴的門第、官職、財富、權勢，以及與此相反的卑賤窮苦，都依賴於機遇，因此都是受環境控制的。但我們自己究竟願意扮演什麼角色則取決於我們自己的自由選擇。所以，有人研究哲學，有人研究民法，還有人研究雄辯術；而至於美德本身，各人的選擇也不盡相同，這個人喜歡突出這種美德，那個人喜歡突出那種美德。

其父輩或祖先在某一領域成就卓著的人，往往力求在同一行當中出類拔萃：例如，普布利烏

(51) 即普遍的本性和個人的本性。

斯・穆丘斯的兒子昆圖斯學法，保盧斯的兒子阿非利加努斯從軍。他們不但各自繼承了父親的某些卓越才能，而且自己也很有才華；例如，阿非利加努斯不但在軍事上功勳卓著，而且還擅長雄辯。科農[52]的兒子提摩圖斯也一樣：他不但軍事上的聲譽不亞於其父親，而且在文化和智力上還享有盛名。不步父輩的後塵而另外選擇自己的事業也是常有的事。而那些雖出身貧寒卻志向遠大的人，在事業上則往往取得巨大的成功。

因此，我們在探討恰當的本質時，應當對所有這些問題作周密的考慮；但是我們首先得決定要做什麼人和什麼樣子的人，這一輩子要從事什麼職業。這是世界上最難的問題。因爲，我們每個人都是在自己判斷力最不成熟的早年時期根據自己的特殊愛好來選定自己終身職業的。因此，我們在成熟到能夠確知什麼職業最適合於自己之前已經在從事某種終身職業了。

因爲我們不可能都有赫耳枯勒斯[53]的經驗，雖然我們可以在色諾芬的著作中看到普洛狄庫斯對這種經驗的描述：「赫耳枯勒斯剛進入青年時期（『自然』指定這一時期爲每個人選擇自己人生道路時期），便離開家鄉到了一個荒涼的地方。在那裡他看到有兩條路，一條是享樂之路，一條是美德之路。於是，他就坐下來，考慮了很長時間，不知走哪條路好。」這種事情也許會發生在「朱庇

---

[52] 科農（Conon，?—西元前三九二年）：雅典的海軍統帥。——中譯者

[53] 赫耳枯勒斯（Hercules）：希臘神話中的英雄。——中譯者

特[54]的後代」——赫耳枯勒斯身上，但絕不會發生在我們身上，因爲我們每個人都效法自己所喜歡的楷模，所以我們不得不選定從事他們的職業。但是通常說來，我們由於耳濡父母的教誨，深受他們的影響，以至於必然會仿效他們的生活方式和習慣。其餘的人則隨公眾意見之大流，選擇大多數人認爲最有吸引力的職業。但是另外還有一種人，他們或則由於幸運，或則由於天賦才能，雖沒有父母的指引，卻走上了正確的人生道路。

三十三

有一種人非常罕見：他們或具有卓越的天賦才能，或受過極好的教育，因而有特異的文化素養，或者兩者兼而有之，而且他們也有時間仔細考慮自己究竟更喜歡從事哪種終身職業；經過這種慎重考慮之後所作出的決定肯定完全適合於每個人自己的天賦。因爲，正像上面所說的，我們試圖從每個人的稟賦中發現他最適合於幹什麼；我們不僅在確定個別的行爲時需要這樣做，而且在選擇整個人生的道路時也需要這樣做；後者必須更加謹慎，以便終身無悔，在履行任何責任時不會猶豫不決。

但是，既然對擇業影響最大的因素是本性，其次是命運，所以我們在選定自己的終身職業時當然必須考慮這兩個因素；不過，在這兩者之中，應當更重視本性。因爲本性比命運要穩固得多，命

[54] 朱庇特（Jupiter）：羅馬的天神。——中譯者

運與本性發生衝突就像凡人與女神較量。因此，如果一個人已按照自己的那種本性（即，他的較好的本性）制定了他的整個人生計畫，那就讓他始終如一地做下去——因爲這就是恰當的本質——除非他後來突然發現自己選錯了職業。如果發生這種情況（這種情況是很容易發生的），他就必須改變自己的職業和生活方式。如果環境有利於這種改變，那麼做起來比較便當。如果環境不利於這種改變，那麼就得一步一步地慢慢來，就像當友誼變得不再令人愉悅或值得保持時，一點一點地疏遠比一下子斷交更恰當（聰明的人就是這麼認爲的）一樣。而且，一旦我們改變了自己的職業，我們也應當盡可能講清楚，自己這樣做是有充分理由的。

雖然我剛才說過，我們應當步父輩的後塵，但也有例外：第一，我們無需效法他們的缺點；第二，我們無需效法某些其他的東西，如果我們的本性不允許這種效法的話；例如，大阿非利加努斯的兒子（即收養保盧斯的兒子小阿非利加努斯的那個西庇阿），由於健康上的原因，在許多方面就不能像他的父親（大阿非利加努斯）效法他的祖父那樣效法他的父親。另外，如果一個人既沒有能力在法庭上審案，又不能以其口才吸引群眾，或指揮打仗，那麼他仍有責任實踐其他那些力所能及的美德——公正、眞誠、寬厚、穩健、自制——這樣他的其他方面的缺陷就可以不太明顯了。但是，父親給孩子留下來的最寶貴的遺產則是美德令名，它比任何遺留下來的財富更珍貴；玷污這種名聲應當被看作是一種罪孽、一種恥辱。

三十四

因爲人生的各個時期都有其不同的責任，有些屬於青年，有些屬於中年或老年，所以還應當說一說這種區別。

年輕人的責任是尊敬長輩，與他們中的佼佼者結成忘年交，以便受惠於他們的忠告和影響。因爲年輕人缺乏經驗，需要老年人的實用性智慧加以扶持和指導。人生的這一時期最重要的是防止淫蕩，在心身兩個方面鍛煉自己的吃苦精神和耐力，以便日後在軍隊或行政部門裡能堅定地履行繁重的責任。甚至當他們想輕鬆一下頭腦而行樂時，他們也應當謹防無度，牢記節制之道。如果年輕人甚至在作樂時也願意讓老年人參加，那就更容易做到有節制了。

另一方面，老年人看來應當減少體力勞動；其實，他們的精神活動應該增加。他們應當盡可能以其忠告和實用性智慧爲朋友和年輕人服務，尤其是爲國效勞。老年人最重要的是要防止變得衰頹懶散；雖然任何年紀的人奢侈都是不好的，但是老年人奢侈尤其令人厭惡。如果不但生活奢侈，而且還縱欲，那更是加倍的邪惡。因爲這樣做不僅玷污自己的名聲，而且還會使青年人更加厚顏無恥。

在這一點上，似乎還可以討論一下行政長官、本國公民和外國人的責任。

一個行政長官特別要記住的是，他代表國家，他的責任是維護國家的榮譽與尊嚴，執行法律，使所有的公民都享受到法律所賦予他們的權利，不忘記所有這一切都是國家託付給他的神聖職責。

公民首先應當在私人關係上與同胞平等相處，既不奴顏婢膝，也不飛揚跋扈；其次，在有關國家的事情上，應當爲它的太平和榮譽而努力；因爲這樣的人總是爲人們所尊敬，並且被稱爲好公民。

至於外國人或外僑，他的責任是嚴守自己的本分，不打聽別人的事情，在任何情況下不干涉別國的內政。

在這方面，我想，當我們探討對於各種人、各種情況和各種年齡來說什麼是恰當的這個問題時，我們就會很清楚地看到自己的責任。但是最恰當的莫過於在一切行動和計畫的構想上都保持前後一貫。

三十五

但是我所說的恰當，本身也體現在每一行爲、每一言辭上，甚至還體現在身體的每一動作和姿態上。外表上可以看得到的恰當有三種因素——美觀、得體和風雅。這些概念很難用語言來表達，但是我認爲，只要能領會它們的意思就行了。在這三種因素中，也包括了我們對自己周圍的那些人的好的意見的關切。因爲這些原因，我還想就這種恰當再說幾句。

首先，「自然」似乎有一個絕妙的建構我們身體的方案。我們的臉和體形一般說來外觀還不錯，所以她就把它們放在人人都能看得見的地方；但是身體的某些只是供我們用來滿足「自然」需要的部分，由於其形象不雅，她就將它們遮蓋起來，不讓別人看到。人之所以知道害羞，就是因爲注意到了「自然」的這種精巧的設計；所有神經正常的人都把「自然」所要隱藏的部分掩蓋起來，不爲他人所見，並且還努力克制自己，儘量不讓人知道自己對於「自然」要求的反應；至於身體上只是用來滿足「自然」需要的那些部分，無論是那些部分本身還是它們的功能，他們都避免直呼其名。執行這些功能——如果只是在私下執行——並不是不道德的事情，但放在嘴裡說卻是下流的。因此，無論是公然淫褻還是用粗鄙的言詞提到這種事情都是猥穢的。

我們不要去理會那些犬儒學派的人（或某些名義上是斯多葛學派而實際上卻是犬儒學派的人），他們指責並嘲笑我們把僅僅是提到某些並非不道德的行爲視爲可恥，而對其他一些不道德的事情卻直言不諱。例如，搶劫、欺詐和通姦是不道德的行爲，但提及它們卻不算粗鄙。婚後生兒育女是有道德的行爲，但說這種事情卻成了猥褻的。他們還舉出其他許許多多類似的論據來攻擊羞怯。但是，不要去理睬他們，讓我們遵循「自然」，避開一切玷污我們耳目的東西。因此，無論是走站坐躺、一言一行、一舉一動，我們都要保持我們所說的那種「恰當」。

在這些事情上，我們尤其要避免兩個極端：我們的言行既不應當嬌柔，也不應當粗魯。我們當然不應當接受這樣一種看法：這一規則只適用於演員和演說家，不能約束我們。說到舞臺上的人，由於傳統的規矩，他們養成了這樣一種謹慎的習慣：演員上臺演出都得穿內褲，以防萬一不小心出醜，露出不該露出的部分。按照我們自己的習俗，已長大成人的兒子不能與父親一起洗澡，女婿不能與岳父一起洗澡。因此，我們必須遵守這種關於羞恥的規則，尤其是當「自然」教導我們這樣做時，更應如此。

三十六

另外，美有兩種：一種主要是嬌柔，另一種主要是莊嚴。我們應當把嬌柔看作是女人的屬性，把莊嚴看作是男人的屬性。因此，男人不應當穿戴任何與男性莊嚴不相宜的華麗服飾，而且在姿態和行爲方面也應當防止犯類似的錯誤。例如，角力學校㊺裡所教的舉止儀態常常是令人厭惡的，舞臺上演員的身段有時也會顯得做作；但是，無論是角力學校的學員還是演員，他們的舉止儀態還是樸實自然爲好。好的氣色也可以使人顯得更加莊嚴，而氣色則是體育鍛煉的結果。此外，我們的外貌必須整潔，但不要修飾得太精細，只要不粗俗、不邋遢就可以了。在衣著方面，我們也應當遵循同樣的原則。在這方面，就像在大多數事情上一樣，最好是採取中庸之道。

我們還應當注意，既不要養成一種走路時疲疲塌塌、悠然閒蕩的習慣，看上去像是慶典中遊行隊伍裡的抬彩架者，也不要養成一種時間緊迫時倉皇疾行的習慣。如果走得太快，就會呼吸急促，容貌變形，姿態失常；這一切都是不夠沉著的明證。但更重要的是，應當成功地使自己的精神活動與「自然」的規律保持和諧。我們如果能防止大喜大悲，使自己的精神保持恰當，就能夠做到這一點。

另外，精神活動也有兩種：一種與思想有關，另一種與感情衝動有關。思想主要從事於發現眞

㊺ 希臘角力學校原來是一所公立的摔跤體育學校，羅馬人接管後成了一個訓練青年舉止儀態的地方，一個矯揉造作的舉止儀態的培訓所。

理，而感情衝動則導致行動。因此，我們應當注意，盡可能思考些高尚的問題，並將感情衝動置於理性的控制之下。

三十七

語言只要運用恰當，其力量是很大的。語言的功能也有兩種：一種是演說，另一種是談話。演說是用來在法庭上進行辯護以及在群眾大會上和在元老院中發表見解的那種話語；談話通常應當用於社交聚會、非正式的討論、朋友間的交往，以及宴會等場合。雄辯家爲演說制定了一些規則；談話則沒有任何規則；但我不知道爲什麼沒有。只要有學生肯學，不會沒有老師教；但是，沒有一個人把談話當作一門學習的科目，而雄辯家周圍卻總是擁簇著一大群學生。不過，我們在雄辯術上遣詞造句的那些規則同樣也適用於談話。

我們既然有嗓子這種說話的器官，那麼就應當努力在說話方面獲得兩種特性：一種是口齒清楚，另一種是嗓音悅耳。當然，我們肯定指望「自然」賦予我們這兩種才能。但是，口齒清楚可以通過練習得到改善；悅耳的音質可以通過模仿那些嗓音圓渾甜美的人說話來獲得。

卡圖盧斯父子身上並沒有什麼能使人想像他們具有很高的文學修養的東西。誠然，他們是文化人，而其他一些人也是文化人。但卡圖盧斯父子被認爲是拉丁語講得最好的人。他們的語調很有魅力；吐字既不做作又不含糊；聲音自然圓潤，既不怯聲怯氣又不激越刺耳。盧西烏斯・克拉蘇的演說辭彙豐富，才華橫溢。不過，卡圖盧斯父子的口才並不亞於他。但就機智和幽默而言，大卡圖盧斯的堂弟凱撒卻超過他們所有的人：他甚至在法庭上也能以談話的方式戰勝其他發表長篇大論演說的辯護者。

因此，我們如果想要在任何情況下都做到恰當，就必須掌握所有這些要點。

在談話方面，蘇格拉底的信徒們是最好的典範。談話應當具有以下這些品質：應當隨和，不應當有絲毫的固執己見；應當機智、風趣。談話的人不應當阻止他人參與談話，好像談話為他私人所壟斷一樣；相反，像其他事情一樣，在一般性的談話中，他應當認為，每個人都有機會說話才是公平合理的。首先，他應當認清談話的主題是什麼。如果主題是輕鬆的，他就應當風趣幽默。最重要的是，他應當特別小心，不要在談話中暴露出自己品質上的弱點。人們如果在開玩笑或正經談話時喜歡背後說別人的壞話，詆毀別人的聲譽，那麼就很有可能暴露出自己品質上的弱點。

談話的主題通常是一些關於家庭、政治、工作或學習的事情。因此，如果談話出現跑題，就應當設法將它拉回來——但是也要適當地考慮到在場者的情緒；因為我們不會對同一件事情都始終或者在相同的程度上感興趣。我們還得注意觀察人們對談話的興趣能維持多久；正像談話必須有一個合理的開端一樣，它也應當有一個圓滿的結局。

三十八

我們有一條適用於生活的各個方面的最好的規則，那就是，不要表現出激動，即那種不受理性制約的精神亢奮狀態。同樣，我們在談話時也不應當有這種情緒：不應當表現出憤怒、貪欲、消極、冷漠，或其他諸如此類的情緒。我們還必須特別注意：對那些與我們談話的人要有禮貌，要尊重他們。

有時可能會出現這樣的情況，即有必要加以責備。在這種情況下，我們也許會使用一種比較強烈的語調和一些比較嚴厲的言辭，甚至還會面帶怒色。但是我們訴諸這種責備，應當像對待燒灼術和切除術一樣，不輕易使用，只是不得已而爲之——最好是永遠不用，除非這是不可避免的，沒有其他的辦法。我們可以面有怒色，但不能眞的動怒；因爲發怒時就有可能做出不公正或不明智的事情。在大多數情況下，我們可以採用一種溫和的責備，但話也應當說得很鄭重，這樣，雖然嚴肅，卻可避免使用詆毀性的語言。不僅如此，我們還應當清楚地表明，即便我們責備的話說得有點刺耳，那也是爲了對方好。

此外，即使與最難纏的敵人爭辯，即使他們對我們蠻不講理，我們也應當保持莊重，要壓住心頭的怒火。因爲，處於某種程度的激動狀態，就不可能很好地保持自己的尊嚴，或贏得旁觀者的贊許。

誇耀自己（尤其是言不副實）和扮演「吹牛大王」這種被人嘲笑的角色，也是傖俗的。

三十九

因爲我是在全方位地探討這個論題（起碼，我的意圖是如此），所以，我還得談談我認爲有身分地位的人應當擁有什麼樣的住宅。住宅主要是要實用。所以，設計住宅時應當考慮到這一點；但是還應當注意它的便利和特色。

聽說格奈烏斯・屋大維——這個家族中第一個當選爲執政官的人——曾因在帕拉蒂尼山上蓋了一所宏偉壯觀的住宅而揚名遐邇。大家都去參觀這所住宅。人們認爲，這所住宅爲它的主人（一位新人）當選執政官贏得了選票。後來斯考魯斯[56]拆毀了這所住宅，並且在原址上擴建他自己的住宅。當時，屋大維是他的家族中第一個爲其住宅帶來執政官殊榮的人；斯考魯斯雖然是傑出的偉人之子，但他爲其擴建後的那所住宅帶來的卻不光是失敗，而且還有恥辱和毀滅。實際情況是，住宅可以使其居住者顯得更加尊貴，但一個人不可完全靠其住宅來抬高自己的身價；住宅的主人應當爲其住宅帶來榮耀，而不是住宅應當爲其主人帶來榮耀。而且，像其他一切事情一樣，一個人不能光顧自己，還要考慮到別人；一個名人，肯定要在家裡招待眾多的賓客，接待一群群各種各樣的人，所以他的住宅一定要寬敞。但是如果客人不多，家裡冷冷清清，寬敞的宅第往往會使其主人丟面子。如果過去賓客如雲，後來換了主人，卻門庭冷落，那就更是如此。因爲過路的人會說：

「唉，眞可惜，好端端的一所老房子，
如今換了主人，可大不一樣了！」

---

[56] 斯考魯斯（Scaurus，？—西元前五十二年以後）：執政官馬爾庫斯・埃彌利烏斯・斯考魯斯的兒子。——中譯者

房子的主人聽了這種話一定會感到很難堪。現在，許多住宅可以說都是這種情況。[57]人們還得注意，在建住宅時耗資和裝潢也要適度，尤其是爲自己建住宅，更應如此。建過分豪華的住宅，雖然只是樹立一種榜樣而已，危害卻很大。因爲許多人，尤其在這一方面，熱衷於模仿偉人的缺點：例如，有誰效仿傑出的盧西烏斯・盧庫盧斯的美德呢？但效法其宏麗的別墅的卻大有人在！這種趨勢確實應當加以某種限制，至少不要做得過分。對於生活上的享受和需求一般也應採取這種中庸的態度。

關於我的論題的這一部分，已經講得夠多的了。

因此，我們在採取任何行動時必須牢牢地掌握三個原則：第一，感情衝動必須服從理性，因爲這是保證我們履行職責的最好方法；第二，仔細估量自己想要達到的目標的重要性，以便使自己對該目標的關注既不超過也不少於它的實際需要；第三個原則是，對一切事情都要奉行中庸之道，因爲這是表現紳士的風度和尊嚴所不可缺少的。此外，要想做到這一點，最好的辦法是嚴格遵循我們前面所說的那種「恰當」的原則，不要違背它。不過，在這三個原則中最重要的是，將感情衝動置於理性的控制之下。

[57] 當時凱撒一派的人所占的是過去龐培等人的住宅。例如，安東尼就住在龐培的故居中。

四十

接下來，我們應當討論行爲的秩序性和場合的適時性。這兩種性質包容在希臘人稱之爲「尤拉西亞」（*ευταξία*）的學問中——「尤拉西亞」不是我們用「中庸」來翻譯的那種東西，而是意指**有秩序的行爲**。因此，如果我們也可以稱之爲「中庸」的話，那就要按照斯多葛學派所下的如下定義來理解：「中庸是使一切言行都恰到好處的學問。」因此，秩序性和適當安置的本義似乎與之相同，因爲他們把秩序性也定義爲「把東西放在適當的地方」。另外，他們所說的「行爲的安排」是指**環境的適時性**；適合於某一行爲的**環境**，在希臘文中稱爲「尤凱雷亞」（*ευκαιρία*），在拉丁文中稱爲「奧凱西奧」（*occasio*，場合）。因此，在我上面所說的這個意義上，可以說，中庸就是在適當的時間做適當的事情的學問。

也可以給我前面所說的「謹慎」下類似的定義。但是在這裡，我們所談的是穩健、自制，以及與此相關的美德。因此，我們發現，謹慎所特有的那些性質在適當的地方已經討論過了，現在要討論的是我們曾經提到過的、與體諒和國人的贊許有關的那些美德所特有的那些性質。

因此，必須遵守這種行爲的秩序，以便使我們生活中的每一行爲都均衡和諧，就像一篇精彩的演說中的情形那樣。因爲，在談論一件嚴肅的事情時，開那種只適宜於宴席上取樂的玩笑，或說任何一種輕佻隨便的話，都是不恰當的，應當受到嚴厲的譴責。伯里克利和詩人索福克勒斯曾是軍界同僚。有一天他們正在談公事時，有一個漂亮的小孩剛巧從他們身邊走過，索福克勒斯說：「伯里克利，你看，多漂亮的孩子！」伯里克利回答得多恰當：「噓，一個將軍不僅應當管住自己的手，而且還應當管住自己的眼睛。」但是，如果索福克勒斯在看體育比賽時說了這句話，那麼他就不會受到任何非議。因此，地點和環境是非常重要的，譬如說，如果一個人在旅途上或走路時，心裡默默地複述他準備要在法庭上審理的案子，或在類似的場合專心致志地思索某些其他的問題，那麼他就不會受人責備；但是，如果他在宴會上也是這樣，他就會被認爲是沒有教養，因爲他無視這種場合的禮節。

但是，公然做出一些沒教養的事情，比如說，在街上大聲唱歌，或其他任何粗俗放肆的行爲，是很容易被大家看到的，無需予以特別的訓誡。我們要更加小心地避免那些看起來很細小、很容易爲許多人所忽視的錯誤。在音樂演奏中，不管豎琴或長笛發出的聲音多麼細微，要是演奏錯了，內行人還是可以聽得出來的；所以，我們得留神，不要在自己生命的樂章裡偶然發出某種不和諧的聲音——而且，更確切地說，需要更加小心，因爲行爲的和諧比聲音的和諧重要得多。

四十一

所以，正像有音樂素養的耳朵甚至可以聽出豎琴發出的最細微的錯音一樣，假如我們願意細緻而又敏銳地辨察道德上的過失，我們常常也能從小事中引出重要的結論。我們觀察他人，並且很容易從他們眼睛的一瞥、眉毛的蹙展、悲哀的神情、突然的欣喜、微笑、談吐、沉默、說話聲音的激昂或低沉等等行爲表情中，判斷出自己哪些行爲是恰當的，哪些行爲是與責任相抵觸的或違背「自然」的。同樣，通過研究他人來判斷自己行爲的性質也是一種很好的方法，發現他人身上的不當之處，可以使自己引以爲鑑。因爲發現他人的缺點怎麼說也要比發現自己的缺點來得容易；所以在課堂上，老師糾正某些學生的缺點，故意對他們不當的行爲加以模仿，這種方法最容易使學生改正自己的缺點。

在選擇履行哪一責任有所猶豫時，應當向有學問或有實踐經驗的人請教，聽聽他們的意見。因爲大多數人通常都按照自己本身的自然傾向處理諸事；我們在向他們請教時，不但要知道他們說些什麼，而且還要知道他們想些什麼，以及他們爲什麼這麼想。畫家、雕塑家，甚至詩人，都希望公眾評論他們的作品，以便如果某一點普遍受到批評，就可以將它改進；他們試圖自己和通過他人的幫助發現自己作品的缺點；同樣，我們通過向他人請教，也會發現有許多事情應做而未做，有許多事情需要改正或改進。

按照一個社會固有的風俗習慣行事是不需有規則的，因爲這些風俗習慣本身就是規則。任何人都不應當錯誤地認爲，因爲蘇格拉底或亞里斯蒂普斯㊿做過一些違背其城邦的風俗習慣的事，或說過一些違背其城邦的風俗習慣的話，所以他也有權利這樣做；這些名人之所以有這種特權，只是因爲他們是偉人，具有非凡的美德。但是，犬儒學派的那一套哲學應當完全加以拒斥，因爲它不利於道德的感受，而沒有道德的感受，就不可能有正義感，就不可能有道德上的善。

㊿ 亞里斯蒂普斯（Aristippus，約西元前四三五—前三六六年）：哲學家、蘇格拉底的學生、昔蘭尼學派的創始人。——中譯者

此外，我們有責任尊敬那些以其行爲合乎高尙的道德水準而著稱的人，和那些作爲眞正的愛國者曾經或正在爲其國家效勞的人，就好像他們被授予政權或軍權似的。我們也有責任對老年人表示適當的尊敬，對地方行政官要禮讓，對自己的同胞和外國人要有所區別，而且對於外國人也要分清他是官員還是普通百姓。毋庸細說，總而言之，我們有責任尊重、保護和維持存在於人類所有成員之間的那種融洽友好的關係。

四十二

至於經商及其他謀生的手段（有些應當被認爲是適宜於君子的，有些應當被認爲是卑賤的），一般說來，我們聽到過以下幾種教誨。首先，那些引起人們厭惡的謀生手段是要不得的，應當予以拒斥，比如說，收稅和放高利貸。一切受雇於人，並且只是靠體力而不是靠技藝的謀生手段也都是不適宜於君子的，是卑賤的，因爲他們所得到的每一份報酬都是以受人奴役爲代價的。我們必須認爲那些從批發商那裡買來又直接賣給零售商而從中牟利的人也是卑賤的，因爲他們如果不漫天撒謊，就不可能賺到錢；說實在的，世界上沒有什麼比說假話更醜惡、更可恥的了。一切手工業者所從事的職業也是低賤的，因爲在任何工廠裡絕無任何自由可言。最讓人瞧不起的是那些滿足人們聲色口腹之樂的職業，例如像特倫斯所說的，

「魚販子、屠夫、廚師、家禽販子

和漁民。」

如果你願意的話，還可以加上香料商、舞蹈演員和整個雜耍班子[59]。

有社會地位的人適宜於從事那些需要有高度智慧或對社會有較大好處的職業（譬如說，醫學、建築、教學等行業），因爲這些職業與他們的身分相稱。至於經商，如果是做小生意，那就應當被認爲是卑賤的；但如果是大規模的批發，從世界各地進口大量的貨物，並誠實無欺地轉賣給許多人，那就另當別論了。而且，如果他們頗能知足，或者更確切地說，覺得自己已經賺得夠多了，於是便從港埠遷徙到一個鄉間莊園，就像從前他們告別海上漂泊的生活而定居於港埠一樣，那就更加值得尊敬了。但是在所有的營生中，沒有比務農更好、更有利、更快樂、更適合於自由民的了。關於這一點，我在《論老年》已經談得很多了，你可以從那裡找到很多這方面的材料。

四十三

我想，我對於道德責任是如何從道德上的正直的四個方面衍生出來的這個問題，已經解釋得夠充分的了。但是在各種有德行的行爲之間常常會發生衝突和比較，即兩種道德行爲哪一種更有德行——這一點爲帕奈提奧斯所忽略。因爲，一切道德上的正直都出自四種來源（第一種來源是謹

---

[59] 雜耍班子是一種低檔次的演出團體，演出內容有歌舞、雜技、音樂和滑稽短劇等。

愼；第二種是社會本能；第三種是勇氣；第四種是節制），在決定責任方面的問題時常常需要對這些美德加以相互比較和權衡。

因此，我的觀點是，依賴於社會本能的那些責任比依賴於知識的那些責任更接近於「自然」；這一觀點可以由以下論點來證實：(1)假如讓一個智者過這樣一種生活：源源不斷並且大量地向他提供一切生活用品，他可以在非常寧靜的環境中硏究和思索一切値得知曉的問題，但是他的生活非常孤寂，周圍看不到一個人，那麼他也會悶死。而且，在一切美德中最重要的是智慧——希臘人稱之爲σοφα；據我們瞭解，他們稱之爲φρονησις的謹愼則是另一種東西，即用來判定哪些事情應當追求、哪些事情應當避免的實用知識。(2)另外，我把它列爲首要的智慧是關於人事和神事的知識，它還涉及到人與神之間和人與人之間的聯繫。如果說智慧是最重要的美德（事實上也確實如此），那麼必然得出這樣的結論：與社會義務有關的責任也是最重要的責任[60]。(3)服務比理論的知

[60] 西塞羅犯了一個奇怪的錯誤。如果根據他的前提(1)某一種美德是最高尚的美德，和(2)從最高尚的美德衍生出來的責任是最高的責任，來進行推斷，而且如果(3)智慧是最高尚的美德，那麼只能得出這樣的結論：從智慧衍生出來的美德是最高尚的美德。但是，西塞羅卻插入了一個第四前提：「人與神之間和人與人之間的聯繫」是從智慧衍生出來的。於是，他就把智慧撇在一邊，而用從社會本能衍生出來的責任取而代之。西塞羅忍不住引進了一點對他的實際見解沒有什麼價値的理論思辨——這種理論思辨實際上使他的實際見解受到不利的影響，並且把讀者也弄糊塗了。

識強，因爲對宇宙的研究和認識，由於某種原因，是有缺陷的、不完全的，並不產生任何實際的結果。此外，這種結果最主要體現在維護人類的利益上。因此，它對於人類社會來說是必不可少的，所以它應當位居思辨的知識之上。

一切最優秀的人都會以自己的行爲證明他們贊成這種看法。因爲，如果有人潛心研究天地萬物，即便他所從事的是前所未有的重要工作，即便他認爲自己能數得清天上的星星有多少，能測出宇宙的長度和寬度，要是突然有人告訴他，他的國家遭遇危難，而他卻能救國於水火，難道他會不停止對所有這些問題的研究而將它們棄置一旁嗎？而且，爲了使父母或朋友得到更多的好處，或爲了把他們從危難中解救出來，他也會這樣做。

從所有這一切，我們得出這樣的結論：必須把公正所規定的那些責任置於對知識的追求以及它所強加的那些責任之上。因爲前者關涉到我們同胞的福祉。而且，在人們的眼裡，沒有比公正所規定的那種責任更神聖的了。

四十四

不過，那些一生孜孜不倦地追求知識的學者，對於人類的福利畢竟還是有貢獻的。因爲，他們把許多人教育成了好公民，並且培養出了許多對國家作出較大貢獻的有用人才。比如，畢達哥拉斯學派的呂西斯培養出了底比斯的埃帕米農達斯，柏拉圖培養出了敘拉古的狄翁[61]，其他還有許許多多諸如此類的例子。就拿我自己來說，不管我對國家作出過什麼貢獻——假如我確實作出過貢獻的話——我之所以能勝任自己的工作，完全是由於我的老師們對我的培養和教導的結果。他們不但在活著的時候親自教育和培養那些渴望學習的人，而且死後憑藉各種記錄他們教誨的著作繼續教育和影響後人。因爲，凡是有關法律、風俗或政治學的問題，他們無一遺漏，全都談到過；實際上，他們隱退之後似乎一直在爲我們這些從事公職的人服務。因此，獻身於學術研究和科學探索的那些人所做的主要事情就是用他們自己實用的智慧和洞見造福於人類。而且由於這一原因，陳說（只要它包含智慧）也往往比無言的沉思（儘管它可能是非常深刻的）更可取。因爲純粹的沉思是自給自足的，而陳說卻可惠及由於社會契約而與我們聯繫在一起的那些人。

另外，正像蜜蜂聚集在一起並不是爲了建造蜂巢，而建造蜂巢則是因爲它們具有合群的天性一樣，人們——在一個更高的層次上——之所以在行爲和思想上一起運用自己的技能，也是因爲他們天生具有這種合群性。因此，如果那種以維護人類利益（即維持人類社會）爲核心的美德（公正）不與對知識的追求相伴隨，那麼，那種知識是孤立的、沒有成果的。同樣，勇敢（堅毅）如果不受

[61] 狄翁（Dion，西元前四〇八—前三五四年）：西西里島敘拉古僭主大狄奧尼西烏斯的叔父。西元前三六七年小狄奧尼西烏斯即位後，他獨攬大權。後被逐，西元前三五七年在剎金索斯島糾集一千五百名雇傭軍，乘船回西西里，受到群眾歡迎。——中譯者

把人們聯繫在一起的那種社會契約的制約，那只不過是一種殘忍和野蠻而已。因此，人類社會的要求和把人們聯繫在一起的契約比對思辨的知識的追求更重要。

某些人認爲，制定人類社會中的聯合契約，目的是爲了滿足人們日常生活的需要，這種觀點是不正確的；因爲，他們說，如果沒有他人的幫助，我們不但自己得不到而且也不能向別人提供生活所需要的物品；但是，如果像神話故事中所說的那樣，靠一根魔杖就可以得到一切生活必需品或舒適用品，那麼，每一個具有一流才能的人就可以擺脫其他一切責任，專心致志地研究學問了。事實上這完全是不可能的。因爲他一定會設法逃避孤獨，找另一個人共同研究學問；他會希望教導別人和向別人學習，會希望聽別人講和講給別人聽。因此，應當把一切有助於維護人類社會的責任置於那種只是由沉思和科學所產生的責任之上。

四十五

人們也許會提出下面這個問題：是否也應當總是把這種社會本能（即我們本性中的那種最深切的感情）看得比節制和中庸更重要呢？我認爲不應當。因爲有些行爲是非常邪惡或討厭的，智者即便爲了拯救自己的國家，也不會做出這種行爲。波塞多尼烏斯收集了許許多多有關這種行爲的實例，而且其中有些非常醜惡、非常猥褻，甚至提及它們似乎都是不道德的。因此，智者不會想到爲國家去做這種事情，國家也不會同意爲她而做這種事情。但是，這個問題比較容易處理，因爲不可能出現爲國家利益而需要智者去做這種事情的那種情形。

因此，我們可以把以下這一點看作是確定不變的：在選擇相互衝突的責任時，應把人類社會的利益所需要的那類責任放在首位。〔這是自然的順序，因爲謹慎的行爲總是以學識和實用的智慧爲先決條件。因此可以得出這樣的結論：謹慎的行爲比聰慧的（但卻不付諸行動的）沉思更有價值。〕

這個題目應當說已經講得夠多的了。它的要旨已經非常清楚，在確定責任問題時，不難發現哪一種責任比其他任何責任更重要。另外，即使在社會關係本身中，責任也有非常明確的等級之分，人們很容易就能看出孰先孰後：我們首先應當對不朽的諸神負責；其次，應當對國家負責；第三，應當對父母負責；然後才依次對其餘對象負責。

因此，從這一簡要的討論中可以瞭解到，人們不但常常對某一行爲是有德行的還是沒有德行的拿不準，而且在兩種有道德的行爲之間進行選擇時，也常常拿不準哪一種行爲更有道德。我上面已經說過，這一點爲帕奈提奧斯所忽略。現在讓我們繼續討論剩下的問題。

第二卷 利

一

我的兒子，馬爾庫斯，我相信，在上一卷中我已充分地說明了責任是如何從道德上的正直，或更確切地說，是如何從四種美德中衍生出來的。下一步我要探究的是與生活上的舒適，獲取物質享受的手段、權勢和財富有關的那些責任。〔在這方面，我說過，問題是：⑴什麼叫有利，什麼叫不利；⑵在幾種利中，哪一種更爲有利，哪一種是最重要的。〕在討論這兩個問題之前，我先對我現在所做的事情和我的哲學原理稍作解釋。

雖然我的書不但激起了不少人閱讀的熱情，而且還激起了不少人寫作的熱情，但是我有時也擔心某些高尚的紳士會不喜歡我們稱之爲哲學的那種東西，他們也許會感到奇怪，我爲什麼花這麼多的時間和精力去研究這種東西。

只要國家掌握在她所信賴的那些人手裡，我就竭盡全力爲她效勞和著想。但是現在一切都在一個暴君①的絕對控制之下，我不再有任何參與國家管理或行使職權的機會，而且最終我還失去了曾

① 指朱利烏斯・凱撒。——中譯者

一直和我一起為國效勞並享有很高地位的那些朋友。②在這種情況下，我並沒有悲痛欲絕，萬念俱灰，因為如果我不同悲觀絕望的情緒作鬥爭，我的精神支柱就會被這種情緒所摧毀；但是，我也沒有沉湎於一種與一個哲學家不相稱的、貪圖聲色之樂的生活。

我眞希望政府能堅守其成立以來的一貫立場，不落入無意改革而只想廢除憲政的那些人手中。所以，首先，我現在應當仍然像在實行共和政體時那樣，把主要精力放在公開演說上，而不放在寫作上；其次，即使寫作，我也應當像我從前常做的那樣，不寫那種論文，而是寫演說稿。但我對之傾注了自己全部心力的共和政體現已不復存在，所以，在講壇上或元老院裡自然也就聽不到我的聲音了。因為我的腦子不可能完全閒滯不用，所以我想，我從青年時代起就讀過大量思想家的論著，現在轉而研究哲學也許是我忘憂解悶的最佳辦法。年輕時，我為了訓練自己的頭腦，曾用許多時間研習哲學。但自從身負國家的重任，盡瘁於公務以來，只有等忙完了公事或朋友的事情之後，才有時間去研究哲學。而且，剩餘的這點時間全都用在閱讀上，沒有時間去寫點什麼。

二

因此，處於現在這種災難深重的逆境中，我認為自己相對來說還是比較幸運的——我可以把我們同胞完全不熟悉但卻很值得知曉的那些東西寫出來。因為，說實在的，還有什麼比智慧更值得

② 例如龐培、加圖、霍廷西烏斯和皮索。

企求？還有什麼比智慧更加珍貴，對人更有好處，更符合人的天性？那些尋求智慧的人被稱爲哲學家；如果把「哲學」這個詞翻譯成我們的習語，哲學就是「愛好智慧」。此外，按古代哲學家們對「智慧」一詞所下的定義，智慧就是「關於人和神的事情以及支配那些事情的原因的知識」。例如一個活人看不起對哲學的研究，那我就不知道他在這個世界上還看得上什麼。因爲，如果我們追求的是精神上的快樂和鬆弛，那麼，什麼快樂能與經常研究出一些有助於並能有效地促進一種美好而幸福的生活的東西的那些人的工作相比擬呢？或者，如果我們看重的是性格和美德的力量，那麼，這就是我們獲得這些品質的方法，而且除此之外別無他法。要是有人說根本就沒有獲取最大福祉的「方法」（而事實上甚至最不重要的事情也有其方法），那麼說這種話的都是那些說話不經思考或在極其重要的事情上瞎幹胡來的人。此外，如果眞的有一種學習美德的方法，那麼一個人要是鄙棄這一學習園地，他還能到什麼地方找到這種方法呢？

我鼓動人們研究哲學時，總是比較詳細地論述這個問題，例如我在另一部著作③中就是這樣做的。現在，我只想說明我被免去公職後爲什麼要致力於這項特殊的工作。

但是有些人（其中也有哲學家和學者）提出另一種反對我的理由，問我是否認爲我的行爲是完全始終如一的。儘管我們這一學派堅持認爲任何事物都不可能確實爲人們所知曉，但他們卻硬說，

③ 即《霍廷西烏斯》（已失傳）。——中譯者

我慣於對各種各樣的問題發表自己的看法，現在又在試圖闡述有關責任的規則了。我希望他們能適當地瞭解一下我們的立場。我們學園派並不是那種思想遊移不定、從不知道應當採取什麼原則的人。因爲，如果排除了一切推理規則，或者甚至生活規則，那會是一種什麼樣的思想習慣，或更確切地說，會是一種什麼樣的生活呢？我們並非如此。其他有些學派堅持認爲，有些東西是確定的，有些東西是不確定的；但是我們和他們不同，我們說，有些東西是可能的，有些東西是不可能的。

那麼，是什麼阻止我接受我認爲似乎可能的東西，同時又拒斥我認爲似乎不可能的東西，避開武斷的推測，同時又避開那種盡可能地排除眞正智慧的、輕率的斷言呢？至於我們這一學派對任何事情都要進行辯論這一事實，那只是因爲我們沒有弄清楚什麼是「可能的」，除非我們對雙方的論點全都通過比較作出了評價。

我想，這個問題已經在我的《學園問題》一書中充分地討論過了。我親愛的馬爾庫斯，雖然你在克拉蒂帕斯的指導下學習那個最古老、最著名的學派④的哲學（克拉蒂帕斯當與這個著名學派的創始者們⑤齊名），但我仍然希望你能瞭解我們這個學派的觀點，因爲我們這個學派與你們那個學派有非常密切的關係。

現在讓我們回到本卷的正題。

④ 即亞里斯多德學派。——中譯者

⑤ 亞里斯多德和狄奧夫拉斯圖斯。

三

因此，履行責任有五條原則：其中兩條與恰當和道德上的正直有關；兩條與生活的外在便利——手段、財富、權勢——有關；第五條是關於前四條似乎發生衝突時如何作適當的選擇。關於道德上的正直這一部分，前面已經講過了，我希望你對這一部分有最透徹的瞭解。

我們現在要講的是關於被稱之爲「利」（Expediency）的那條原則。「利」這個詞已經被訛用、濫用，並且逐漸發展到這樣一種地步，即把道德上的正直與利割裂開來，認爲有德的事情可能是沒利的，而有利的事情則可能是缺德的。如果這種理論被引入人類生活，那就沒有比它更害人的了。

誠然，有些聲譽卓著的哲學家在理論上把利義關係分爲三類⑥，雖然事實上它們總是纏夾在一起的；我想，他們這樣做是根據道德和良知的原則。（因爲他們認爲，凡是公正的必定是有利的，凡是有德的必定是公正的，因此，凡是有德的必定是有利的。）那些不瞭解這種理論的人的確常常對聰明伶俐者表示讚賞，誤認爲詭詐就是智慧。他們的這種錯誤必須糾正，他們的想法應當完全轉變爲希望並且深信只有用德性和正義，而不是欺騙和詭詐，才能達到自己想要達到的目的。

在維持人類生活所必不可少的那些東西中，有的是沒有生命的（例如，金銀、大地的產物

⑥ 即，他們錯誤地分為：⑴既有義又有利；⑵有義卻（表面上）無利；⑶有利卻（表面上）無義。

等），有的是有生命的，有它們自己特有的本能和愛好。這些有生命的東西又可分爲兩類：有的是有理性的，有的是沒有理性的。〔蜜蜂〕、牛馬以及其他的牲畜的勞動或多或少有助於人類的便利和生存，但它們是沒有理性的；有理性的只有兩種存在物——神和人。禮拜和品質的聖潔可以得到神的恩惠；僅次於神的就是人，人是最能夠幫助人的。

同樣，這種分類法也可以用來區分那些有害的東西。但是，人們認爲神不會給我們帶來害處，所以他們（毫無疑問地把神排除在外）斷定，人是最有害於人的。

至於互助，我們稱之爲沒有生命的那些東西絕大部分都是人的勞動的產物；沒有體力和技術的運用，我們就不可能擁有它們，沒有人的介入，我們也不可能享用它們。其他許多事情也是如此：因爲沒有人的勞動，就不可能有醫療保健、航海、農業，以及穀物蔬果等農產品的採收或貯藏。而且，肯定也沒有富餘物品的出口或短缺物品的進口，如果沒有人從事這種服務的話。以此類推，如果沒有人的手工勞動，我們所需要的石塊就不會從地裡挖出來，「深藏於地下的金、銀、銅、鐵」也不會開採出來。

四

假如社會生活的契約未曾教導人們期求同胞的幫助，人類最初怎麼會有能抵禦嚴寒和納涼避暑的房屋呢？或者，在遭受暴風雨、地震等災害，或長期風吹日曬的侵蝕之後，怎麼會有對房屋的修建呢？請想一想那些水渠、運河、水利工程、防浪堤、人工港，沒有人的勞動，我們怎麼會有這些東西呢？從這些以及其他許多事例中，可以清楚地看出，若沒有人的手工勞動，我們絕不可能從那些無生命的東西中得到任何利益。

最後，假如沒有人的合作，動物能給我們什麼好處，或能爲我們提供什麼服務呢？因爲最早發現各種野獸用處的是人；今天，如果沒有人的勞動，我們既不可能餵養、訓練和照料它們，也不可能在適當的季節從它們身上獲利。消滅有害的野獸和捕獲那些有用的野獸的也是人。

我爲什麼要列舉一大批若沒有就會使生活變得毫無意義的技藝呢？因爲，要是沒有這麼多的技藝來滿足我們的需要，病人怎麼會痊癒？健康者能有什麼樂趣？我們能有什麼舒適可言？在所有這些方面，人類的文明生活遠遠超過低等動物的舒適和需要的標準。還有，如果沒有人們的交往，城市就不可能建立或爲人所居住。由於城市生活的緣故，制定了各種法律，確立了各種風俗，後來還出現了私權的公平分配和明確的社會制度。這些東西確立後，又逐漸發展出一種人道精神和對他人的體諒，結果，通過相互授受，互相交換物品和提供方便，我們成功地滿足了我們的一切需要。

五

關於這一點，我其實用不著講這麼多。因爲誰不知道帕奈提奧斯曾詳細敘述過的那些事實——即，不管是戰場上的將軍還是留在後方的政治家，如果沒有別人的眞誠合作，誰也不可能爲國家建功立業——是不辯自明的呢？帕奈提奧斯援引地米斯托克利、伯里克利、居魯士、亞偈西勞、亞歷山大等人的業績爲例，他說，沒有別人的支援，他們都不可能取得這樣偉大的成就。其實他沒有必要列舉種種證據來證明一個沒人懷疑的事實。

儘管，一方面，由於同胞的同心同德的合作，我們得到了很大的好處；但是，另一方面，人對人所造成的禍害卻是最可怕的。著名而且善辯的亞里斯多德派學者狄凱亞科斯寫過一本論《人生的毀滅》的書。他在書中首先歷數了其他一切毀滅人的原因，例如，水災、瘟疫、饑荒、野獸群的突然襲擊，他告訴我們說，這種襲擊曾經把整個部落的人全都撕噬。然後，他又用對比的方法進一步指出，更多的人則是由於人的襲擊——即戰爭和革命——而毀滅，人的襲擊所造成的災難超過其他任何災禍。

因此，毫無疑問，人既是最能助人的又是最能害人的，我認為美德的特殊功能就是贏得人心，使人們樂於為我們服務。人類從無生命的東西和對動物的使用中所得到的那些利益應當歸因於各種勞動技藝；另一方面，人們為得到更多的利益而欣然達成的合作則應當歸功於〔具有卓越才能的人的〕智慧和美德。實際上，一般的美德可以說幾乎完全在於三種特性：第一種是〔智慧〕，即那種看出某件事情的眞相及其各種關係和前因後果的能力；第二種是〔節制〕，即那種抑制激情（希臘人稱之為πάθη），使感情衝動服從理性的能力；第三種是〔公正〕，它是這樣一種技巧：以體諒與智慧對待和我們有交往的人，以便通過他們的合作在人的物質需要方面得到充分的供給，防止一切可能發生的災禍，向那些企圖傷害我們的人進行報復，以公正和人道所容許的方式懲罰他們。

六

我現在要討論怎樣才能贏得並保持國人愛戴的方法。但在此之前，我必須先說幾句開場白。

誰不知道命運之神具有賜福和降禍這種雙重的強大力量呢？當我們得到命運之神的助佑，一帆風順時，我們就能平安地到達目的港；當我們命運不濟，遇到狂風惡浪時，我們就會翻船或觸礁。命運之神的確會帶來各種不太常見的災禍，這些災禍首先是起因於沒有生命的自然——颶風、暴風雨、海難、災變、火災等；其次是起因於野獸——踢、咬和襲擊等。但我已經說過，這些災禍是比較罕見的。但是，我一方面想到軍隊的覆沒（最近就有三次，而以前各個時期還曾有過很多次），將軍的陣亡（最近就有一位很有才能的著名指揮官陣亡），民眾的憤恨，以及常常因此而導致的忠良之臣被放逐、被革職或逃亡；另一方面，我也想到成功，文武官員的榮譽，以及勝利；——儘管所有這一切都含有機運的因素，但不論好壞，如果沒有國人的影響和合作，它們是不可能發生的。

對命運的影響作了這番說明之後，我就可以著手解釋怎樣才能贏得國人的愛戴，使得他們心甘情願地與我們合作，共同效力於國事了。如果有人覺得討論這一點的篇幅過於冗長，那不妨把它的長度與這一論題的重要性作一比較。也許，通過這麼一比，他們甚至會覺得它太短了呢！

每當人們給與一個同胞任何東西以提高其地位或威信時，他們可能不外乎出於以下幾種動機中的任何一種：⑴可能出於善意，當他們因為某種原因而喜歡他時；⑵可能出於尊敬，如果他們敬仰他的人品並認為他應當平步青雲的話；⑶他們可能信任他，並認為他們這樣做對自己有利；或者，⑷他們可能害怕他的權勢；⑸相反，他們可能希望得到某種賞賜——例如，君主或民眾領袖贈與禮金；⑹他們可能爲答應給以回報或酬金的許諾所動。我承認，最後一種是所有動機中最卑鄙、最利慾薰心的動機；無論是那些爲這種許諾所動的人，還是那些冒險使用這種許諾的人，都是可恥的。因爲，本應靠優點來獲得的東西卻企圖靠金錢來獲得，那就很糟糕。但是，由於求助於這種支持有時是不可避免的，所以我必須解釋一下應當怎樣利用這種支持。但我首先必須討論那些與優點關係比較密切的品質。

同樣，人們服從他人的權勢也出於各種不同的動機：⑴善意；⑵感恩；⑶由於對方的社會地位顯赫，或希望服從能爲自己帶來好處；⑷怕自己將來被迫只好服從；⑸希望能得到禮金，或爲慷慨的允諾所誘惑；或者，最後，⑹可能是被錢收買了，這在我們國家是常見的。

七

但是，在所有這些動機中，沒有比「愛」更適合於產生並牢牢地保持影響力的了；沒有比「怕」更不利於達到這個目標的了。恩尼烏斯說得好：

「人們怕誰，也就恨誰。人們恨誰，也就巴不得看到誰完蛋。」

如果以前人們不知道的話，那麼我們最近已發現，無論多大的權勢都禁不住眾人的怨恨。那個暴君⑦的凶死（國家曾在武力的威迫下忍受他的獨裁統治，而且，雖然他死了，國家仍然並且比以往任何時候都更恭順地服從於他）就說明了眾怨所歸的惡果。其他所有獨裁者的類似命運也給我們以同樣的教訓，他們當中幾乎沒有一個能逃得過慘死的下場。因爲，使人畏懼是一種保持權力的拙劣手段；相反，贏得人們的愛戴才是保證權力永不旁落的可靠辦法。

不過，那些靠武力使人臣服的人當然不得不使用嚴酷的手段，比如說，主人對待奴隸，當其他任何方法都不能制馭奴隸時，主人就只好使用暴力了。但是在一個自由的國度裡，誰要是處心積慮地使自己處於讓人懼怕的地位，那他就是世界上頭號大瘋子。因爲，法律絕不可能這樣容易爲個人的權力所制伏，自由精神絕不可能這樣容易被個人的權勢所嚇倒，它們遲早會在無聲的公眾情緒中，或在選舉國家重要官員的無記名投票中，顯示出自己的威力。一度受到壓制而後又重新獲得的自由，比從未經歷艱險的自由更強勁牢固。因此，讓我們採取這樣一種策略（這種策略能贏得每個人的好感；它不僅是保證安全而且也是獲得或保持權勢的最有效的方法）——即，不讓人家懼怕，而讓人家愛戴。這樣，無論是在私生活還是在公共生活中，我們都會輕而易舉地獲得成功。

此外，那些希望被人怕的人必定也害怕那些受他們威脅的人。譬如，就拿大狄奧尼西烏斯來說，他簡直受盡了恐懼的折磨。由於害怕理髮師的剃刀，他只好用一塊燒紅了的煤來燒斷自己的頭

⑦ 指朱利烏斯・凱撒。

髮。我們不妨再來看看費雷的亞歷山大，他是以什麼樣的心境度日的呢？我們從史料中得悉，他很愛他的妻子忒琵；但是，每當他從宴會廳出來到她房間去時，他總是叫一個蠻族侍衛——據記載，此人也像色雷斯人一樣，身上刺有花紋——拿著一把出鞘的劍，走在前面，爲他開路；而且，他還常常派他的一些貼身保鏢先行去窺探夫人的箱奩，查看她的衣櫃裡是否藏有兇器。多麼不幸的人啊！竟然認爲一個蠻人，一個身上打有烙印的奴隸比自己的妻子更可信！不過，他也沒有看錯。因爲，他最終還是死在他妻子的手裡，因爲她懷疑他另有所愛。

的確，任何勢力，不管如何強大，如果它苦於恐懼的壓力，那就不可能持久。就拿法拉里斯來說，他以兇狠毒辣過人而臭名昭著。他最後不是（像我剛才提到的那個亞歷山大一樣）被謀殺的，也不是（像我們的那個暴君一樣）被幾個陰謀家殺害的，而是阿格雷根都姆的全體人民一同起來反抗他，把他殺死的。

另外，馬其頓人不是曾背棄德墨特里烏斯而一齊投奔皮勒斯了嗎？還有，當斯巴達人對其盟國專橫地實行霸權主義時，這些盟國實際上不都也曾背棄了他們，對他們在琉克特拉戰役中的失敗作壁上觀，坐視不救嗎？

八

在這方面，我喜歡舉外國而不是我們本國歷史上的事例來說明。但是，讓我再補充幾句：因爲羅馬帝國過去曾以服務而非欺壓爲立國之本，所以，進行戰爭只是爲了盟國的利益或維護我們的最高地位；各種寬厚的行爲或某種只限於必要的嚴酷程度就表明了我們戰爭的目的；元老院是各國國王、部落和民族的避風港；我們的地方行政官和將領的最大抱負就是公正而又體面地保衛我們的行省和盟國。因此，把我們的政府稱作世界的保護者可能比稱作世界的統治者更確切。

甚至在蘇拉執政時期以前，我們就已經開始逐漸改變這種政策以及執行這種政策的各種做法；但自從蘇拉取得了勝利之後，我們便完全背棄了這一政策。因爲從那時起，人們似乎已不再把欺壓盟國看作是錯誤的，不再認爲施以如此野蠻的暴行是違背羅馬公民的意志的了。因此，就拿蘇拉來說，非正義的勝利玷污了正義的事業。因爲當他豎起他的矛⑧，在市場上拍賣愛國者、富人以及至少也是羅馬公民的那些人的財產時，他居然厚顏無恥地宣稱「他是在拍賣他的戰利品」。在他之後，又出現了一個爲了邪惡的事業而對勝利作更可恥的利用的人⑨；因爲他不但沒收公民的私人財產，而且還對所有的行省和國家普遍地進行燒殺擄掠。

因此，當外族被鎮壓或遭受劫難後，我們看到，在凱旋的遊行隊伍中有人扛著一個馬賽的模型，以此向世界證明那裡的人民已經失去了優越的地位；我們曾看到人們慶祝攻克某個城市的勝利，其實，要是沒有當地市民的協助，我們的將軍絕不可能在阿爾卑斯山那邊取得戰爭的勝利。我還可以舉出其他許多我們蹂躪盟國的例子，儘管世界上沒有比這種事情更可恥的了。所以，我們應

---

⑧ 羅馬人的習俗，豎一支矛作為拍賣的標誌——這一習俗起源於拍賣戰利品，所以用矛作標誌。

⑨ 指朱利烏斯・凱撒。——中譯者

當受到懲罰。因爲，如果我們不姑息許多罪行，對它們嚴加懲處，蘇拉也就不會這樣肆無忌憚了。他的財產只是爲少數幾個人所繼承，而他的野心卻留傳給了許多惡棍。只要惡棍們還記得那支沾染著血的矛，並希望有朝一日再次看到那種矛，內戰的誘因就不會消失。普布利烏斯・蘇拉曾揮舞過那支矛（當時他的親屬任獨裁官），三十六年後他又像當年一樣，毫不膽怯地揮舞起一支更加邪惡的矛。另外還有一個蘇拉，他在盧西烏斯・蘇拉統治時期只是一個文書，在普布利烏斯・蘇拉統治時期卻成了市財務官。由此可見，如果提供這樣的報償，內戰將永無終結之日。

所以在羅馬，只是那些城牆仍然矗立著——甚至這些城牆恐怕遲早也會被毀——而我們的共和國已經一去不復返了。但現在還是讓我們言歸正傳：就是在我們寧願被人怕而不願被人愛時，所有這些不幸全都落在了我們頭上。如果說羅馬人民⑩由於其不義和暴虐可能會遭到這種報應，那麼作爲普通百姓的個人應該指望什麼呢？因爲我們已經明白，親善的力量是非常強大的，恐懼的力量是非常脆弱的，所以我們接下去應當討論，用什麼方法最容易贏得與我們所企求的榮譽和信任連在一起的愛戴。

但人們對愛戴的需要程度並不完全相同，因爲每個人必然根據自己的職業來決定自己是必須贏得多數人的愛戴呢，還是只要得到幾個人的愛戴就夠了。因此，讓我們把以下這一點確定爲首要而

⑩ 這裡所說的「羅馬人民」（the Roman People）是指作為一個整體的整個民族。——中譯者

且絕不可少的基本原則：至少得有幾個尊重我們、愛慕我們的摯友。因爲在這一方面，偉人和普通人是沒有什麼區別的，他們幾乎同樣都需要培植友誼。

也許，並不是所有的人都同樣需要政治上的榮譽、名望和國人的善意；不過，如果一個人得到了這些榮譽，它們就會給他以多方面的幫助，尤其是有助於他結交朋友。

九

但是關於友誼，我已經在另一本題名爲《萊利烏斯》的書⑪裡討論過了。現在讓我們繼續討論榮譽，雖然對於這個問題我也寫過兩本書⑫了。但我還是要在這裡簡要地論述一下這個問題，因爲這對處理比較重要的事情有很大的幫助。

最高最眞的榮譽有賴於以下三點：人民的愛戴、信任和敬佩。要是讓我簡單明瞭地說的話，喚起群眾的這種情感的方法與喚起個人的這種情感的方法並無二致。但是還有另一條接近群眾的途徑，可以說，通過這條途徑就能悄悄地溜進所有人的心坎裡。

但在上面所說的三個要件中，首先讓我們考察一下善意和贏得善意的規則。善意主要是通過

⑪ 亦即本書中《論友誼》一文。——中譯者

⑫ 這兩本書現均已失傳，但文藝復興時期彼特拉克（Petrarch）曾見過這兩本書。

仁惠的服務⑬贏得的；其次，儘管實際上並沒有做這種服務，但抱有做這種服務的意願也能贏得善意。因此，一個人只要有名望，大家都知道他慷慨、仁慈、公正、文雅、和藹可親，以及有自尊心等各種美德，同樣也能有效地贏得人們普遍的愛戴。因爲正是我們稱之爲道德上的善和恰當的那種品質本身使我們感到愉悅，以其內蘊和外貌觸動我們每個人的心弦，通過上面所說的那些美德放射出最燦爛的光芒，所以，我們會受「自然」本身的驅使去愛慕那些我們相信具有這些美德的人。這些只是愛慕的最強烈的動機——並不是所有的動機；另外可能還有一些較次要的動機。

其次，贏得人們的信任有兩個條件：⑴假如人們認爲我們具有和正義感結合在一起的、實用的智慧。因爲我們信任那些我們認爲比我們自己更聰慧的人，那些我們相信其具有先見之明的人，那些當出現緊急情況或危機時能排除困難，根據事情的輕重緩急作出妥善的決定的人。因爲世人認爲，那種智慧是眞正的和實用的智慧。不過，⑵人們也信任那些公正而誠實的人——也就是好人——因爲道理很簡單，由於性格的緣故，他們絕不會做出不誠實或不道德的事情。因此，我們相信，我們把自己的身家性命託付給他們是絕對安全可靠的。

所以，在這兩種品質中，公正更容易贏得人們的信任。因爲，即便沒有智慧的幫助，公正也能贏得相當多的人的信任；而智慧若無公正，就根本不可能贏得人們的信任。就拿一個人來說，如

⑬ 西塞羅所說的「仁惠的服務」是指律師的辯護。當時根據法律，不准他收費。所以，如果他義務替人辯護，他的服務就是「仁惠的行為」。

果他沒有正直誠實的聲譽，那麼他越是聰明機靈，就越是可惡和不可信。因此，公正加上實用的智慧就能贏得一切我們所能企求的信任；公正若無智慧，仍能大有作爲，而智慧若無公正，則完全無用。

十

但恐怕有人會問，我爲什麼要把這兩種美德割裂開來呢——好像眞的會有這樣的事情：一個人雖然公正，但卻沒有智慧；因爲所有的哲學家都一致認爲，而且我自己也常常說，誰要是有一種美德，那他就具有所有的美德。我對自己的這種表面上看起來自相矛盾的說法的解釋是：在哲學的討論中，爲批判性地探究抽象的眞理而使用的精確的表述，是一回事；而爲使自己的語言適應於普通人的思維而採用的表述，則是另一回事。因此，當我說某些人勇敢，某些人善良，另外還有一些人聰明時，我所使用的是普通意義上的表述。因爲我們在表述俗常想法時必須使用大家所熟悉的通用詞語。帕奈提奧斯也是這樣做的。現在還是讓我們言歸正傳。

在我上面所說的榮譽的三個要件中，第三個要件是國人的敬佩。雖然凡是偉大的或比預期更好的事物，人們一般都會表示欽佩，但他們尤其欽佩個人的那些出乎人們意料的優秀品質。所以，他們尊敬並竭力讚譽那些在他們看來具有某種卓越才能的人，鄙視那些他們認爲沒有才能、勇氣或活力的人。可是他們並不鄙夷所有那些他們認爲是邪惡的人。他們認爲有些人蠻橫狂妄，造謠生事，陰險奸詐，非常危險。人們雖然覺得這些人可惡，卻不一定鄙視他們。所以，我以前曾經說過，正如俗話所說，受鄙視的是那些「對自己對鄰居都沒用」的人，他們閒散、懶惰，對任何事情都無所用心，漠不關心。

另一方面，那些被認爲具有卓越才能、沒有任何不光彩的行爲，也沒有他人不易拒斥的惡習的人，則受人尊重。因爲，肉體上的享樂，猶如最具誘惑性的女色，往往會使人們心魄迷昏，背棄美德；而當大難臨頭，需要經受嚴峻的考驗時，大多數人又會恐懼張惶得不知所措。生與死，富貴與貧窮，對所有的人都有極大的影響。但具有偉大而高尚的精神的人卻能把這種外部環境的順逆置之度外；當他們心中有了某個崇高而有德行的目標時，他們就會全力以赴地去追求這一目標。對於這種人，誰能不爲他們絢麗的美德而傾倒呢？

十一

因此，這種不受外界影響的心靈備受尊崇，尤其是公正（一個人只要公正，他就有資格被稱爲「好人」），人們普遍認爲它是一種非常了不起的美德——這不是沒有道理的。因爲一個人如果怕死、怕苦、怕放逐、怕貧窮，或不能公道地評價它們的對立面，他就不可能是公正的。人們尤其敬佩那種不爲錢財所動的人；他們認爲，一個人要是在這方面能經得起考驗，那他同樣也能經得起火刑的考驗。

因此，贏得榮譽所需要的這三個先決條件都是由公正促成的：⑴善意，因爲它（即公正）試圖爲絕大多數人服務；⑵信任，也是因爲同樣的原因；⑶敬佩，因爲它（即公正）鄙視而且不關心那些大多數人以極大的熱情孜孜以求的東西。

至少在我看來，無論什麼行業，無論過哪一種生活，都需要與別人合作——首先是爲了使人們能有一些與其共用社交之樂的朋友。一個人要做到這一點並不容易，除非他被認爲是好人。因此，即便對於一個回避社交、隱居鄉間的人來說，公正的名聲也是必不可少的——甚至比別人更需要；因爲缺乏公正（即被認爲不義）的人就不會有人替他辯護，因而很容易成爲各種錯誤的替罪羊。同樣，對於買方和賣方、雇傭者和被雇傭者、一般的經商者來說，公正也是不可缺少的。公正是非常重要的，甚至連那些以作惡犯罪爲生的人，沒有一點公正的因素，也是不行的。因爲，如果一個強盜用暴力或詭計從同夥手裡搶走或騙走任何東西，那麼他甚至在強盜團夥中也會無立足之地；如果那個被稱爲「強盜頭兒」的人分贓不公，那麼他就會不是被同夥所拋棄就是被同夥所謀殺。嘿，據說強盜也有他們必須遵守的「行規」。我們從狄奥波普斯⑭的著作中獲知，伊利里亞土匪巴都利斯因其分贓公平而得到很大的勢力。盧西塔尼亞的維里埃瑟斯的勢力更大，他甚至不把我們的軍隊和將軍放在眼裡。蓋烏斯・萊利烏斯——其綽號爲「智者」——在他當執政官時親自率軍進剿，重創維里埃瑟斯的勢力，迫使其簽訂城下之盟，遏止了他的囂張氣焰，從而使得繼任者不費吹灰之力就將其征服。

⑭ 狄奥波普斯（Theopompus，西元前四世紀）：伊索克拉底的學生、雄辯家和歷史學家。——中譯者

所以，既然公正的功效是如此之大，它甚至能使強盜的勢力得以壯大，如果一個有法律和法庭的立憲政府講求公正，我們想想看它的力量會有多大？

十二

至少在我看來，正像希羅多德告訴我們的，不僅是米底人，而且我們自己的祖先也都是擁立德高望重者爲王，以便使人們能享受到公正的待遇。因爲，當孤弱無助的群眾受強梁欺壓時，他們就求助於某個以美德著稱的人；他爲了保護弱者不受傷害，建立公平的環境，使上層社會和下層社會享有同等的權利。制定憲法的理由與擁立德高望重者爲王的理由是相同的。因爲人們始終在求索的就是在法律面前享有平等的權利。因爲凡是權利，就應當人人共用，否則就不能算是權利。如果人們能通過某個公正善良者之手達到自己的目的，他們就心滿意足了；但要是他們沒有這樣的好運，那就只好制定法律，在任何時候對任何人都一視同仁。

因此，以下這一點是很顯然的：國家通常都是選擇那些在人民心目中德高望重、公正廉潔的人作爲其統治者。如果除公正之外，他們還被認爲有智慧，那麼人們就會認爲，他們在這種人的領導下沒有辦不到的事情。所以，應當想盡一切辦法培養和堅持公正，這既是爲了公正本身（因爲否則的話，它就不是公正），也是爲了提高個人的聲譽。

但是，像人們不僅有辦法弄到錢，而且還有辦法用它去投資，以便得到更多的錢來支付不斷出現的花銷——不僅爲了滿足基本的生活需要，而且還爲了使生活過得更加舒適——一樣，人們必然也有辦法贏得和利用榮譽。不過，蘇格拉底說得好：「獲得榮譽最容易的辦法——也可以說是一條捷徑——就是力求成爲自己希望被人們認爲的那種人。」因爲任何人，如果他認爲自己能用僞裝、虛假的表現、僞善的言辭和外表贏得持久的榮譽，那就大錯特錯了。眞正的榮譽，根深葉茂；而一切僞裝有如纖弱的花朵，開不了多久就會凋謝，任何虛假的東西都是不可能持久的。有許多事例都可以證實以上這兩個斷言，但爲了簡省篇幅，我只舉一個家族爲例：只要人們還記得羅馬，普布利烏斯的兒子提比略・格拉古就會受到人們的尊敬；但他的那些兒子卻相反，活著的時候爲愛國者所鄙棄，死了以後則被人們看作是即便被謀殺也是罪有應得的那種人。

十三

所以，任何一個人，如果他想要贏得眞正的榮譽，就必須履行公正所要求的那些責任。至於它們是什麼，我在前一卷裡已經說過了。

（十三）

但是，儘管問題的實質是，我們實際上就是我們希望被人們認爲的那種人，但還是可以制定某些規則，以便使我們能夠極其容易地獲得我們所是的那種人的聲譽。因爲，如果一個人在青年時代就有不負盛名的責任，不管這種盛名是仰仗其父親的聲望得到的（親愛的馬爾庫斯，我認爲你就是這樣的幸運兒），還是靠某個機遇或某種運氣得到的，那麼，大家的眼睛都會注視著他，審察他的生活和人品；他有如生活在光天化日之下，他的一言一行全都不可能保密。另一方面，那些出身微賤、早年不為世人所知的人，一旦到了懂事的年齡，就應當樹立遠大的理想，並且鍥而不捨地努力去實現這一理想。他們這樣做時必須要有較好的心理承受能力，因為人生的這一時期習慣於得到寵愛而不是遭到反對。

所以，我首先建議年輕人，如果可能的話，最好去從軍，設法在軍旅生活中贏得榮譽。在我們的祖先中，許多人就是作為軍人而出人頭地的。因為那時戰爭幾乎連綿不斷。但是你很不幸，你的青年時代偏偏遇上了這樣一場戰爭——一方罪惡累累，另一方卻屢屢失敗。不過，在這場戰爭中龐培還是讓你指揮一個騎兵中隊；你由於騎術高超，投矛準確，並且能經受住軍旅生活中的一切艱苦的考驗，贏得了這位偉人和全軍將士的讚譽。但是共和政體瓦解了，你的這點榮譽也就付諸東流了。

不過，我們現在要討論的不是你個人的經歷，而是帶有普遍性的問題。因此，讓我們再接著討論下去。

所以，就像在其他一切事情上腦力勞動比純粹的手工勞動重要得多一樣，我們用才智和理性努力達到的那些目的，比起靠體力努力達到的那些目的來，為我們贏得更高層次的感激之情。因此，最能使年輕人贏得普遍尊敬的優點莫過於克己與孝悌。其次，年輕人若要贏得人們的讚譽，最簡單的方法就是經常同著名的智者和愛國的公共事務顧問在一起。如果他們經常與這種人交往，公眾就會料想：既然他們自己選這種人為楷模，他們也會像這種人一樣。普布利烏斯・魯梯利烏斯青年時代常去普布利烏斯・穆丘斯家，這有助於他贏得品性正直和具有法學家才能的聲譽。然而，盧西烏斯・克拉蘇則不然，他雖然只是一個青年，卻不求助於任何人，完全靠自己的能力，在那次才華橫溢的、著名的指控⑮中為自己贏得了演說家的美名。在這種歲數，其他年輕人往往還只是在學校裡學習演講術，以教學練習中良好的表現博得人們的稱讚，而羅馬的德謨斯梯尼——盧西烏斯・克拉蘇卻已經在法庭上證明自己是一位演講大師了，儘管那樣，他可能還是在家裡孜孜不倦地研究演講術。

十四

但是，講話可以分為兩種：一種是交談，另一種是演說。毫無疑問，在這兩種講話中，這種辯論的能力（也就是我們所謂的雄辯術）對於贏得榮譽尤為重要；然而，和藹可親、謙誠有禮的交談對於贏得愛慕所起的作用，則是難以估量的。例如，我們讀過腓力寫給亞歷山大、安提派特寫給卡山得、安提戈努斯寫給小腓力的信。據說，這些信的作者是三位歷史上最聰明的人。在這些信中，他們教導自己的兒子要以溫藹的言辭贏得民眾的愛慕，以感人的演說保持其士兵的忠誠。但在群眾大會的辯論中所發表的演講常常能同時打動許多人的心，因為善辯且有見識的演講者必然受人崇

---

⑮ 克拉蘇在二十一歲時指控蓋烏斯・帕皮里烏斯・卡波（Gaius Papirius Carbo）犯有叛逆罪和敲詐勒索罪。由於克拉蘇口才出眾，指控有力，卡波無言自辯，畏罪自殺。

敬，他的聽眾必然會認為他比其他所有的人都聰慧明達。而且，如果他的演講還既莊重又溫和，尤其是一個年輕人具有這些品質，那麼他就會受到無以復加的崇敬。

但是，儘管有許多場合都需要口才，儘管我國有許多年輕人因其在法庭上、群眾大會上或元老院中的演說而贏得了榮譽，其中最令人讚歎的還是法庭上的演說。

法庭上的演說也可分為兩種：一種是起訴，另一種是辯護。雖然辯護方若獲勝更令人敬佩，但起訴方常常也能贏得美譽。我剛才提到的克拉蘇就是一個例子。馬可·安東尼在年青時代也獲得過同樣的成功。起訴曾使普布利烏斯·蘇爾皮西烏斯的口才受到世人的關注和稱讚，當時他指控蓋烏斯·諾巴努斯——一個煽動叛亂的危險分子。但是這種事情⑯不應當常幹——實際上，絕不應當幹，除非是為了國家的利益（像上面提到的那種情況），或為了雪冤（例如，像盧庫盧斯兄弟所做的那樣），或為了保護地方百姓（像我從前為保護西西里人所做的，或朱利烏斯為薩丁尼亞人的利益而起訴阿爾布西烏斯時所做的那樣）。盧西烏斯·富菲烏斯彈劾曼尼烏斯·阿奎利烏斯，同樣也幹得很出色。所以，這種事情一輩子做一次也就夠了，切不可常做。但是，假如國家需要某個人經常性地從事起訴工作，那他就應該把它當作為國效勞的事情去做，因為經常起訴國家的敵人並不是丟人的事。然而即便如此，也應當有個限度。因為對一個又一個的人提出起訴，要求剝奪他們的公

⑯ 指起訴他人。——中譯者

民權，這種事情似乎得由一個鐵石心腸的人，或更確切地說，得由一個幾乎不近人情的人來做。聽任別人把自己叫作「起訴者」，這不僅會給起訴者本人帶來很大的危險，而且也有損於他的名聲。馬爾庫斯・布魯圖斯後來之所以名聲不佳，就是因爲這個綽號造成的，儘管他出自名門，父親是一個著名的民法權威。

此外，還得謹愼地遵守下面的責任規則：絕不對一個可能是無辜的人提出控告，要求剝奪其公民權。因爲那樣做必然會使自己成爲一個有罪的人。因爲難道還有比用「自然」爲保護我們的同胞而賦予我們的辯才來詆毀好人更邪惡的嗎？雖然我們絕不應當指控無辜，但是我們對於有時爲罪犯進行辯護，不必有什麼顧忌，只要他不是腐敗透頂，臭名昭著，十惡不赦。因爲，人們希望有人替這種人辯護；這種做法已爲習慣所認可，並且也符合人道。法官在審案時始終應當力求弄清事實眞相；辯護人有時即使並不完全在理，也應當堅持那種似是而非的論點，儘管我不應當冒昧地說這種話，尤其是在討論道德的論文裡更不能這麼說，除非那位最嚴謹的斯多葛派學者帕奈提奧斯也持這種看法。因此，爲被告辯護也極有可能給辯護律師帶來榮譽和名望，特別是當他爲一個似乎受某個有權有勢者欺壓的被告提供幫助時，更是如此。我曾做過很多次這樣的事情，特別是我年輕時。有一次爲阿邁利亞的塞克斯圖斯・羅西烏斯辯護，當時對方的後臺是有權有勢的獨裁者盧西烏斯・蘇拉。我的這篇辯護詞已經發表，這你是知道的。

十五

我已經闡述了年輕人爲贏得榮譽應盡的道德責任。接下去我要談論的是仁慈和慷慨。表示善意的方式有兩種：一種是服務，一種是送錢。後者比較容易，特別是對於有錢的人來說更是如此；但是前者則更高尚、可貴，更適合於堅強而傑出的人。因爲，雖然兩者都要有一種慷慨助人的心願，但一種是提取自己的存款，另一種是付出個人的精力；財物的施捨會使慷慨的源泉枯竭。因此，慷慨反被慷慨誤：因爲一個人資助的人數越多，他所剩的能資助的財物就越少。但是如果人們在服務——即盡自己的能力，努力爲他人提供幫助——方面表現出慷慨和仁慈，那就會產生各種各樣的好處：第一，他們幫助的人越多，幫助他們行善的人就會越多；第二，由於養成了助人的習慣，他們爲公衆做起好事來可以說會做得更加周到、更加熟練。

腓力在一封信中嚴厲地指責他的兒子亞歷山大試圖用送錢的方法來博得馬其頓人的好感。他說：「究竟是什麼使你抱有這樣一種希望——你用錢賄買了這些人，他們就會對你俯首貼耳？難道你要使馬其頓人把你看作是他們的財務管理員和伙食提供者，而不是看作是他們的君王？」

「財務管理員和伙食提供者」這兩個稱謂用得好，因爲這對於一個王子來說是很可恥的；腓力還把送錢說成是「賄買」，「賄買」⑰這個詞用得更好。因爲這些收受者越來越墮落，而且變得更

⑰「賄買」（corruption）這個詞也含有腐敗、墮落、誘惑等意思。——中譯者

加貪婪，老想納賄。

雖然這是腓力教訓他兒子的話，但我們大家都應當將它銘記在心，引以爲鑑。因此，存在於個人的服務和努力之中的那種慷慨更可敬，其適用的範圍更廣，而且能使更多的人受益。那是毫無疑問的。不過，我們有時也應該送錢，這種慷慨也不要完全杜絕。我們應當經常接濟那些值得幫助的窮人，但做這種事情也必須愼重和適度。因爲許多人⑱就是由於亂施捨而將其祖上留下來的產業揮霍殆盡。如果一個人在做他喜歡做的事情時採取殺雞取卵的方法，即做過以後就沒有能力再做了，那麼，還有什麼比這更愚蠢的呢？另外，濫施捨也會導致劫掠⑲；因爲當人們由於濫施捨而開始生計窘迫時，他們就只好去掠奪他人的財產。所以，既然人們施惠的目的是爲了博得好感，他們這樣做是得不償失的——他們從饋贈對象那裡所得到的愛戴還抵償不了那些遭受他們掠奪的人對他們的仇恨。

因此，一個人的錢袋既不應當捂得太緊，當該慷慨解囊時也一毛不拔，也不應當放得太鬆，什麼人都可以從裡面掏錢。慷慨要有限度，應該量力而行。總而言之，我們應當記住人們常說的一句俗語：「施捨無止境。」因爲那些習慣於接受施捨的人總是想不勞而獲，經常不斷地得到施捨，而

⑱ 關於這方面，朱利烏斯・凱撒是一個顯著的例子。

⑲ 西塞羅顯然想到了諸如蘇拉、凱撒、安東尼、喀提林等人的例子——「貪求別人的東西，浪費自己的東西」。

那些過去沒有這種習慣的人，受他們的影響也希望得到同樣的施捨，因此對於這些人，施捨怎麼會有止境呢？

十六

一般說來，慷慨施捨的人有兩種：一種是胡施濫捨，另一種是仗義疏財。前者是指這樣一種人，他們浪擲金錢於宴請公眾、廣濟普施、角鬥表演、奢華的遊戲、野獸的格鬥等等——這些浮華的事情只能使人們保留短暫的回憶，有的甚至事過則忘。而後者則是指這樣一種人，他們慷慨解囊，從強盜手裡贖回被劫持的人質；或者替朋友還債，爲他們的女兒置辦嫁妝，幫助他們獲得或增加財產。因此，我不知道狄奧夫拉斯圖斯在寫《論財富》一書時究竟在想些什麼。該書大部分內容是不錯的，但他長篇大論地稱讚群眾遊戲的豪華設施，並且認爲把錢用在這上面是財富最高尚的特權，則是荒謬的。在我看來，財富所行使的那種仗義疏財的特權卻要高尚和實在得多，關於仗義疏財，我已經舉過幾個例子了。

亞里斯多德指責我們對那種爲博得群眾的好感而肆意揮霍錢財的行徑視若無睹，他的話說得更加眞切和中肯。他說：「假如一個城市被圍，城裡的人需要付一塊金幣才能得到一品脫水，那麼，起先我們似乎會覺得難以置信，驚訝萬分；但是他們考慮了以後，迫於需要，還是願意付出這塊金幣。然而，我們對於那種奢靡無度、大肆揮霍的行徑卻不以爲怪；而且，這種揮霍既不是爲了解決急需，也無助於提高揮霍者的威望，而群眾的滿足也只是短暫的，瞬息即逝；得到這種快樂的也只是那些最輕薄的人，而且即使在這些人身上，滿足一旦消逝，對於那種快樂的回憶也就終止了。」他的結論也是很精闢的：「這類娛樂只能取悅兒童、愚婦、奴隸和有奴性的自由人，一個頭腦嚴謹、在權衡這種事情時具有正確判斷力的人是絕不可能贊成這類娛樂的。」

但是我知道，在我們國家，每當最傑出的人物就任市政官時，人們就期待他舉行盛大的請客招待活動，這已經成爲一種固定的習慣，即使在古代盛世也是如此。所以普布利烏斯・克拉蘇（他不僅被冠以「富翁」的別號，而且實際上也很有錢），以及稍後的盧西烏斯・克拉蘇（儘管他的同僚昆圖斯・穆丘斯是世上最不鋪張招搖的人），在任市政官時，都舉行聲勢浩大的賽會或請客招待活動。然後是阿庇烏斯的兒子蓋烏斯・克勞狄烏斯，在他之後還有許多其他的人：盧庫盧斯兄弟、霍廷西烏斯和西拉努斯。但是，在我任執政官那年，普布利烏斯・倫圖盧斯使其以前所有的人都黯然失色，斯考魯斯又試圖超過他。我的朋友龐培在他第二次任執政官時所舉行的那些表演活動，更是盛況空前。過後你就會看到我對所有這類事情的看法。

十七

我們也應當避免任何吝嗇的嫌疑。馬穆庫斯是一個很有錢的人，他之所以未能當上執政官就是因爲他拒絕擔任市政官。所以，如果人們要求舉行這種請客招待活動，判斷力健全的人，即使心裡不願意，至少也要答應請客。但是在這樣做時，應當像我一樣，量力而行。他們如果以施財於民作爲在某種場合達到更重要或更有用的目的的手段，那麼也應當舉行這種請客招待活動。例如，奧瑞斯特斯最近以向神奉獻「什一祭品」爲藉口[20]，在街上大擺筵席，招待公眾，贏得了很大的榮譽。馬爾庫斯・塞尤斯在市場糧價高得使人不敢問津的情況下，以低得令人難以置信的價錢向人們拋售穀物，誰也不能說他的這一舉措是錯的；因爲這樣一來，他就成功地化解了人們對他的忌恨和由來已久的偏見，而這種支出對於當時做市政官的他來說負擔並不算太重，而且也沒有什麼不名譽的。但最近獲得最高榮譽的是我的朋友米洛，他爲了國家買了一幫鬥劍士（當時國家的維持取決於把我從流放中召回這件事情），並且用他們遏制了普布利烏斯・克洛狄烏斯鋌而走險、企圖實行恐怖統治的陰謀。

所以，施財的正當理由或則是必需，或則是謀利。而且即便如此，也最好採取中庸之道。的確，昆圖斯的兒子盧西烏斯・菲力浦斯（一個很有才能並且聲譽卓著的人）常常誇口說，他沒有請過什麼客，沒有招待過任何人，照樣躋身一切被認爲國家有權任命的最高職位。科塔和庫里奧可能都說過同樣的話。我——在某種程度上[21]——也可以這樣自誇，因爲和我在最低的法定年齡——而我剛才所提到的那些人則沒有這樣好的運氣——以全體一致通過的票數所當選的那些顯赫的職位相比，我爲當選市政官而支付的費用是微不足道的。

[20] 羅馬人常常拿出自己收入的十分之一敬奉某個神祇，以祈求他保佑自己事業興盛。奧瑞斯特斯為了博得世人好感，以向赫耳枯勒斯奉獻「什一祭品」為藉口，在街頭大宴公眾。——中譯者

[21] 之所以加上這一附言，是因為西塞羅從來沒有擔任過監察官的職務。

另外，倘若把錢用於修建城牆、船塢、港口、溝渠，以及所有那些服務於社會的工程，那麼，這種支出就更正當了。誠然，施捨像即期付款一樣，能使人得到更多一時的滿足，但是公共工程的改善會使我們贏得子孫後代更加持久的感恩。出於對故友龐培的尊敬，我不打算批評劇院、柱廊和新的寺廟㉒；但是那些最偉大的哲學家卻不讚賞那些建築——例如，帕奈提奧斯（我雖然追隨於他，但在本書中我並不是沒有自己主見地一味解釋他的思想）本人就不讚賞那些建築；法勒魯姆的德墨特里烏斯也是如此，他譴責希臘最重要的人物伯里克利把這麼多的錢全都浪費在修建那宏偉壯麗、聞名遐邇的雅典衛城入口上。不過，關於這個問題，我已在《論共和國》一書中詳細討論過了。

總之，一般說來，那種慷慨捐資修建奢華的公共建築的做法，本質上是錯誤的；但在某種情況下也可能是必要的；不過，即便如此，也應當量力而行，適可而止。

十八

至少第二種施財（即由一種慷慨的精神所激發的那種施財），我們也應當根據不同的情況區別對待。處於厄境的不幸者的情況和雖然無災無難但試圖使自己生活得更好的人的情況是不同的。我們應當更多地關心那些不幸的人，除非他們是罪有應得。當然了，對於那些希望得到他人的幫助以

㉒ 龐培在羅馬建造了許多豪華的建築物。——中譯者

便使自己的日子過得更好而不是爲了使自己免遭滅頂之災的人，我們也不應當一概拒絕予以幫助。但是在選擇合適的施善對象時，我們則應當運用判斷力和辨別力。因爲，如恩尼烏斯所說的那樣（他說得非常好），

「善行若施錯對象，在我看來，便是惡行。」

另外，對一個善良並且知道感恩的人施惠必然會得到報償——即不但會博得他的好感，而且還會博得其他人的好感。因爲，當恩惠並不是不加辨擇地濫施時，它必然會贏得最大的謝忱，人們也會以更大的熱情稱讚這種善行，因爲身居高位者的仁慈之心乃是每個人都可受用的「公共避難所」。所以，應當努力用這種仁慈去惠及盡可能多的人，讓受者的子孫後代永遠銘記這種仁慈，以便使他們也不會忘恩負義。因爲所有的人都厭惡忘恩負義，認爲這種邪惡的行爲也是對他們的一種傷害，因爲它會挫傷慷慨行善者的積極性。所以，他們就把忘恩負義者看作是所有窮人的公敵。

贖俘和濟貧是一種既有益於國家又有益於個人的施善形式。我們從克拉蘇的一篇演說辭中可以找到充分的證據，證明我們這一階層的人過去經常做這種善事。我覺得，這種施善形式比花錢辦賽會招待公眾好。前者適合於高尚的正人君子；後者適合於那些淺薄的阿諛奉承者（如果我可以這樣稱呼他們的話），可以說，他們是用無聊的歡娛迎合下層民眾變幻無常的喜好。

另外，一個君子不但應該慷慨施財，而且同時還應該體諒別人，不強行索要自己應得的報償，但在一切商務交往中——在買賣、雇傭、租賃，或由於毗鄰的房屋和田地而產生的各種交往中——則應當公平合理，經常慷慨地在自己的權益方面作大幅度的讓步，在自己的利益所容許的範圍內儘量不提起訴訟，有時即使自己的利益受點損失也在所不惜。因爲稍微放棄一些自己的正當權益不僅顯得慷慨，而且有時甚至也是有利的。但是，我們應當看管好自己的個人財產，因爲讓它從我們指縫中流失是不光彩的；不過，也不應當成爲守財奴，被人指摘爲吝嗇或貪婪。因爲，毫無疑問，財富的最大特權就是使人有做好事的機會而無需犧牲自己的產業。

狄奧夫拉斯圖斯還讚美「好客」，這是對的。因爲，至少在我看來，名人之家向貴賓開放是最恰當的。外國人在我們城邦準能受到那種熱情的招待，這也是我們國家的榮光。另外，對於希望用體面的方法獲得強大的政治勢力的那些人來說，能通過與其賓客的社會關係而享有盛名或在國外產生影響，也是一種很大的優勢。狄奧夫拉斯圖斯舉了一個特別好客的例子。他寫道，在雅典，西門[23]甚至還熱情接待他自己的同鄉拉基亞代人；此外，他還吩咐他的鄉間府邸的管家，凡是拉基亞代人來到他的鄉間府邸，都要盡心款待。

---

[23] 西門（Cimon，約西元前五一〇—前四五一年）：雅典政治家、將軍，雅典貴族家庭出身，父親米太亞德為軍隊司令官。——中譯者

十九

此外，不是通過施財而是通過個人服務㉔所表現出來的那種仁慈，有時惠及整個社會，有時惠及個別公民。保護一個人的合法權益（做他的法律顧問），或用那種知識爲盡可能多的人服務，往往可以擴大自己的影響，提高自己的聲譽。

因此，在我們祖先的許多令人欽佩的觀念中有一個觀念就是：總是高度重視對民法精義的研究和解釋。而且直到現在這種動盪的時代，國家的那些最傑出的人物仍然壟斷著這一行業；不過現在，法律學識的聲望已與榮耀顯赫的官職脫節；這是比較可悲的，因爲一個人㉕畢生致力於法學研究，在法律知識方面遠遠超過他的前人，然而在榮譽上卻和他們不相上下。不過，這類服務必定會得到許多人的稱讚，並且還可通過我們的優質服務密切與人民群眾的關係。

此外，與這一行業密切有關的是辯才；它既比較受人喜愛，又顯得比較卓越光彩。因爲還有什麼比雄辯更能引起聽眾的敬仰，喚起沮喪者的希望，或博得被辯護者的感謝呢？所以，我們的祖先就根據辯才選拔主要的文官。因此，熱愛自己的工作並遵循祖先的習俗心甘情願地無償爲許多當事人辯護的演說家，有很多機會向他人提供慷慨的援助。

㉔ 這裡，西塞羅所說的善行和個人服務是指律師所提供的那種自願而且無償的服務。

㉕ 這個傑出的法學家就是西塞羅的密友、西塞羅女兒去世時致西塞羅的那封著名的弔唁信的作者塞維烏斯・蘇爾皮西烏斯・勒莫尼亞・魯福斯（Servius Sulpicius Lemonia Rufus）。

我的論題給人以這樣一種暗示：在這一點上，我對雄辯術的衰落（雖不能說滅絕）再次表示遺憾。要不是怕別人認爲我這樣抱怨是爲了我自己的利益，我早就這樣做了。不過，我們知道，許多演說家喪失了生命，剩下來有出息的爲數不多，具有眞才實學的更是鳳毛麟角，而不學無術且自以爲是的卻大有人在。但儘管不是所有的人（不，甚至也不是許多人）都能精通法律或像律師那樣善辯，任何人都還是可以通過下述方法爲許多人提供服務：爲相約支持他們而進行遊說；在陪審團和法官面前爲他們的人品作證；照顧雙方的利益；替他們請律師或辯護人。從事這類服務的那些人贏得的感謝最多，他們的活動範圍也最廣。

當然，我們無需告誡那些執行這種路線的人（因爲這一點是不辯自明的）在試圖施惠於某人時應當小心，不要傷害其他的人。因爲他們常常傷害那些不該受傷害的人或那些傷害他們是不明智的人。如果他們這樣做是無意的，那是疏忽；如果是故意的，那就是魯莽了。一個人倘若不得已傷害了別人的感情，也應當儘量向那個人道歉，並且解釋他這樣做爲什麼是不可避免的，他爲什麼沒有其他的辦法；而且他將來一定要對那個人有所補償，以贖前愆。

二十

我們在向他人提供救助性服務時通常不是考慮到被服務者的品格就是考慮到他們的境況。因此，我們很容易作這樣一種表白（而且人們也經常這樣說）：在提供服務時，我們不是看對方的外在境況，而是看他的品格。這話說得多麼冠冕堂皇！可是，請問有誰在做這種服務時不是先盡著有錢有勢的人，而把雖然人格高尚但卻一貧如洗的人置於腦後呢？因爲，一般說來，我們總是願意幫助那種可望從他們那裡更快得到回報的人。但是我們應當更仔細地觀察事情的眞相：當然，我們所說的窮人不可能給與物質上的回報，但如果他是個好人，他至少會報以衷心的感謝。有人說得很中肯：「如果一個人還欠著債，那麼他就沒有還錢；如果還了，那麼他就不再欠債。但是，如果一個人以感恩相報，那麼他仍然有受人之惠的感覺；如果他有那種受人之惠的感覺，那麼他就已經還報了。」

另一方面，那些自認爲富有、尊貴、幸運的人甚至不屑於接受別人善意的服務。爲什麼呢？因爲他們認爲，他們接受某個人的服務（不管這種服務有多麼重要）乃是那個人的榮幸；他們甚至還懷疑那種服務居心叵測，或指望得到某種回報。不僅如此，他們還認爲，受人保護或被人稱作「受庇護者」和死一樣痛苦。相反，貧賤者，不管爲他做什麼事情，都覺得那是看在他本身而不是看在他外在境況的分上而做的。因此，他不僅盡力向過去曾經施惠於他的人表示謝意，而且還盡力向那些將來指望從他們那裡得到類似恩惠的人表示謝意——因爲他需要許多人的幫助；即使他偶爾報以某種服務，他也不會誇大其詞，而只會說，這只不過是區區小事，無足掛齒。另外，我們不應當忽略這樣一個事實：倘若爲一個富有的幸運兒辯護，那麼這種服務只不過惠及其本人，或者也許還有其子孫。但是，如果爲一個貧窮卻誠實正直的人辯護，則所有地位卑微而人格高尚的人——在百姓中這種人占很大的比例——都會把這類辯護者看作是爲他們建造的保護塔。因此，我認爲，爲好人服務是一種比爲幸運兒服務更好的投資。

當然，如果可能的話，我們應該盡一切努力施惠於各種不同處境的人。但是，假如在這一點上發生了責任衝突，那麼我的意見是，我們必須遵循地米斯托克利的忠告：有人徵求地米斯托克利的意見說，他的女兒應該嫁給貧窮而正直的人呢還是富有而不受尊重的人，地米斯托克利說：「要是我，我寧願要沒有錢的人，而不願要沒有人的錢㉖」但是，由於我們崇拜財富，現今的道德觀念已經敗壞墮落了。別人財富的多少與我們任何人有什麼關係呢？財產也許對它的擁有者有好處；不過也並非都是如此。但就算如此，他確實有較多的錢可以花費，他因此就能變成一個更好的人嗎？還有，如果他既是一個好人又是一個富人，那麼，只要幫助他的動機不是爲了謀取其財富，就不要讓他的財富成爲幫助他的障礙。但在施惠時，我們的決定應當完全取決於一個人的品格，而不是他的財富。

因此，就通過個人服務提供幫助而言，最高的準則是：絕不要接與正確對立或爲錯誤辯護的案子。因爲保持榮譽的基礎是公正，沒有公正就不可能有任何值得讚美的東西。

二十一

現在，關於那種與個人有關的救助性服務我已經討論完了，接下去要談的是那些涉及整個國家和全體國民的服務。在這些公益服務中，有些同全體公民有關，有些只涉及個人。後者更容易贏得

㉖「沒有人的錢」意指來路不正的，或採取有悖於人格的手段所獲得的錢。——中譯者。

人們的感謝。如果有可能，我們對這兩種服務都應當設法兼顧。但是我們在保護個人利益時必須注意，我們爲他們所做的事情應當有利於國家，至少不要損害國家的利益。蓋烏斯・格拉古廣泛地大量施捨穀物，結果使得國庫告罄。馬爾庫斯・屋大維則實行適度施捨；這既對國家來說是切實可行的，又對平民來說是必需的；所以，對百姓和國家都有好處。

但是，擔任行政職務的人首先必須注意：每個人都應當有屬於他們自己的東西；不能打著國家的旗號侵犯平民百姓的財產權。菲力浦斯當護民官時曾介紹其土地改革的方案，與此同時他提出了一項危害性極大的政策。儘管當他的法案被否決時，他欣然承認了自己的失敗，顯得非常溫雅，但他在就此議案而作的公開演說中卻扮演煽動者的角色，用心險惡地說：「全國擁有財產的還不到二千人。」那種演說應受譴責，因爲它主張對財產進行平均分配。還能想像得出比這更具危害性的政策嗎?因爲建立立憲國家和自治政府的主要目的就在於保護個人的財產權。因爲，雖然由於「自然」的指引，人們聚居在一起而形成社會，他們尋求城市的保護則是希望自己的財產不受侵掠。

政府還應當竭力制止徵收財產稅，而且爲了達到這一目的，事先早就應當採取各種預防措施。在我們祖先的那個時代，因爲國家財力短絀和連續不斷的戰爭，常常徵收這種稅。但是，如果任何國家（我之所以說「任何」是因爲我想泛指，而不想預卜我們國家的厄運；況且，我也不是在專門討論我們本國的事情）面臨危機而需要國人承受這種負擔，那麼也必須盡一切努力使所有的人都認識到，他們若想得救，就必須向不可避免的事情低頭。而且那些掌管國事的人也應當採取措施爲國人提供豐富的生活必需品。至於通常的方法和手段，就沒有必要討論了，因爲那種責任是不辯自明的，只要提一下就可以了。

但是在一切公共行政事務和公益服務中，最要緊的事情是絲毫不要被人懷疑有私心。薩謨奈人蓋烏斯·龐梯烏斯說：「要是命運不讓我在羅馬人開始接受賄賂之前出世，要是我生在他們接受賄賂的時代，那有多好！那時我就會讓他們不再擁有至高無上的權力。」此話不假，但他也許還要等好幾代，因爲我國只是最近才染上這種瘟疫。所以，我爲龐梯烏斯生於那時而非現在而感到慶幸，因爲他是個非常了不起的人物！從通過盧西烏斯·皮索的懲治腐敗法案迄今還不到一一〇年；在此以前，沒有這類法律。但繼之而來的卻有很多法律，一個比一個嚴厲；許多人被控告，許多人被判罪，因爲怕我們的法庭還要懲治其他的人，竟引起了一場可怕的戰爭[27]；當法律和法庭受壓制時，對同盟者的搶劫和掠奪又是何等的駭人聽聞[28]；因此，我們現在之所以覺得自己還算強大，並不是因爲我們自己有力量，而是因爲別人軟弱。

二十二

帕奈提奧斯稱讚阿非利加努斯爲官清廉。他爲什麼不應當受稱讚呢？但阿非利加努斯還有其他更加高尚的美德。爲官清廉這一値得自誇的美德不僅屬於他一個人，而且還屬於他那個時代。當保

---

27. 西元前一〇〇－前八十八年的義大利戰爭或同盟者戰爭。
28. 在蘇拉和凱撒獨裁統治時期。

盧斯攫獲馬其頓的全部財富（這是一筆巨大的財富）時，他把這麼多的錢財㉙全部上繳國庫，其中只要一個將軍的戰利品就夠抵將來羅馬全部的財產稅。但他帶回家去的，除了不朽的榮譽外，什麼也沒有。阿非利加努斯以其父親爲榜樣，並不因征服迦太基而中飽私囊。還有他當監察官時的同僚盧西烏斯・穆米烏斯，他又怎麼樣呢？當他把世界上最富有的城市夷爲平地時，他往自己的口袋裡裝過一分錢了嗎？他寧願用那些戰利品裝飾義大利，而不願意裝飾自己的宅第。但是在我看來，正因爲裝飾了義大利，他自己的宅第才顯得更有光彩。

現在還是讓我們言歸正傳：因此，沒有比貪婪更可憎的罪惡了，尤其是身居要職、掌握國家政權的人貪婪，那更是如此。因爲，利用國家謀取私利不僅是不道德的，而且也是有罪的、可恥的。所以，阿波羅在皮托所降的神諭——「將來斯巴達覆亡非爲他故，只緣貪婪」，看來不光是對拉棲第夢人㉚的預言，而且也是對所有富裕民族的預言。所以，對於那些掌管國事的人來說，沒有比克己自制更容易贏得民眾的好感了。

但是，有些人裝出一副民眾之友的樣子，他們爲了討好百姓，或則試圖使土地改革法得以通過，以便把土地佔有者逐出他們的家園，或則建議以前的債務應當一筆勾銷，這顯然都是在毀害國家的基礎：首先，他們是在破壞和諧，如果把一部分人的錢財奪走，送給另一部分人，和諧就不可

㉙將近二〇〇萬英鎊。

㉚即斯巴達人。——中譯者

能存在；其次，他們是在廢除公平，如果不尊重財產權，公平就會完全傾覆。因爲，正如我上面所說的，國家和城市的特殊功能就是保證每個人都能自由而不受干擾地支配自己的個人財產。然而，當他們採取上述手段侵害公共福利時，他們甚至得不到他們所預期的那種聲望。因爲，被剝奪財產的人把他們當作仇敵，而獲得財產的人卻佯稱自己並不希望得到那份財產；尤其是，當債務被一筆勾銷時，負債人卻不露喜色，因爲他們怕被人認爲還不起債，而這種錯誤的受害者不但會記恨在心，而且還會公開表示不滿。所以，即使因錯誤的決策而獲得財產的人多於被不公正地剝奪財產的人，他們也不會因此而有更大的影響力；因爲在這種事情上，影響力的大小不是根據人數，而是根據勢力來決定的。一個從來沒有什麼財產的人把人家多年擁有甚或祖傳的土地占爲己有，而以前擁有土地的人卻喪失了土地的所有權，這怎麼能算是公平呢？

二十三

正是因爲這種不公正的行徑，斯巴達人放逐了他們的五長官之一來山得，處死了他們的國王阿吉斯——斯巴達的一個史無前例的行動。從那時起——由於同樣的原因——出現了嚴重的意見分歧，結果是暴君崛起，貴族被流放，好端端的國家被搞得四分五裂。遭此不幸的還不只是斯巴達一個國家，這種錯誤的行徑像瘟疫一樣蔓延開來，它最初發端於拉棲第夢，後來逐漸擴大，致使希臘其餘各國也因此而相繼崩潰。我們的格拉古兄弟——即著名的提比略・格拉古的兒子，阿非利加努斯的孫子——怎麼樣呢？不也是因爲土地改革問題上的鬥爭而使得他們垮臺和喪命的嗎？

另一方面，西西昂的阿拉圖斯則應受到稱讚。當他的城市被僭主們統治了五十年之後，他從遙遠的阿爾戈斯來到西西昂，悄悄地潛入這個城市，以迅雷不及掩耳的攻勢佔領了該城，推翻了僭主尼科克勒斯，並且召回了曾是該城最富有的六〇〇個流放者，因此，他的到來使得他的國家變成了一個自由的城邦。但在財產和財產所有權的問題上，他覺得很難處理。一方面，他認爲，如果讓他所召回的那些曾被他人剝奪財產的人仍然受窮，那是極不公正的；另一方面，他又覺得，把持續了五十年之久的財產權打亂，也是不太公平的。因爲，經過這段漫長的時期，這些財產中有許多已由於繼承、買賣或陪嫁而轉入無辜者的手中。因而他認定，無論是從財產的現在佔有者那裡把財產奪走，還是在對其從前的所有人沒有補償的情況下讓它的現在佔有者繼續擁有，都是錯誤的。所以，當他得出要想圓滿地處理好這個問題就得有錢這一結論時，他就宣佈他要去一趟亞歷山大里亞，並吩咐說，在他回來之前一切維持現狀。之後，他便兼程去見他的朋友托勒密，當時托勒密乃是一國之主——亞歷山大里亞建城後的第二任國王。他對托勒密解釋說，他想使自己的國家恢復憲政自由，但目前卻遇到了難題。由於他是一個名望很高的人，所以沒有費多大的勁兒就從那位富有的國王那裡弄到了一大筆援款。他帶著這筆錢回到西西昂後，就召集了全城五十位最有威望的人進行商量。他同他們一起對佔有別人財產的那些人的情況和失去財產的那些人的情況都作了研究。他在對那些財產作了估價之後，就設法使某些人相信：放棄現有的財產而接受等值的金錢補償更可取；使另一些人相信：接受與他們失去的財產等價的現款比試圖要回自己過去的財產更划算。結果，雙方都各得其所，沒有一句怨言，保持了社會的和諧。

我們的國家也需要有這種偉大的政治家！這才是對待自己同胞的正確方法，而不是像我們已經兩次親眼目睹的那樣，在市場上豎起矛，把公民的財產拍賣掉。遠方的這個希臘人，像任何一個明智而卓越的人一樣，認爲他必須顧及所有人的利益。這就是一個好公民最卓越的政治才能和最健全的聰明才智——不使公民與公民之間在利益上發生衝突，相反，在不偏不倚的公正基礎上使全體公民和睦相處。「讓他們住在鄰居家的房子裡，用不著付房租。」㉛爲什麼要讓他們無償居住？我花錢買地、建房、維修，難道是爲了使別人可以不經我的同意享用屬於我的東西嗎？這不就是把屬於某個人的東西奪走，送給另一個本不屬於他的人嗎？取消債務，等於是你用我的錢購置田地，結果你有了田地，我卻沒有了錢，除此之外，它還有什麼意義呢？

二十四

所以，我們必須採取措施，避免出現那種具有危及公共安全性質的負債。這種危險在許多情況下是可以防止的；但是如果出現嚴重負債的情況，我們就不能聽憑富有者喪失其財產而讓債務人享用其鄰居的東西。因爲，能最有效地支撐一個政府的莫過於它的信譽；如果一個政府不用法律的手段迫使債務人償還債務，它就不可能有信譽。我當執政官時期，要求免除債務的呼聲最爲強烈。各個階層形形色色的人，手拿武器，企圖用武力強行通過廢除債務的提案。但是由於我竭力反對，這

㉛ 此話出自凱撒的敕令。

種瘟疫在我國得到了徹底的根治。從此，人們的負債額不再增加，清償債務也更加痛快或徹底，因爲欺詐債權人的希望已經破滅，如果欠債不還，政府就會用法律的手段強制債務人償債。但是現在的勝利者，雖然當時已被擊敗，卻仍然實行他從前的「廢債」計畫，儘管這一計畫對他個人來說已無任何好處。㉜他對做壞事表現出極大的熱情，即使沒有什麼目的，他也要去做，因爲做壞事已成了他的一個樂趣。

因此，那些關心國家利益乃是其責任的人切不可採取這樣一種慷慨的做法，即把某個人的財產奪走，送給另一個人而使其致富。首先，他們應當盡自己最大的努力，通過公正的執法和公平的判決使每個人的財產所有權得到保護，使窮人不因其無助而受壓迫，使忌妒不擋富人的路，阻礙他們保持或重新獲得理應屬於他們的那些財產的所有權。此外，無論是在和平時期還是在戰爭時期，他們還必須想盡一切辦法，努力增強國家的實力，擴大國家的疆域，增加國家的歲入。

從事這種服務需要有偉人的品質。在我們祖先的時代，經常有人提供這種服務。如果誰履行諸如此類的責任，那麼他不但會爲自己贏得名望和榮譽，而且同時也能爲國家提供出色的服務。

最近在雅典去世的斯多葛學派哲學家蒂爾的安提派特認爲，在那個涉及利的規則的一覽表

㉜ 凱撒似乎參與了西元前六十三年的喀提林陰謀，可能還參與了西元前六十六年至前六十五年的陰謀。當他對高盧的征服使他擺脫了債務並使他成為富翁的時候，他的黨羽，經他的同意，（於西元前四十九年）通過了一條令人生厭的法律，即欠款的利息應當免付，已經付了的應當從本金中扣除。

中，帕奈提奧斯忽略了兩點——關心健康和關心財產。我想，這位著名的哲學家之所以忽略這兩條，大概是因爲它們是不言而喻的。不管怎麼說，它們是有利的。雖然它們是理所當然的事情，我仍然想就這個論題說幾句。保持個人健康的方法是：考慮自己的體質；觀察什麼對自己的身體有益，什麼對自己的身體有害；在滿足身體的需要和舒適時始終克制自己（但只是克己到自我保存所必需的那種程度）；摒絕感覺上的享樂；最後，借助於專門研究這些問題的那些人的專業技術。

至於財產，賺錢是一種責任，但只是賺錢的手段應當正當；小心經營，勤儉節約，積蓄錢財，擴大資產，也是一種責任。這些道理，蘇格拉底的弟子色諾芬在一本名爲《經濟論》的書裡講得非常中肯。我大約在像你現在這個年紀的時候，就把這本書從希臘文翻譯成了拉丁文。

但是對於賺錢、投資（要是還包括花錢就好了）的這整個論題，「交易所」裡的某些值得尊敬的紳士作了比任何學派的任何哲學家所能作的更爲有益的討論。儘管如此，我們仍然必須注意賺錢、投資這些事情，因爲它們完全屬於利的範疇，而利則是本卷所要討論的問題。

二十五

但是，在兩利之間權衡輕重，常常是不可避免的（我已經說過，這是帕奈提奧斯所忽略的第四點）。因爲人們不但經常拿身體上的利同外在的利進行比較（以及拿外在的利同身體上的利進行比較），而且還經常對各種身體上的利進行相互比較，和對各種外在的利進行相互比較。身體上的利以下述這樣一種方式與外在的利進行比較：一個人也許會問，健康是否比財富更值得嚮往（因此，外在的利以這樣一種方式與身體上的利進行比較：財富是否比驚人的體力更好〕；而各種身體上的利可以相互比較，所以有人寧願要健康而不要感官上的享樂，寧願要力量而不要靈活。各種外在的利也可以相互比較：例如，有人也許寧願要榮譽而不要財富，寧願從城市產業中得到收益而不願從農莊中得到收益。大加圖的下述那些著名的答詞就屬於這類比較。有人問他財產最有利的特徵是什麼，他回答說：「成功地養牛。」其次是什麼？「相當成功地養牛。」再其次呢？「只是稍微成功地養牛。」第四呢？「種莊稼。」接著那個人又問：「放高利貸怎麼樣？」加圖反問：「殺人怎麼樣？」

從這段對話以及其他許多事例中，我們應當認識到，人們不得不對各種利進行相互比較，所以我們在討論道德責任時增加這第四部分是恰當的。

現在讓我們繼續討論其餘的問題。

第三卷　義與利的衝突

一

我的兒子馬爾庫斯，年齡和那位第一個以阿非利加努斯作爲其姓氏的普布利烏斯・西庇阿差不多的加圖告訴我們，西庇阿常說他在無事可做時從不感到無聊，在一個人獨處時從不感到怎麼孤獨。這的確是一種令人欽佩的情操，一種適合於偉大而睿智的人的情操。它表明，他即便在閒暇時腦子裡仍在考慮公眾事務，即使在一個人獨處時心裡仍在與自己進行交談；所以，他不但從來沒有無所事事的時候，而且還常常不需要伴侶。因此，使其他人變得懶散的這兩種情況——空閒與孤獨——對他來說都是一種激勵，使他更加振作。我希望我自己也能像西庇阿一樣說這種話，而且說的是實話。但是，儘管我不可能通過模仿而獲得這種優秀的品質，我還是嚮往這種品質，儘量做得與它近似。目前，由於武裝叛亂，我無法參與政治和從事法庭辯護，過著一種悠閒的生活。正因爲這一緣故，我離開了羅馬城，在國內到處漫遊，而且常常是一個人獨來獨往。

但是，我的空閒和孤獨不能與阿非利加努斯的空閒和孤獨同日而語。因爲他爲國效勞，功績卓著，工作之餘爲圖清閒，常常休假，離群索居。但我的空閒並不是出於什麼休息的意願，而是因爲我沒有公事可幹。現在，元老院取消了，法庭也關門了，我在元老院的議事廳裡或法庭的講壇上還有什麼不辱自尊的事情可做呢?所以,雖然我曾經常出現在大庭廣眾之中,但現在世界上到處都是無賴和惡棍,我只好避而遠之,儘量不公開露面,因而我常常孑身獨處。但是,哲學家教導我們,不僅應當在諸害之中擇其輕,而且甚至還應當吸取它們也許所包含的任何有利因素。正因爲這一緣故,我正在利用我的閒暇(雖然這種閒暇不是曾經使國家擺脫內亂而轉危爲安的人所應該有的);儘管我的這種孤獨是迫於情勢而非出於自願,我也不能讓自己因此而變得懶散。

但是,照我看來,阿非利加努斯贏得更高的讚譽。因爲從來沒有人發表過記述他才華的紀念性文字作品,所以我們不知道他空閒時撰寫過什麼著作,他的孤獨有什麼成果。根據這一事實,我們可以有把握地推斷;因爲他的思維活動和對他經常思考的那些問題的研究,他從來沒有無所事事的時候,從不感到孤獨。但是我卻沒有這種涵養,能以緘默的沉思來排遣自己的寂寞;所以我就一門心思致力於這種文字工作。因此,我在共和政體毀敗後的這一個短時期內的著述超過了共和時代我的著述的總和。

二

我親愛的馬爾庫斯,雖然整個哲學領域都是肥沃多產的,沒有哪一部分是貧瘠荒蕪的,但是,其中最富饒或最有成果的莫過於討論道德責任的那一部分,因爲從這些道德責任衍生出過一種始終如一和有道德的生活的法則。因此,雖然我相信,你正在我們的朋友、當代最傑出的哲學家克拉蒂帕斯的指導下孜孜不倦地學習和利用這些格言,但我還是認爲,你最好能多聽聽來自各方面的這類格言，而且，如果可能的話，其他的東西你什麼也不要聽。凡是企求榮耀生涯的人都應當把這些格言銘記在心，而且我傾向於認爲，你尤其需要這些格言。這是因爲人們對你寄予殷切的期望，希望你能像我一樣勤勉，繼承我的事業，贏得同我一樣的名望，你不能辜負他們的期望。此外，你生活在雅典，又有克拉蒂帕斯的指導，你肩上的責任就更加沉重，因爲你到那裡，就好像是去「採購」，但不是採購什麼物品，而是採購大量具有自由氣息的文化，假如你空手而歸，那是很不光彩的，而且還會玷污雅典和你恩師的盛名。所以，你要努力學習，勤修苦讀（如果讀書有如苦役而非享樂的話），竭盡全力，成就學業。當我爲你提供了生活和學習所必需的一切後，不要讓人說，只是你自己不努力。

關於這一點，我就不想多說了，因爲我以前在給你的信中這類鼓勵的話已經說得不少了。現在讓我們再回過頭來討論我們論題的剩餘部分。

帕奈提奧斯對我們所負有的道德責任的論述無疑是最透闢的，我大體上信從他的學說，但只是略有改動。他把人們經常考慮和權衡的那些倫理問題歸納成三個：第一問題是，所做的某件事情是有德的還是無行的；第二個問題是，它是有利的還是不利的；第三個問題是，假如義與貌似之利發生衝突，如何決定取捨。對於前兩個問題，他用三個章節的篇幅作了詳細的闡述；對於第三個問題，他說，他打算在適當的時機再作討論，但是他一直沒有履行自己的諾言。我對此感到比較奇怪，因爲根據他的學生波塞多尼烏斯的記錄，帕奈提奧斯在他發表那篇含有三個章節的論文之後還活了三十年。還使我感到驚訝的是，波塞多尼烏斯在他的一些回憶文章中只是簡要地提到這個問題，尤其是因爲他曾說過，在整個哲學領域裡沒有比這個問題更基本、更重要的了。

現在，我不能接受這樣一種人的觀點，他們說，帕奈提奧斯並不是忘了這個問題，而是故意把它刪了，它根本沒有討論的必要，因爲利與義之間絕不可能發生諸如衝突這類事情。不過，關於這一斷言，有一點是可以懷疑的，那就是：帕奈提奧斯所歸納的第三個大問題是應該被包括在內呢，還是應該被刪除？但是另外有一點卻是無須爭議的，那就是：這個問題曾確實被包括在帕奈提奧斯的計畫之內，而他從未加以論述。如果一個著者把一個論題分爲三個部分加以論述，那麼當他論述完了其中的兩個部分之後，他必須還得論述第三部分，這是毋庸置疑的。況且，他自己在那篇論文的第三章結束時曾說過，他要在適當的時機討論這個問題。我們還在波塞多尼烏斯那裡得到證明這個事實的可靠的證據。他在一封信中寫道：普布利烏斯・魯梯利烏斯・魯福斯（他也是帕奈提奧斯的一個學生）經常說，「正像從來沒有一個畫家去補畫阿佩勒斯未完成的科斯島的維納斯畫像一樣（因爲她的臉美到使人無法把她身體的其他部分畫好），因爲帕奈提奧斯對前兩個問題闡述得太精闢了，所以也沒有人敢去補寫他未論述的第三個問題。」

三

所以，關於帕奈提奧斯的眞實意圖，那是無可置疑的。但是他把這第三個問題加到關於責任的研究中是否有道理，這也許是一個值得探討的問題。因爲，斯多葛學派相信，道德上的善是唯一的善；你們亞里斯多德學派認爲，道德上的善是最高的善，其「重量」超過其他一切品德的總和；

無論根據哪一派學說，利與義絕不可能發生衝突這一點則是毫無疑義的。因此，我們聽說，蘇格拉底經常咒罵最先在各種本質上不可分的事物之間作概念上的區分的那些人。斯多葛學派同意他的觀點，因爲他們認爲，一切有德之事都是有利的，凡是無行之事都不可能有利。

但是，正像某些哲學家以快樂或沒有痛苦爲標準來衡量各種事物是否值得嚮往一樣，有些人也認爲，美德之所以値得培養只是因爲它能產生利。假如帕奈提奧斯是這種人，他可能會說，利有時候會與道德上的正直發生衝突。但是，既然他斷定義是唯一的善，凡是與此發生衝突的事物只是徒有利的外表而已，無論其存在與否絲毫不會影響生活的好壞，因而，他就不應該提出貌似之利與義究竟孰重孰輕的問題。而且，斯多葛學派說這種最高的善就是「過順應『自然』的生活」，我想，他們的意思是：我們始終要與美德保持一致，而且從其他一切可以與「自然」協調一致的東西中只能選擇那種不是與美德不相容的東西。正因爲如此，有些人就抱有這樣一種看法：介紹那利義抵消的做法是不對的，對於這個問題根本不應該作任何實際的指導。

然而，眞正而又恰當的道德上的善乃是智者獨有的特性，它與美德是不可分的。沒有完滿智慧的人不可能具有完滿的道德上的善，最多只能具有一種類似於道德上的善的品性。其實，這三卷中所討論的這些責任斯多葛學派叫作「普通的責任」①；它們是一種人們普遍都負有的責任，其適

① 見第一卷，第三節。

用範圍很廣；許多人通過善良的本性和學識的增進而達到對它們的認知。但是，斯多葛學派稱之爲「義」的那種責任則是完滿的和絕對的，用斯多葛學派的話來說，它「滿足一切數」②；除了智者以外，誰也不可能達到那種責任。另一方面，當有人做出某個我們看到其中顯示出「普通的」責任的行爲時，人們一般就把那個行爲看作是十分完滿的，因爲一般人通常並不瞭解這種行爲與眞正的完滿相比差得有多遠；但是，由於他們的理解力確實有限，他們認爲這種行爲與眞正的完滿並沒有什麼差距。在對詩歌、繪畫和其他許許多多藝術作品的評判中經常會出現上述這種情況：普通人欣賞並且讚美那些不值得讚美的東西。我想，產生這種情況的原因是，這些作品具有某種爲無知者所喜愛的優點，因爲他們沒有能力發現他們面前任何一件特定作品的缺點。所以，他們一經專家的指點，立即就放棄自己以前的看法。

四

因此，斯多葛學派稱履行這些責任（即我在這幾卷中所討論的那些責任）是一種「第二等級的」道德上的善，它並非爲他們所說的那種智者所獨有，而是爲全人類所共有。因此，這種責任對

② 即滿足一切絕對完滿的要求——此話暗指畢達哥拉斯學派的這樣一種學說：特定的數代表特定種類的完滿；「絕對的責任」把它們全都結合在一起。

所有天生嚮往美德的人都有吸引力。我們稱德奇烏斯父子③或西庇阿兄弟④爲「勇敢者」，稱法布里齊烏斯（或阿里斯提得斯）爲「正義者」，但這絕不是說，我們把前者當作勇敢的完美典型，把後者當作正義的完美典型，好像我們從他們某個人身上看到了那種理想的「智者」似的。因爲他們之中沒有一個人具有我們希望人們瞭解的那種智慧。馬爾庫斯・加圖和蓋烏斯・萊利烏斯雖被人們認爲並且叫作「智者」，但都沒有那種完滿的智慧。甚至著名的「七賢」也沒有那種「智慧」。但是，因爲他們始終不渝地履行「普通的」責任，他們看上去在某種程度上類似於智者。

因此，無論是權衡眞正的德行與和它相衝突的利孰輕孰重，還是權衡普通的德行（有些人希望被人們看作是好人，他們便培養這種德行）與有利的東西孰輕孰重，都是不正當的；但是，像眞正的智者應該小心謹慎地遵守和奉行嚴格意義上的那種眞正的義一樣，我們普通人也應該同樣小心謹慎地遵守和奉行我們所能理解的那種義。因爲不然的話，我們就不能繼續朝著美德的方向前進。

關於那些由於其小心履行責任而贏得好人名聲的人，就講這麼多。

另一方面，那些以好處和個人利益爲標準來衡量一切事情，並且拒絕把道德上的正直看得比這些利益更重要的人，在考慮問題時，總是習慣於在道義與他們認爲有利的東西之間進行權衡。好人

③ 即普布利烏斯・德奇烏斯父子。父親曾參加第一次薩謨奈戰爭，在維塞里斯（Veseris）戰役中陣亡；兒子曾參加第二次薩謨奈戰爭，在桑蒂努姆（Sentinum）戰役中犧牲。——中譯者

④ 即格奈烏斯・科內利烏斯・西庇阿和普布利烏斯・科內利烏斯・西庇阿。兩人都是勇敢的軍人。——中譯者

就不是這樣。所以我相信，帕奈提奧斯的「人們在作這種權衡時常常猶豫不決」這句話所要表達的準確的意思是——「他們常常如此」，而不是他們應該如此。他並不贊成作這種權衡，因爲不僅重貌似之利而輕義，甚至將貌似之利與義對立起來，在這兩者之間進行選擇時猶豫不決，也是非常不道德的。

那麼，有時是否可以有疑慮呢？我認爲是可以的，當人們對一個行爲的性質還沒有考慮清楚時可以有所疑慮。因爲，由於特殊情況，常常出現這樣的事情：在一般情況下常常被認爲是無行的事情，結果發現它並非無行。爲了舉例說明，讓我們假設某種可以適用於更廣範圍的特殊情況：還有什麼比殺死自己的同胞，尤其是自己親密的朋友，更兇殘的罪行呢？但是，如果有人殺死一個暴君——儘管這個暴君是他最親密的朋友——他就問心無愧，難道不是嗎？不管怎麼說，至少羅馬人就抱有這種看法，因爲他們認爲，在一切榮耀的行爲中，這種行爲是最高尚的行爲。那麼，是不是利勝過了道德上的正直呢？完全不是，道德上的正直與利攜手同行。

所以，應當制定某種一般性的規則，以便每當我們稱之爲利的東西與我們認爲是義的東西似乎發生衝突時，使我們能作出正確無誤的決定；而且，如果我們在比較各種行爲路線時遵守那種規則，我們就永遠不會背離責任之路。另外，那種規則必須與斯多葛學派的體系和學說完全協調一致。在這幾卷中我所遵從的就是他們的教誨，原因是因爲：老學園派和你們亞里斯多德學派（亞里斯多德學派和學園派曾是同一個學派）認爲，義勝過貌似之利；但是，對於這些問題，有些人認爲，凡是有德行的事情必然也是有利的，凡是有利的事情同時也是有德行的；而另一些人卻認爲，有德行的事情不一定是有利的，有利的事情不一定是有德行的；前者的觀點比後者更有啓發性。但是我們新學園派允許我們有廣泛的自由，所以，我有權捍衛任何一種我認爲是最可信的理論。但還是讓我們再回到我所說的規則這個話題。

五

那麼，對於一個人來說，奪旁人之物，和靠旁人之失而得利，比死亡、貧窮、痛苦，或其他任何人身或財產方面的不幸更有悖於「自然」。因爲，首先，對於社會生活和人與人之間的夥伴關係來說，不義是致命的。如果我們每個人爲獲得某種個人利益都想欺騙或傷害旁人，那麼，維繫人類社會的那些紐帶（它們是最符合於「自然」規律的）必然會被摧毀。打個比方，假如我們人體的每個器官都有這種思想，以爲攝取其鄰近器官的精力就能使自己變得更加強壯，那麼，整個身體就必然會衰亡；同樣，如果我們每個人都掠奪旁人的財產，彼此都將他人之物挪爲己用，那麼，維繫人類社會的紐帶必然會被沖毀。因爲，即使每個人更喜歡爲自己而不是爲旁人謀取生活必需品，這也並不與「自然」規律相衝突；但是「自然」規律肯定不允許我們採用劫掠他人的方法來增加自己的財產。

但是，這一原則不光是根據「自然」規律（也就是普通的公平法則），而且也是根據各個特定社會的情形而制定的，作爲個體的國家就是按照這一原則來維護公眾利益的。所有這些國家全都規定：不允許任何人爲了自己的利益而損害旁人。因爲對於這一點，法律已予以關注；這是法律的宗旨，因爲公民之間聯繫的紐帶不應當受到損害；誰試圖破壞這種紐帶，誰就要受到處死、流放、監禁或罰款等懲罰。

另外，直接聽命於「自然」中的「理性」（這種「理性」是神和人的法律）就能更有效地貫徹這一原則。如果任何一個人願意傾聽那個聲音（凡是按照「自然」規律生活的人都願意傾向那個聲音），他就絕不會覬覦旁人之物，或將旁人之物占爲己有。再說了，崇高而偉大的精神、謙恭、公正和慷慨也遠比自私的享樂、財富和生命本身更符合於「自然」。但是，在權衡這些後者（即自私的享樂、財富和生命本身）與公共福利孰輕孰重時，鄙視這些後者，將它們看作是無足輕重的東西，是需要有勇氣和魄力的。〔而對於任何人來說，爲了自己的利益而劫掠旁人之物比死亡、痛苦以及諸如此類的不幸更有悖於「自然」。〕

同樣，效法偉大的赫耳枯勒斯，如可能的話，爲救助世人而吃大苦耐大勞，這比過隱居生活（過這種生活的人不僅無憂無慮，而且逸樂自得，富裕殷實，同時還在容貌和體力方面勝過其他人）更符合於「自然」。所以，赫耳枯勒斯就克制自己，爲救助世人而歷盡艱辛。出於對他貢獻的感激，世人將他奉爲神祇。

因此，一個人的品質越是美好和高尚，他就越是喜歡過奉獻的生活，而不喜歡過享樂的生活。由此可以作出這樣的推斷：如果一個人順從「自然」，他就不可能做傷害自己同胞的事情。

最後，一個人做損人利己的事情，不外乎有兩種情形：要麼他認爲自己的行爲並不違背「自然」；要麼他認爲，比起對他人不公正的行爲來，死亡、貧窮、痛苦，甚至子女或親朋好友的喪失，更應當加以避免。如果他認為傷害自己的同胞並不違背「自然」規律，那麼，同這種完全沒有人性的人還有什麼可說的呢？但如果他認為，雖然這種行為應該避免，但另一些事情——即死亡、貧窮、痛苦——則更加糟糕，那麼他的想法也是錯誤的，因為他錯誤地認為，自己身體或財產所遭到的不幸比自己靈魂所遭到的不幸更嚴酷。

六

所以，把各自的個人利益與整個國家的利益融為一體，應當是所有人的主要目標。因為，如果個人為了各種自私的目的而把本應用於公共福利的東西占為己有，那麼，人與人之間的夥伴關係就會完全被摧毀。

進一步說，如果「自然」規定一個人應當想望增進他人的利益（不管他是誰，只是因為他也是一個人），那麼，根據這同一個「自然」，可以作出這樣的推論：所有人的利益都是一致的。如果這是真實的，那麼我們全都受同一個「自然」規律的支配；而如果這也是真實的，那麼「自然」規律肯定不允許我們傷害旁人。由於第一假設是真實的，所以最後這個結論同樣也是真實的。有些人抱有一種荒唐的看法，他們說，他們不會為了自己的利益而掠奪父母或兄弟的東西，但他們與其他公民的關係則完全是另一回事。這種人實質上主張，他們與其他公民之間並不存在什麼彼此應承擔的義務、社會聯繫或共同利益。這種態度毀害文明社會的整個結構。

另外還有一些人，他們說，自己同胞的權利應當受到尊重，但外國人則另當別論。持有這種觀點的人是想破壞人類普遍的友善之情。這種情感一旦泯滅，仁慈、慷慨、善良和公正必然會衰敗無遺。所以，凡是破壞這種人類普遍的友善之情的人，肯定會被認爲是邪惡地反叛不朽的神祇，因爲他們想徹底摧毀神祇在人與人之間所建立的夥伴關係。這種夥伴關係的最緊密的紐帶是這樣一種信念：一個人爲了自己的利益而掠奪他人之物比忍受一切可能的、財產或身體……或甚至靈魂的損失更有悖於「自然」——就這些損失與公正無關而言⑤；因爲公正是一切美德中最崇高的美德。

但是，也許有人會說：「那好，假如一個智者快要餓死了，難道他不可以奪某個完全無用的社會成員的麵包嗎？」〔完全不可以，因爲對於我來說，我的生命並不比會阻止我做損人利己之事的那種靈魂傾向更寶貴。〕「或者說，假如一個正直的人能剝掉殘忍且無人性的暴君法拉里斯的衣服，難道他爲了自己不被凍死不可以這樣做嗎？」

這些情況很容易作出決斷。因爲，一個人只是爲了自己的利益而掠奪他人之物，哪怕這個被掠奪者是個完全無用的傢伙，那也是一種卑鄙的行徑，而且也違背「自然」規律。但假定一個人，他存活下來就能爲國家和人類社會提供偉大的服務——如果他出於那種動機而掠奪他人之物，那就不應該受指責。但如果情況並非如此，那麼每個人都必須承擔自己的不幸，而不應當剝奪旁人的權利。所以，雖然我們不能夠說疾病、貧困或諸如此類的不幸比覬覦和佔有旁人之物更有悖於「自

⑤ 即在任何情況下，得失都不能成為違背公正的理由。

然」，但我們的確主張，漠視公共利益是違背「自然」的，因爲這是不公正的。因此，「自然」規律本身，由於它維護人類的利益，肯定會作出這樣的決定：一個智慧、勇敢的好人在急需時應當將無用懶漢的生活必需品轉移到自己手裡。因爲好人之死乃是公共福利的重大損失。但他必須小心，在這種所有權的轉移中應當自尊自愛，切不可乘機幹壞事。倘若好人能根據這種「自然」規律作出決斷並指導自己的行動，他就會始終履行自己的責任，增進我非常喜歡談論的那種人類社會的共同利益。

至於法拉里斯的那種情況，要想作出決斷，那很簡單：我們同專制者的關係並不是什麼夥伴關係，而是水火不容的死對頭。搶這種人的東西（如果你能搶到的話）並不違背「自然」，甚至將他殺死也是正當的；——不僅如此，而且還應當把那些害人的、可惡的丑類統統從人類社會中清除出去。我們可以採取適當的辦法做到這一點。正像某些器官由於表現出無血的徵象（實際上已經壞死）而被摘除一樣（因爲若不摘除，就會影響身體其他器官的健康），我們也應當把那些人面獸心的怪物從可被稱爲人類共同體的集體中清除出去。

所有這些問題都是這樣一種問題：在這些問題中我們必須確定道德責任是什麼，因爲它隨著情況的變化而變化。

七

我相信，要不是某個偶然事件或其他什麼事情中斷了帕奈提奧斯的計畫，他一定會將這種問題研究到底的。在他早期著作中就有許多闡釋這些問題的規則，人們從這些規則中可以獲知：什麼是不道德的，所以應當避免；什麼根本就不是不道德的，所以無須避免。

可以說，我們現在正在給我們的「建築物」上拱頂石。當然，這個「建築物」現在還沒有竣工，不過差不多也快要落成了。正像數學家往往並不是對每一個命題都加以證明，而是規定某些公理假定是正確的，以便更容易說明他們的意思一樣，親愛的馬爾庫斯，我也請你和我一起假定（如果你能做到的話）：除了義之外，沒有什麼是值得爲其本身而追求的。假如克拉蒂帕斯⑥不允許你作這種假定，你至少也得同意這樣一種說法：義是最值得爲其本身而追求的東西。以上這兩種說法無論哪一種都足以表達我的意思；我有時似乎覺得前一種說法比較可信，有時又似乎覺得後一種說法比較可信；但除此以外，根本不可能有第三種可信的說法。⑦

首先，在這一點上我得爲帕奈提奧斯進行辯護，因爲他並沒有說過在某些情況下眞正的利會

⑥ 作為一個亞里斯多德學派哲學家，克拉蒂帕斯堅持認為，世界上不但有道德上的善，而且還有自然的善：因此，健康、榮譽等等也是善，值得為其本身而追求，儘管它們在等級上低於美德。但斯多葛學派哲學家（西塞羅現在正是作為一個斯多葛學派哲學家在說話）並不認為所有這些其他的幸事是「善的」，也不認為它們是「值得為其本身而追求的」，而是認為它們是「無關緊要的」。

⑦ 因此他把伊壁鳩魯、昔勒尼等學派的哲學家撇在一邊，甚至連提都不提。

與義發生衝突（因爲憑良心說，他不可能說那種話⑧），而只是說貌似之利可能會與義發生衝突。因爲他經常證明這樣一個事實：凡眞正有利的無不同時也是義的，凡是義的無不同時也是有利的。而且他還說，對人類生活危害最大的莫過於把這兩個概念割裂開來的那些人的學說。所以，他所說的利義衝突是一種表面上的衝突，而不是一種眞正的衝突。他引入這種衝突，並不是爲了叫我們在某些情況下應當重利輕義，而是爲了使我們在利與義發生衝突時能毫不猶豫地作出抉擇。因此，我一定要把帕奈提奧斯刪掉的這部分內容補上。但是，要完成這項任務卻無可依傍，只能像俗話所說的，單槍匹馬，孤軍作戰，因爲儘管自帕奈提奧斯以來有人也曾對這個問題作過論述，但就我所掌握的那些材料來看，它們全都不能令我滿意。

八

當我們遇到某種貌似之利時，我們勢必爲之動心。但如果人們經過周密的考察，發現這種貌似之利與某種不道德的行爲有聯繫，那麼，人們不一定要犧牲利，但是要認識到凡是不道德的事情都不可能是有利的。但如果最違背「自然」的莫過於不道德（因爲「自然」要求正義、和諧、一致，厭惡它們的對立面），如果最符合「自然」的莫過於利，那麼，利和不道德肯定不能共存於同一個對象之中。

⑧ 因為他是一個斯多葛學派哲學家。

另外，如果我們生來就嚮往道德上的正直，而且如果那種道德上的正直，或者像芝諾所認爲的那樣，是唯一值得追求的東西，或者至少像亞里斯多德所認爲的那樣，應當被看作是其重要性遠遠超過其他一切事物的東西，那麼，就必然得出這樣的結論：義不是唯一的善就是最高的善。由於善的東西必定是有利的，因而義的東西也是有利的。

所以，並非絕對正直的那些人的錯誤就是：牟取某種貌似之利，並且乾脆認爲那與道義問題無關。謀殺者的匕首、下了毒的美酒、僞造的遺囑，都源於這種錯誤；這種錯誤導致偷盜、貪污公款、剝削和掠奪屬地和本國公民；這種錯誤還引發這樣一種欲望：希求大量的財富、獨斷的權力，最後甚至想要使自己成爲一個自由國度中的君王。這種熱望是最可怕、最令人厭惡的，因爲他們爲貌似之利所迷惑，只看到物質上的回報，而看不到懲罰——我並不是指他們常常逃避的那種法律上的懲罰，而是指一切懲罰中最嚴厲的懲罰，即他們自身道德的淪喪。

所以，應當清除這種猶豫不決者（因爲他們的整個群體是邪惡的），他們耗費心思地考慮：是應當去做那種自己認爲是符合道義的事情呢，還是應當不惜玷污自己的雙手，去幹那種自己明知是罪惡的勾當。因爲，即使他們從未將這種罪惡的行爲付諸實施，他們作這種考慮本身就是一種罪過。因此，那些行爲根本就不應當考慮，如果考慮了，那就是不道德的。

另外，我們在考慮問題時，必須打消任何徒然的希望和想法，切不可以爲我們的行爲是可以掩飾和保密的。因爲，只要我們眞的學過一些哲學，我們就應當完全相信：即使我們可以躲過神祇和凡人的眼睛，我們還是不應當做任何帶有貪婪、不公正、淫欲或放縱意味的事情。

九

爲了闡明這一眞理，柏拉圖引述了關於古革斯的那個眾所周知的故事。有一次，暴雨過後地面突然裂開，古革斯掉進了那個裂罅中。他在那裡看見一匹銅馬，馬的肋部有一個門。他打開那個門，看到裡面有一具巨人的屍體，屍體的手指上戴著一枚金戒指。他把這枚戒指取下，戴在自己的手上，然後去參加一個侍衛的聚會，因爲他是國王的侍衛。在那裡，他發現，若把戒指的寶石座向內轉到手掌一面，別人就看不見他了，而他自己卻什麼都能看見；只要把寶石座轉回原來的位置，別人又能看見他了。於是，他就用這種隱身術勾引王后，使其墮落，並借助於她，殺死了國王，除掉了所有他認爲擋他道的人，而他的這些罪惡行徑卻無人知曉。就這樣，他憑藉這枚戒指，很快就當上了呂狄亞的國王。

那麼，假定一個智者恰好有這樣一枚戒指，情況會是怎麼樣呢？他並不會想到自己可以比以前沒有這枚戒指時更加自由地做壞事。因爲好人所希求的並不是隱秘，而是義。

然而，在這一點上，某些哲學家（雖然他們完全沒有什麼惡意，但他們並不是很有洞察力）說，柏拉圖講述的這個故事是虛構的，杜撰的。好像柏拉圖說過這個故事是眞實的或有可能發生的似的！其實，這個故事眞正的寓意在於：假如當你爲得到財富、權力、君權或肉體上的滿足而做任何事情時，沒有人能知道或甚至會懷疑你究竟做了些什麼——假如你的所作所爲永遠不爲神祇和凡人所知曉，那麼你會像這個故事中的古革斯那樣做嗎？他們說，這種情況是不可能的。當然這是不可能的。但我的問題是：假如他們所說的那種不可能的情況是可能的，那麼請問，人們會怎麼做？

他們固執己見，一味堅持自己的觀點說，這是不可能的。他們拒絕瞭解我所說的「假如是可能的」這一表述的含義。因爲我們是問：假如他們能夠不被察覺，他們會怎麼做；而不是在問：他們是否能夠不被察覺。我們似乎把他們綁在拉肢刑架上拷問：如果他們回答說，要是保證不受懲罰的話，他們會做那種主要是對他們自己有利的事情，那麼這就表明他們具有犯罪的意向；如果他們說，他們不會這樣做，那麼他們也就是承認：應當避開一切本質上邪惡的東西。

現在讓我們言歸正傳。

十

常常出現許多由於貌似之利而使我們感到困惑的情況：在這些情況下所產生的疑問並不是應不應當爲某個相當大的利而犧牲道德上的正直（因爲那當然是錯誤的），而是能不能不無道義地獲取貌似之利。布魯圖斯曾罷免其同僚柯拉梯努斯的執政官職務。布魯圖斯的這一舉措可能會被認爲是不公道的，因爲柯拉梯努斯一直是他的合夥人，以言論和行動幫助他驅逐王室。但既然國家領導人已決定把「驕橫的塔奎尼烏斯」⑨的所有親屬逐出羅馬，取消「塔奎尼烏斯」這個姓氏，消除一切使人緬想君主政體的東西，那麼，這一舉措不僅是有利的（即符合國家的利益），而且也是非常正

⑨ 伊特魯里亞的暴君，被布魯圖斯逐出羅馬。——中譯者

當的，甚至連柯拉梯努斯本人都應當承認這樣做是公正的。[10]因此，利之所以獲勝是因爲它符合道德上的公正。沒有道德上的正直，就不可能有利。

至於創建羅馬城的那個國王[11]，則是另一種情形：他爲貌似之利所驅使；當他認爲自己獨自君臨比與他人分享王權更有利時，他就殺死了自己的兄弟[12]。他爲了得到這種貌似之利（實際上這並不是利），置手足親情與人類情感於不顧。然而，他卻替自己的行爲辯解說，他這樣做是因爲瑞穆斯躍過他新築的城牆，當眾羞辱並激怒了他──這種辯解貌似道德上的正直，其實完全是沒有道理的，或者是理由不充足的。因此，儘管人們對他懷有敬意，但恕我直言，不管他是神還是人，他這樣做是有罪的。

但是，我們也不必犧牲自己的利益，把自己需要的東西讓給別人。相反，每個人，只要他不損害旁人，都應當考慮其自身的利益。在這方面，克利西波斯[13]曾作過非常貼切的比喻。他說：「一個人在參加競走比賽時，應當盡自己最大的努力，全力以赴去爭取勝利，而絕不可用腳去絆或者用

⑩ 柯拉梯努斯與王室有親屬關係。──中譯者

⑪ 羅穆路斯。根據神話傳說，他是羅馬城的奠基者。──中譯者

⑫ 瑞穆斯。羅穆路斯的孿生兄弟。──中譯者

⑬ 克利西波斯（Chrysippus，約西元前二八〇─約前二〇六年）：索利的希臘哲學家，曾在克萊安西斯指導下研究斯多葛學派的哲學。──中譯者

手去拉扯他的競爭對手。在人生的賽場上也應當遵守這一規則：任何人都可以公平地追求自己的利益，謀取他所需要的一切，但他無權掠奪旁人的東西。」

但是，在友誼問題上，人們的責任觀念非常混亂。因爲，無論是自己能夠幫助而未幫助朋友，還是幫朋友做不正當的事情，都是沒有履行責任。但是，遇到所有這類情況，有一條很容易掌握的簡單規則可以用來指導我們的行動，那就是：絕不可寧要貌似之利（官職、財富、肉體上的享樂等）而不盡朋友的義務。不過，一個正直的人絕不會爲了朋友而做危害國家利益、違背自己誓言或有損自己名譽的事情，即便他坐在審判席上審訊自己的朋友，也絕不會做這種事情，因爲他在履行法官的職責時把朋友的責任棄置一旁。他最多只能對友誼作這樣一種讓步：希望朋友有比較正當的理由，以及在法律允許的範圍內，安排朋友認爲合適的時間開庭審訊。但是當他在宣誓之後宣讀判決時，他應當牢記，神是他的見證人——按照我的理解，那個神就是他自己的良心，這是神親自賜予人的最神聖的東西。根據這種觀點，要求陪審員發誓堅持這樣一個原則——「要做與他神聖的榮譽相一致的事情」，是我們從祖先那裡繼承下來的一個好習俗（如果我現在只是忠於這一習俗的話）。這種要求與我剛才所說的法官對朋友的讓步要合乎道義是一致的。因爲，假如我們對朋友的每種願望都要去滿足，這種關係就不應當被認爲是友誼，而應當被認爲是同謀。但我在這裡所說的是普通的友誼，因爲在那些具有理想的智慧的完人之間根本不可能發生這種情況。

據說，畢達哥拉斯學派的達蒙和芬蒂阿斯之間就有這種理想而完美的友誼。他們中的一個人被僭主狄奧尼西烏斯判處死刑，並確定了行刑的日期。死囚請求給予幾天的寬限去安排一下身後之事，另一個人願做人質替他擔保，如死囚逾期不歸，他就代爲受死。行刑之日，死囚如期而歸。僭主被他們相互信任的眞摯友誼所感動，特赦免其罪，並懇求他們把他也當作知己。

因此，當我們權衡友誼中的貌似之利與義孰輕孰重時，應當鄙視貌似之利而崇尚道德上的正直；當朋友提出不正當要求時，應當把良心和對義的崇仰置於友誼的義務之上。這樣，我們就能在兩種相互衝突的責任之間作出正確的選擇——這就是我們在這一部分所探究的問題。

十一

在處理國際關係問題上，人們常常因爲貌似之利而幹出邪惡的事情，譬如說，我國摧毀科林斯就是一個例子。雅典人還曾幹過更加殘忍的事情，他們下令必須剁掉艾吉那人（他們的海軍很強大）的拇指。這似乎是有利的，因爲艾吉那離皮雷埃夫斯[14]很近，對雅典是一個很大的威脅。但任何殘虐都不可能是有利的，因爲殘虐是最違背人性的，我們應當遵從人性。有些人不讓外國人享受他們城市的好處，或乾脆把外國人驅逐出境，這種做法也是不對的，譬如我們父輩時代的潘努斯和最近的帕皮烏斯就是這麼做的。當然，不是公民的人就不能享有公民的各種權利和特殊待遇，關於這一點，我們的兩位最有智慧的執政官克拉蘇和斯凱沃拉已經制定了法律。但是，不讓外國人享受城市的好處是完全違反人性法則的。

---

⑭ 希臘的一個港口城市。——中譯者

歷史上就有鄙視國家的貌似之利而重視道德上的正直的極好例子。我國歷史上也有許多這樣的事例，尤其是在第二次布匿戰爭，當坎尼戰役失敗的不幸消息傳來時，羅馬表現出比以往勝利時更高昂的鬥志，沒有絲毫的怯懦，沒有一個人提出言和。道義的感召力是如此之大，以至於使得貌似之利黯然失色。

還有，波斯人曾大舉進犯希臘，雅典人根本抵擋不住如潮水般湧來的入侵者，他們決定棄城，將婦女和兒童安置在特羅曾，其餘的人準備上船，在海上為希臘的自由而戰。這時，有一個名叫昔爾西盧斯的人建議他們留在家裡，並且打開城門，讓薛西斯⑮進來。為此，他們就用石頭砸死了這個人。儘管他之所以提出這個建議是因為他自認為這樣做是有利的，但其實並非如此，是完全沒有利的，因為這違背道德上的正直。

與波斯的那場戰爭勝利結束後，地米斯托克利在雅典公民大會上宣佈他有一個對國家有利的計畫，但不便公開。他要求人們推選一個代表來同他商量這個計畫。大家推選了阿里斯提得斯。地米斯托克利告訴他說，斯巴達艦隊現在就停泊在吉塞恩港，可暗中縱火將它焚毀；如果這樣做的話，斯巴達必然會全軍覆沒。阿里斯提得斯聽完這一計畫後，便回到公民大會，當時人們全都懷著急切的心情等著聽他的回報。他對大家說，地米斯托克利提出的這個計畫對國家是極其有利的，但卻無

⑮ 薛西斯（Xerxes，西元前五一九—前四六五年）：波斯國王，大流士一世之子和繼承人。——中譯者

道義可言。結果，雅典人的結論是：凡是不義的行爲，肯定也是不利的。因此，他們甚至在還不知道該計畫的具體內容是什麼的情況下，就根據阿里斯提得斯的意思拒絕了這個建議。他們的態度比我們強，因爲我們不要海盜納稅，卻要盟友進貢。⑯

十二

因此，讓我們把下述斷言看作是一項既定的原則：凡是不義的行爲絕不可能是有利的——甚至當你用它得到某種你自以爲有利的東西時，它也不可能是有利的。因爲只要有這樣一種想法，即認爲某個行爲雖然不義但可能是有利的，就會使人道德敗壞。但是，我在前面已經說過，常常出現這樣的情況：利似乎與道德上的正直相衝突。所以，我們應當仔細考察，看看它們之間的衝突是無法避免的呢，還是可以調和的。下面就是這類問題：例如，假定羅德島一度發生饑荒，糧價暴漲；一個誠實的商人從亞歷山大城運來了一大批糧食，他知道其他一些運糧的商人也從亞歷山大城起航了，而且他在航途中已看到了這些滿載糧食開往羅德島的船隻；他應當把這個事實告訴羅德島人呢，還是應當什麼也不說，以便使自己的糧食在市場上可以賣個好價錢？我假定他是個有道德、正

⑯ 西利西亞海盜被龐培打垮後，便定居於索利（龐培奧波利斯）。在內戰混亂時期，他們又東山再起，甚至有人說，安東尼在與布魯圖斯和凱西烏斯打仗時試圖借助於他們。馬賽和亞美尼亞國王德奧塔魯斯支持龐培，因此凱撒黨要他們進貢。

直的人，那麼我提出這樣一個問題：要是他認爲向羅德島人隱瞞這些事實是不道德的，他就不會這樣做了，可是他不能確定這種緘默不說是否眞的是不道德的——在這種情況下他會怎樣思考和推理呢？

對於這個問題，巴比倫尼亞的第歐根尼（一個偉大而且受人尊敬的斯多葛學派哲學家）始終堅持他自己的看法；而他的弟子安提派特（一個學識非常淵博的學者）則持另一種觀點。安提派特的觀點是，所有事實都應當公開，賣方必須把自己所知道的任何細節告訴買方；但第歐根尼的看法是，賣方應當按照地方習慣法的有關規定，標明自己商品的缺點，但至於其他方面，既然他是做買賣的，只要不弄虛作假，他可以儘量使自己的商品賣最好的價錢。

第歐根尼所說的那種商人會說：「我把貨運來了，準備出售。我賣得並不比其他商人貴——當市場上存貨過多時，我甚至可能賣得比別人還便宜。我欺騙誰了？」

安提派特的論點卻不同，他說：「這算什麼呢？你應當考慮同胞的利益，應當爲社會服務。你一來到世上就處於這種境況，並且生來就有這些你必須遵從的原則，因爲你的利益就是社會的利益，反之，社會的利益也就是你的利益。考慮到所有這些事實，你還會隱瞞眞相而不告訴同胞說大量的糧食馬上就要到了嗎？」

第歐根尼也許會回答說：「隱瞞是一回事，緘默不說又是完全不同的另一回事。即便現在我不告訴你神或者至善的本質是什麼，我也不是在向你隱瞞；而對你來說，知道這些秘密也許比知道麥價要下跌更有好處。但我沒有義務把這一切對你有利的事情都告訴你。」

安提派特會說：「不錯，但你必須承認，只要你還記得人與人之間存在著由『自然』編制的那種夥伴關係的紐帶，你就有這種義務。」

第歐根尼會回答說：「我並沒有忘記那種關係，但是，你是不是想要說那種夥伴關係是一種沒有私有財產這類東西的關係？如果是這樣的話，我們根本就不應當賣東西，而應當把所有東西都放著，隨便讓人拿走就是了。」

十三

在這場爭論中，你可以看到，始終沒有一方說：「儘管這種或者那種行爲是不道德的，但是它有利，我還是要這樣做。」而是，一方堅持認爲，某一行爲不但有利，而且也沒有什麼不道德；而另一方則堅持認爲，這種行爲是不道德的，所以不應該做。

再舉一個例子，假定一個誠實的人有一所房子要出賣，這所房子的缺點只有他自己知道，其他人一概不知；假定這所房子是不符合衛生要求的，但給人以一種有益於健康的假像；假定人們都不知道所有臥室都有跳蚤；最後，假定這所房子是用朽木蓋成的，很可能會倒塌，但這一情況除了房主以外誰也不知道。假如賣主沒有把這些事實告訴買主，從而使他的房子賣了個好價錢（也就是說，遠遠高於他原本所能合理地希求得到的價錢），那麼請問，他這樣做是不正當或不光彩的嗎？

安提派特說：「對，他這樣做是不正當或不光彩的。因爲，讓買主草率地成交，並因爲錯誤的判斷而讓其蒙受重大的損失，這跟不給『迷路的人指路』（在雅典，不給迷路的人指路是一種要受公眾咒罵的罪過）有什麼兩樣？這甚至比不給迷路的人指路更壞，因爲這是故意將人引入歧途。」

第歐根尼回駁說：「他連勸都沒有勸你買，難道你能說他強迫你買？他貼告示出售他所不要的東西；你買你所要的東西。即使人們在他們的售房招貼上把一所既難看又建造得不好的房子說成是一所漂亮的別墅，精良的建築，都不能認爲他們是在欺騙，更何況他們對自己的房子並未加半句褒美之辭，那就更談不上什麼欺騙了。因爲在買方可以運用他自己判斷力的情況下，賣方怎麼可能有欺騙行爲呢？再說了，即便一個人確實說過一些話，他也無須對自己所說的每一句話都負責，更何況他什麼也沒說，要他負什麼責任呢？請問，還有什麼比賣主一五一十地述說自己所賣商品的缺點更愚蠢的呢？還有什麼比拍賣者根據房主的旨意大聲地喊『有一所不符合衛生要求的房子要出售』更荒唐的呢？」

因此，在這方面，在某些令人疑惑的事例中，一方捍衛道德上的正直，而另一方則強調利，說不但做貌似之利的事情是正當的，而且不做這種事情甚至是邪惡的。這是利義之間似乎經常產生的矛盾。但我必須對於這兩個例子作出自己的抉擇，因爲我舉這兩個例子的目的不是爲了提出問題，而是爲了解決問題。我認爲，賣糧食的商人不應當對羅德島人隱瞞這些事實，賣房人也不應當不把房子的缺點告訴買方。儘管光是閉口不說並不構成隱瞞，但是如果爲了自己的利益而故意不把自己知道的事情告訴他人，也就是說，不讓他人知道若他們知道了就會對他們有利的事情，那就是隱瞞。而且，誰還看不出那是一種什麼樣的隱瞞，哪種人會幹出這種事情？不管怎麼說，他肯定不是一個公正、眞誠、坦率、正直、誠實的人，而是一個卑鄙、狡猾、奸詐、詭譎、陰險、歹毒的人，一個老奸巨猾的騙子。使自己背上所有這些以及其他許多惡名，這難道是有利的嗎？

十四

如果說隱瞞眞相的人應受譴責，那麼眞正說假話的人又當如何呢？蓋烏斯・卡尼烏斯是一個羅馬騎士，他相當聰明，並且很有文學修養。有一次他去敘拉古，像他自己過去常說的那樣，不是去辦事，而是去度假。在敘拉古，他對人家說，他想買一所鄉間小別墅，以便能在那裡招待朋友和過一種悠閒快樂的生活，而不受一些討厭的來訪者的干擾。這件事傳開後，有一個叫皮提烏斯的敘拉古銀行老闆告訴卡尼烏斯說，他就有這樣一個莊園，不準備賣，但如果卡尼烏斯喜歡的話，可以在那裡隨便住。同時，他還邀請卡尼烏斯第二天到那個莊園去吃飯。卡尼烏斯接受了這一邀請。於是，皮提烏斯召集了一幫漁夫（因爲他是一個放債者，許多人都欠他的錢，所以他盡可以差遣各種各樣的人），要他們第二天到他別墅前的河裡來捕魚，並且告訴他們要怎麼怎麼做。第二天，卡尼烏斯如約赴宴，皮提烏斯準備了一桌豪華的酒席。在別墅前，他們看到河邊有一排漁船，每個漁夫都提著他們所捕到的魚上岸，把魚獻在皮提烏斯腳下。

於是，卡尼烏斯就說：「皮提烏斯，請告訴我，這是怎麼回事？——這些魚是怎麼回事？——這些船是怎麼回事？」

皮提烏斯回答說：「沒有什麼可奇怪的。敘拉古市場上的魚都是從這條河裡捕獲的。這裡還是淡水的發源地。要是沒有這個莊園，這些漁夫都得喝西北風。」

這番話激起了卡尼烏斯想要擁有這個莊園的強烈願望，於是他急切地懇求皮提烏斯把這個莊園賣給他。起初，皮提烏斯不肯，但最後——讓我們長話短說——卡尼烏斯還是如願以償了。卡尼烏斯很有錢，而且也確實想要買這所鄉間別墅，因此他就按皮提烏斯的要價付了錢，而且還一併買下了莊園裡所有的傢俱和設備。皮提烏斯把這筆錢登記在他的賬簿上，這樣，財產轉讓手續就辦完了。成交後第二天，卡尼烏斯邀請了幾個朋友到這所別墅來。他本人則早早就來了。這天，河面上連一條漁船的影子都沒有。他問隔壁鄰居今天是不是漁夫的假日，因爲他連一個漁夫都沒有見著。鄰居說：「就我所知，今天並不是漁夫的假日。但是，這裡平時根本就沒有人來捕魚，昨天不知道怎麼回事，突然來了這麼多漁船。」

卡尼烏斯知道自己上了當，大發雷霆，但他又能怎麼樣呢？因爲，當時我的朋友和同事蓋烏斯·阿奎利烏斯還沒有在法律上對欺詐罪作出明確的界說。當有人問阿奎利烏斯，具體說來，他所說的「欺詐」是指什麼時，他總是回答說：「說的是一回事，做的又是另一回事」——這個定義下得非常貼切，眞不愧是個專家。因此，皮提烏斯和其他一切言行不一的人都是些不講信義、不誠實和沒有原則的無賴。這種人作惡多端，其行爲不可能是有利的。

十五

如果阿奎利烏斯的定義是正確的，那麼在我們日常生活的一切領域都應當摒除弄虛作假和隱瞞。因此，一個誠實的人，無論是買還是賣，都不會爲了貪圖一己私利而弄虛作假或隱瞞事實眞相。其實，在阿奎利烏斯以前的時代，就有禁止「欺詐」的法規，例如《十二表法》中就有關於託管方面的處罰規定，普萊托利安人的法律中就有關於欺騙未成年人的處罰規定。對於沒有制定相應的法規對之加以懲處的欺詐行爲，根據某些衡平法，同樣也可對其進行處罰，因爲這些衡平法補充有這樣一條原則：判決應當是「按誠信所要求的」。⑰此外，在其他一切衡平法訴訟案中，我們經常可以聽到以下這種言詞：在仲裁夫妻的財產時，應當「越公平越好」；在要求索回抵押物時，應當「像誠實的人之間一樣，以誠相待」。那麼，請問，如果人們都按「越公平越好」的原則辦事，他們的行爲中還會有任何欺詐的因素嗎？或者說，如果大家都能「像誠實的人之間一樣，以誠相待」，誰還會做欺詐或無原則的事情呢？但是，阿奎利烏斯說，「欺詐」就在於弄虛作假。因此，我們在交易活動中必須徹底杜絕弄虛作假：賣方不應通過雇用僞裝的出價者來哄抬物價，買方也不應通過僞裝的出售者來殺價；無論是買方還是賣方，在開價時都應當一視同仁，不二價。昆圖斯・斯凱沃拉（普布利烏斯・斯凱沃拉的兒子）想買一個莊園，他要賣主出一個明確的價錢，對方開價後，他說，他認爲這個莊園不止値這個價，所以，他就多付給賣主十萬塞斯特斯⑱。沒有一個人會說，這不是一個誠實的人的行爲；但的確有人說，這不是一個老於世故的人的行爲，就好像他倒是賣主，嫌賣得太便宜似的。這是一種多麼邪惡的想法——認爲世界上有些人是正直的，而另一些人

⑰ 見下面第十七節。
⑱ 古羅馬貨幣單位。——中譯者

是聰明的。正是這一事實，給了恩尼烏斯發表以下見解的機會，他說：

「智者若不能利己，其智亦徒然。」

恩尼烏斯說得很對，要是他和我對「利」的解釋完全一致的話。

我看到，羅德島的希卡同（帕奈提奧斯的弟子）在他獻給昆圖斯・圖貝羅的《論道德責任》一書中說過這樣一席話：「一個聰明的人，在不做任何違反民俗、法律和制度的事情的同時，還應當關心自己個人的利益。但那取決於我們謀求興旺的目的，因爲我們想致富，並不只是爲了自己，也是爲了兒女、親戚、朋友，而且尤其是爲了國家。因爲個人的私有財產就是國家的財富。」希卡同絕不可能贊成我剛才所說的斯凱沃拉的那種行爲，因爲希卡同公開宣稱，他只是不會爲了自己的利益去做法律明確禁止的事情。這種人不值得大肆稱讚，也不值得感謝。

即便如此，如果弄虛作假和隱瞞構成「欺詐」，那麼，不帶有「欺詐」的交易有如鳳毛麟角；或者說，如果只有那種盡可能地幫助所有的人而又不傷害任何一個人的人才是好人，那麼，我們肯定很難找到這樣的人。

因此，歸根結底，作惡絕不可能是有利的，因爲惡永遠是不道德的；行善總是有利的，因爲善永遠是道德的。

十六

在關於出售不動產的那些法律中，我們的民法有這樣一條規定：在轉讓任何不動產時，賣主必須把他所知道的關於該處不動產的所有缺點告訴買者。以前，根據十二表法，作如下規定往往就足夠了：對於已經明確告訴買者的那些缺點，賣者應予補償；當買者提出質問時，賣者如故意否認確實存在的缺點，應受加倍罰款。現在，我們的立法者還制定了一條類似的對於未能作這種告知的處罰規定。他們裁定：如果賣者知道自己所售的不動產的缺點而又未明確告訴買者，那麼賣者須對這些缺點負責。例如，占卜官們想從城堡上作占卜觀察。提比略・克勞狄烏斯・塞圖馬盧斯在凱里安山上有一處住宅，該建築的某些部分由於很高，擋住了占卜官們觀察的視線，所以占卜官們給他下達了必須拆除這部分建築的通知。塞圖馬盧斯接到通知後馬上貼出告示，出售該住宅。普布利烏斯・卡爾普爾尼烏斯買下了這所住宅。不久，卡爾普爾尼烏斯也接到了同樣的通知。就在他拆除那部分過高的建築時，他知道了塞圖馬盧斯在貼出售房告示之前已經接到過占卜官們命令他拆除那部分建築的通知。於是，他就到衡平法庭狀告前房主，要求審判官就「前房主應當『眞誠地』給予他以什麼賠償」作出裁決。判決是由小加圖的父親馬爾庫斯・加圖（別人是子以父貴，而他卻父以子榮）宣佈的；他是此案的責任審判官，他的判決是：「既然賣主在出售該住宅之前就已經知道了占卜官們所下達的命令，既然他未把此事告訴買者，所以他應當賠償買主的損失。」

馬爾庫斯・加圖以這一判決確立了這樣一條原則：賣者必須把他自己所知道的任何缺點告訴買者，這是誠信所必不可少的。如果他的判決是正確的，那麼，在前面所舉的那些例子中，那個糧商和那個出售不符合衛生要求的房屋的人隱瞞事實就是錯誤的。但是，民法不可能制定得面面俱到，對所有隱瞞事實的勾當都有明確的處罰規定；不過對於的確已經列入民法的那些隱瞞事實的勾當，民法都有簡要的處罰規定。我的一個親戚，馬爾庫斯・馬略・格拉提戴努斯，把一所房屋賣回給蓋烏斯・塞爾吉烏斯・奧拉塔，這是幾年前從他（奧拉塔）手裡買來的。該房屋已設有抵押權⑲，但是格拉提戴努斯在談出售條件時未提及此事。於是，買方就此事向法院提訴訟。克拉蘇任奧拉塔的律師，而格拉提戴努斯則請安東尼爲他辯護。克拉蘇堅持以法律文字爲依據，他說：「賣者必須對這一缺點負責，因爲他知道這一缺點，卻沒有告訴買者。」安東尼則強調衡平原則，他辯解說：「因爲這個缺點塞爾吉烏斯早已知道（因爲這所房屋原本就是他賣給馬略的），所以沒有必要再告訴他。他在買回這所房屋時並未受騙，因爲他本來就知道他所購的東西帶有什麼法律上的義務。」

我爲什麼要舉這些例子呢？目的是爲了讓你知道，我們的祖先並不鼓勵這種不擇手段的行爲。

十七

杜絕不擇手段的行爲有兩種方法，一種是法律的方法，另一種是哲學家們採用的方法：法律只是以其強有力的威懾力制止這種行爲；哲學家們則通過啓發人的理性和良知來防止這種行爲。理性

⑲ 即該房屋已有債務負擔。——中譯者

要求我們不做任何不公正的、不老實的或弄虛作假的事情。佈設陷阱不就是欺騙嗎？即便人們無意於將獵物驚入或趕入陷阱，那也是欺騙，因爲野獸常常就是在沒有追趕的情況下墮入陷阱的。張貼售房告示也是如此，如果你所出售的房屋具有某些缺點而又不告訴買方，那不就像一個陷阱，讓人稀裡糊塗往裡跳嗎？

我發現，由於世風日下，現在這種做法既不被按習俗看作是不道德的，也不爲法令或民法所禁止。不過，它還是爲道德律所禁遏。因爲人與人之間存在著一種夥伴關係的紐帶（雖然我以前常說這句話，但我以後還要一遍一遍地反復說），這種紐帶具有極廣泛的適用性，它把所有的人全都一個一個地聯結起來。在屬於同一民族的那些人之間，這種紐帶聯結得比較緊；在屬於同一城邦的那些人之間，這種聯結的紐帶則更加密切。正因爲這一緣故，我們的祖先喜歡用萬民法來理解一件事情，用市民法[20]來理解另一件事情。市民法未必也是萬民法，而萬民法則應當也是市民法。但是我們並不擁有關於眞正法律和眞正公正的有血有肉、栩栩如生的圖像，我們所享有的只是一個大概的輪廓。即便如此，我還是希望我們能不折不扣地按這一大概的輪廓行事，因爲它畢竟是從「自然」和眞理所提供的那些卓越的範型中提取出來的。因爲，「由於你﹝的誠實﹞和我對你的信任，我就不會被欺騙和蒙蔽」這句話是何等的有分量！「應當像誠實的人之間一樣，以誠相待，而不應當有

⑳ 市民法（civil law），亦即民法。它只適用於某個特定的城邦的公民，而萬民法（universal law）則適用於全世界所有的人。——中譯者

欺騙」這句話是何等的可貴！但誰是「誠實的人」呢？什麼是「以誠相待」呢？——這些都是重大的問題。

過去，大祭司昆圖斯・斯凱沃拉一直非常重視關於附有「按誠信所要求的」這句套話的仲裁的所有問題。他認爲，「誠信」一詞具有很廣泛的適用性，因爲它被用於託管、合夥、信託、買賣、雇傭和租賃——總而言之，被用於日常生活的社會聯繫所依賴的一切事務。他說，在這些事務中，要判定每個人應該對他人負多大的責任，尤其是在大多數案子容許反訴的情況下，就需要一個很有才能的審判官。

因此，必須擯除不擇手段的行爲和詭詐，當然，它們也很想被看作是智慧，但它們根本就不是智慧，而且一點也不像智慧。因爲智慧的功能是區別善惡；而由於一切不道德的事情都是惡的，所以詭詐喜歡惡而不喜歡善。

不光是在不動產轉讓的訴訟案中，民法根據一種自然的正義感處罰詭詐和欺騙，而且在奴隸的出售中，賣方的一切欺騙行爲也是不允許的。因爲，按照市政官的裁決，賣主應當對他所出售的奴隸的任何缺陷負責，因爲他應該知道他的奴隸是否健康，是不是一個逃亡者或盜賊。至於那些剛剛通過繼承而得到奴隸的人，則另當別論。

由此可見：因爲「自然」是正義之源，所以，利用旁人的無知是違背「自然」的。生活中最大的禍害莫過於戴著智慧面具的詭詐。那些多得不計其數的、其中利與義似乎衝突的案子都是這種詭詐，所致。因爲，那種即便確信幹了壞事可以絕對不讓人發現，因而也就沒有受處罰的危險，但卻仍能忍住不幹壞事的人，實在是太少了！

十八

如果你願意的話，就讓我們對我們的原則做一檢驗，看它在一般世人也許覺得沒有過錯的那些事例中是否有效。因爲在這方面，我們無需討論謀殺者、放毒者、僞造遺囑者、盜賊和貪污公款者，對這些人不應當用演說和哲學家的討論而應當用鐐銬和監獄的高牆加以約束。但在這裡，讓我們仔細考察一下那些被公認爲是誠實的人的行爲。

某些人把一份僞造的遺囑從希臘帶到羅馬，並聲稱那就是巨富盧西烏斯・彌努基烏斯・巴西盧斯的遺囑。爲了更容易地使它成爲一份合法的遺囑，他們把當時兩個最有權勢的人物馬爾庫斯・克拉蘇和昆圖斯・霍廷西烏斯也列入遺產繼承人的名單。雖然這兩個要人也懷疑這份遺囑是僞造的，但他們覺得反正自己沒有親自參與此事，無所謂有罪，因而並未拒絕接受那種因他人的犯罪而帶來的不義之財。那麼，我們會怎麼說呢？這能成爲宣判他們無罪的正當理由嗎？我認爲不能，儘管他們之中的一位，生前與我交好甚篤，另一位[21]我對他也從無敵意，況且他現在也已經去世。不管怎麼說，實際上巴西盧斯是希望他的外甥馬爾庫斯・薩特里烏斯姓他的姓，繼承他的遺產。（我說的

---

[21] 指克拉蘇。——中譯者

是目前充當皮塞努姆[22]和薩賓國的「保護人」的那個薩特里烏斯——哦，這在當代是一個多麼可恥的頭銜啊！[23]）因此，兩個羅馬的上等公民得到遺產，而薩特里烏斯除了他舅舅的姓氏外什麼也沒有繼承，這是不公正的。因爲，假如說一個人在其能夠制止傷害他人的行爲的情況下未予制止是犯罪（這一點我在第一卷中已說過），那麼一個人不但沒有竭力制止犯罪行爲而且還推波助瀾，那又當如何呢？至於我本人，我認爲，即使是按照眞的遺囑而執行的繼承，假如這些遺產是通過諂媚，通過虛僞而不是眞誠的殷勤而得到的，那也是可恥的。

但是，在這種情況下，有時很可能出現某一種做法似乎是有利的，而另一種做法似乎是符合道義的。這種表面現象是靠不住的，因爲我們用來衡量利和衡量道德上的正直的標準是同一個。一個人假如不懂得這一點，那就什麼狡詐的事情，什麼罪惡的勾當都會幹得出來。因爲，如果他推想：「那樣做固然是正義的，但這樣做卻是有利的」，他就會毫不猶豫地按照其錯誤的看法把「自然」已使之合而爲一的兩個概念割裂開來；於是，那個魔鬼就打開了通向各種欺詐和罪惡的大門。

十九

因此，假定一個好人具有這樣一種能力，即他用手指打一個榧子，他的名字就會列入富人的遺

[22] 義大利東北部的一個國家。——中譯者

[23] 這種可恥就在於：享有羅馬公民權的一些國家竟然需要一個「保護人」來保護他們在羅馬首都的利益。

囑，那麼，即便他完全確信不會有人懷疑他幹此事，他也不會利用那種能力。但是，假定有人賦予馬爾庫斯・克拉蘇這種能力，雖然他實際上不是繼承人，但只要他用手指一打榧子，他就能使自己列入繼承人的名單，那麼我敢擔保，他肯定會樂得在廣場上跳起舞來。但是，正直的人（也就是我們所說的好人）絕不會爲了使自己富裕而竊取他人的任何東西。如果有人對這種觀點感到驚訝，那就證明他並不知道什麼是好人。但是如果有人想打開包藏於其心靈中的「好人的理念」㉔，那麼當他打開後，他馬上就會明白，好人就是盡可能地幫助所有的人，並且不損害任何人，除非是爲邪惡所激怒。那麼，我們會怎麼說呢？假如一個人用一種魔法成功地撤去眞正的遺產繼承人而使自己取而代之，那麼他不就是在做損害他人的事情嗎？有些人也許會說：「那麼，他就不應當做對他自己有利或有益的事情嗎？」不，當然應當做。不過應該使他認識到，凡是不正當的事情既不可能是有利的，也不可能是有益的。如果他不牢記這一教誨，他永遠不可能成爲一個「好人」。

我小時候常聽我父親說起前執政官蓋烏斯・菲姆布里亞審理馬爾庫斯・盧達提烏斯・品提亞（一個具有無可指責的品質的羅馬騎士）一案那件事。當時，品提亞與人打賭，「如果他不能在法庭上證明自己是一個好人」，他願意付一份罰金。菲姆布里亞宣佈，他絕不會對這種案子作出裁決，因爲他怕，如果作出對其不利的裁決，就會損壞一個値得尊敬的人的名聲，如果作出對其有利

㉔ 柏拉圖的理念說認為，靈魂以前見過理念，後來忘記了。學習就是靈魂對以前就知道的東西的一種回憶。

的裁決，就會被認爲是判定了某個人是一個好人，而成爲這樣一種人，正像他所說的，是需要履行無數的責任和具有無數的值得稱讚的品質的。

因此，不僅蘇格拉底，而且連菲姆布里亞也知道，對於這種好人來說，凡是不符合道義的事情似乎都不可能是有利的。所以，這種人絕不會冒昧地去想——更不用說去做——任何他不敢公之於眾的事情。哲學家們對於連農夫都能毫不猶豫地作出決斷的道德問題卻猶疑不決，這不是一種恥辱嗎？因爲人們常說的那句古老的諺語就是農夫創造的：當他們稱讚一個人的正直和誠實時，他們就說，「他是一個能同他在黑暗中玩猜單雙遊戲的人。」㉕這句諺語的要旨不就是，即便你能在任何人都無法知道你幹壞事的情況下達到你的目的，凡是不正當的行爲也都不可能產生利嗎？

難道你沒有看出，根據這句諺語，無論是那個故事中的古革斯，還是我剛才所假設的那個用手指一打榧子就能把所有人的遺產一下子全都捲走的人，都是不可原諒的嗎？因爲，正如無行之事不管它掩飾得多麼成功絕不可能成爲有德的一樣，凡是不符合道義的事情也絕不可能成爲有利的，因爲「自然」拒斥和反對這種不符合道義的事情。

㉕ 這種遊戲類似於猜拳，即在一方伸出若干手指的同時，另一方很快地猜出手指數是單數還是雙數。該諺語意為：他是一個明人不做暗事的人。——中譯者

二十

有人會反對說：「但等一下，要是能得到很大的好處，那麼做壞事還是情有可原的。」蓋烏斯・馬略在擔任民選司法官後整整六年多時間一直處於默默無聞之中，幾乎絲毫沒有希望獲得執政官的職位。而且看起來好像他連這一職位的候選人都當不上。他當時是昆圖斯・梅特盧斯手下的一個參佐，梅特盧斯讓他回羅馬休假。他回到羅馬後卻在羅馬人民面前譴責他自己的長官梅特盧斯——一個傑出的人物和一流的公民——故意拖延戰爭，而且還聲稱，如果他們選他當執政官，他會在很短的時間內把朱古達㉖，不論是活的還是死的，交到羅馬人民的手裡。就這樣，他眞的當選了執政官，但他的行爲違背了誠信和公正，因爲他無中生有地指責一個模範的、非常受人尊敬的公民，使他爲民眾所鄙棄，而且更何況他還是他的參佐，是他准許他回羅馬休假的。

甚至我的親戚格拉提戴努斯有一次也做了好人不該做的事。在他做民選司法官時，護民官們召集他們民選司法官開會，以便共同商定出一個貨幣的價值標準，因爲當時幣值很不穩定，沒有一個人能說出他的財產究竟値多少。所以在聯席會議上，他們草擬了一條法令，明確了對違反該法令案件的處罰規定和審判程式。並且他們還一致同意，他們將於當天下午全都一同上講壇公佈這條法令。然而在散會後人們各奔東西時，馬略（格拉提戴努斯）卻從會議室徑直去到講壇，擅自公佈了

㉖ 朱古達（Jugurtha）：敵國努米底亞國王。——中譯者

這條由大家一起擬定的法令。如果你想知道的話，那麼我就告訴你，這一突如其來的行動給他帶來了莫大的榮耀。滿大街都是他的塑像，塑像前擺放著點燃的香燭。總之，從來沒有一個人在民眾中有過這樣高的聲望。

正是諸如此類的個案有時使我們在考慮自己的責任時感到困惑：有些不義之舉似乎並不是什麼特別嚴重的事情，而這種輕微不義的後果卻是非常重要的。例如，在馬略（格拉提戴努斯）的眼裡，趕在他的同僚們和那些護民官之前宣佈這一法令，從而使自己獨享人民的讚譽，並不是什麼了不起的罪過；但對他來說卻非常有利，因爲採取這種手段可以有助於使他當選爲執政官，而這則是他當時嚮往的目標。㉗但是我們有一條適用於一切情況的規則，我希望你能完全熟悉這條規則，它就是：貌似有利的行爲不應當有悖於道義；或者說，假如它有悖於道義，那麼它似乎根本不可能是有利的。結果怎麼樣？無論是偉大的馬略還是馬略·格拉提戴努斯，能算是一個好人嗎？你自己好好想一想，清理一下你的思想，以便看出其中所包容的關於好人的概念或觀念究竟是什麼。請你告訴我，爲了自己的利益而說謊、誹謗、以詭計取勝、欺騙，這與你心目中的好人的品質一致嗎？毫無疑問，肯定是不一致的。好人絕不會幹那種事情！

因此，有什麼東西這樣值錢，或有什麼利益如此值得去追求，以至爲了得到它而願犧牲「好

㉗ 但是他一直未能達到這一目標，因為他作為一個平民派領袖的顯著地位，使他成為蘇拉採用「公敵榜」的方式進行大清洗的一個早期標誌。

人」的名聲和自己的榮譽呢？如果你所謂的「利」使你失去了「好人」的名聲，使你喪失了榮譽感和正義感，那麼，它所能給你帶來的東西能補償它所造成的損失嗎？一個人如果沒有榮譽感和正義感，那不成爲野獸了嗎？因爲，一個人眞的變成野獸與人面獸心有什麼區別呢？

二十一

另外，當人們爲獲得權力而置道義於不顧時，他們的行爲不就和那個想找一個厚顏無恥的人做岳父以便靠岳父厚顏無恥的行徑使自己獲得權力的人[28]一樣嗎？他認爲，這樣做有利於他獲取最高的權力，而由此引起的公憤則落在他人的頭上；但是他並沒有看到這樣做對他的國家來說是多麼的不公正，而且是多麼的不道德。而這位岳父本人則常常喜歡把《腓尼基婦女》[29]中的那兩行希臘文詩句掛在嘴上，我將盡我所能把它翻譯出來——也許翻譯得很蹩腳，不過意思還是看得懂的：

「因爲，如果人必須做壞事，那麼爲了王權而做壞事是最好的；其他的事才要

[28] 這裡是指龐培，他於西元前五十九年與凱撒的女兒朱麗亞結婚，朱麗亞比他小二十四歲，而且已與凱皮奧訂婚。

[29] 《腓尼基婦女》是歐里庇得斯所寫的悲劇。——中譯者

尊重神意。」㉚

我們的暴君該死，因爲他把一切罪行中最邪惡的罪行當作了例外。我們爲什麼搜集次要罪行（例如用罪惡的方法獲得遺產、騙買騙賣等等）的例子呢？現在你可以看到，有一個人㉛野心勃勃，想當羅馬人的首領和全世界的主宰，而且他已達到了目的！堅持認爲這種野心是符合道義的那種人是瘋子，因爲他爲踐踏法律和自由進行辯護，並且認爲他們的那種可怕而又可惡的鎮壓是光榮的。但是，如果有人同意這樣一種觀點，即認爲在一個曾經是自由的而且現在仍應保持自由的國度裡做國王是不符合道義的，但他又想，假如他能達到那種地位，那對他來說是有利的，那麼，我應當怎樣規勸，或更確切地說，怎樣懇求才能使他擺脫如此怪誕的謬見呢？哦，不朽的眾神啊！任何人如果犯了謀害祖國這種罪行，即便受他奴役的公民授予他「國父」的稱號㉜，這種一切謀害中最可怕、最可惡的謀害能給他帶來利嗎？因此，衡量「利」的標準應當是「義」，而且也可以這樣說，這兩個字似乎只是發音不同，實際上它們的含義完全一樣。

㉚ 此處借用周啓明直接從希臘文譯出的中文譯文。——中譯者

㉛ 指蓋烏斯·朱利烏斯·凱撒。——中譯者

㉜ 西元前六十三年，西塞羅因挽救了共和政體而被授予這一稱號；而西元前四十五年蒙達戰役後，凱撒因推翻了共和政體而被授予這一稱號。

我不知道，按照一般人的看法，還有什麼比當國王更有利的呢；但是，當我開始回過頭來對這種看法的正確性產生疑義時，我發現，對於一個人來說沒有什麼比用不正當的手段竊取那種高位更不利的了。因爲如果一個人一天到晚都得處於焦慮煩惱之中，擔驚受怕，整個生活充滿了陰謀和危險，那麼這對他來說能是有利的嗎？阿克齊烏斯[33]說：

「君王有許多敵人和不忠實的朋友，
而忠實的朋友卻寥寥無幾。」

但他說的是哪種君王呢？當然是一種合法地繼承從坦塔羅斯和珀羅普斯傳下來的王位的君王了。那好，你想，那種用羅馬人的軍隊鎮壓羅馬人、並且強迫一個不僅曾是自由的而且還稱霸世界的國家做他的奴隸的君王，不就有更多的敵人嗎？你想，他的良心能不受自責，他的心靈能沒有創傷嗎？即使只有採取這種生活方式才能得到莫大的榮譽和人們永久的感恩，他的這種生活對他本人來說能是有利的嗎？但是如果這些看起來似乎非常有利的東西，由於它們充滿了恥辱和邪惡，因而不是有利的，那麼我們應當完全相信，凡是不符合道義的事情都不可能是有利的。

[33] 阿克齊烏斯（Lucius Accius，西元前一七〇—約前八十六年）：羅馬悲劇詩人。——中譯者

二十二

但是，這個問題從前已多次得到過解決。在與皮勒斯交戰時，蓋烏斯・法布里齊烏斯（當時他是第二次任執政官）和我們的元老院所作的決定尤其令人注目。皮勒斯王無緣無故地向羅馬人宣戰。這是一場爭奪霸主地位的戰爭，我們的敵人是一位性情豪爽且強有力的國王。有一天，皮勒斯軍隊中的一個逃兵到法布里齊烏斯的軍營來投誠，並自稱，若法布里齊烏斯能給他以獎勵，他願意像來時那樣偷偷地潛回皮勒斯的軍營，下毒將其國王害死。但法布里齊烏斯拒絕了他的建議，並下令將這個傢伙送回給皮勒斯。元老院對法布里齊烏斯的這一行爲表示讚賞。假如我們只是追求貌似之利，即一般人心目中的那種利，我們就會利用這個逃兵去除掉那個同我們爭奪霸主地位的可怕的敵人，從而結束這場傷財害民的戰爭；但我們是爲榮譽而戰，用罪惡而不是以勇敢取勝，會使我們永遠蒙受恥辱。

那麼，對於法布里齊烏斯（他之於我們這個城市，猶如阿里斯提得斯之於雅典）來說，或者對於我們的元老院（它從來不把利和榮譽割裂開來）來說，用刀劍同敵人決戰和用毒藥同敵人決戰這兩種做法哪一種更有利呢？如果是爲了榮譽而爭霸主地位，那麼就應當擯棄罪惡，因爲罪惡中不可能有榮譽；但如果是爲了權力而爭權力，那不管怎麼說，若它與可恥聯繫在一起，那就不可能是有利的。

因此，昆圖斯的兒子菲力浦斯提出的那個著名的議案是沒有利的。盧西烏斯・蘇拉根據元老院的決定，在接受了某些城邦的一筆鉅款後豁免了它們的賦稅。菲力浦斯提議說，應當再次使它們處於屬國的地位，而且它們爲豁免賦稅而進貢的那筆錢也不要退還給它們。於是元老院接受了他的建議。出爾反爾，這對於我們的政府來說，是多麼可恥的事情！元老院甚至還不如海盜知廉恥，守信用。有人會說：「但採用菲力浦斯的方法可以增加國庫的收入，所以它是有利的。」現在人們也許敢說，一件不符合道義的事情可以是有利的，但這種觀點他們敢持多久呢？而且對於任何政府來說，憎恨和恥辱能是有利的嗎？因爲政府應當建立在良好的聲譽和盟國的忠誠之上。

在這一點上，我甚至常常與我的朋友加圖發生意見分歧。在我看來，他在維護國庫和稅收的權利方面似乎過於嚴苛。他拒絕包稅人的任何請求，對於盟國的減稅要求也多半不予准許。而我堅持認爲，我們應當對盟國慷慨寬容，應當像我們通常對待自己的房客一樣對待包稅人——而且，因爲各階層之間的和諧對於國家的興旺來說是必不可少的，所以我們更應該如此。[34]庫里奧也是錯誤的，因爲他雖然辯護說，波河那一邊居民的要求是正當的，但他說完此話後總是要加上一句：「一切都要服從於利。」他應當寧可證明，因爲這些要求對我們國家不利，所以它們是不正當的；而不

---

[34] 包稅人是當時的有錢人，他們屬於騎士階層。他們從元老院購得收稅權，然後將他們的承包合同分包給收稅員。他們有時發現，他們原先同意支付的稅額太高，所以請求元老院解除他們的承包合同，或降低稅額，譬如這一次（西元前六十一年）就出現了這種情況。加圖等人的反對使掌管此事的元老院與騎士階層的關係緊張，把騎士階層中的許多人趕到了凱撒一方。正如西塞羅所說，只有元老院與騎士階層的完全和諧，才能把羅馬從平民黨和凱撒的手裡解救出來。

應當承認它們是正當的，同時又認爲它們是不利的。

二十三

希卡同的《論道德責任》一書的第六卷充滿了諸如以下的這類問題：「當糧食緊缺，糧價很高時，讓自己的奴隸挨餓，這與一個好人的責任一致嗎？」

希卡同對這個問題的正反兩個方面作了論證。但最後，他斷定責任問題還是以利爲標準（按照他對於利的解釋），而不是以人類感情爲標準。

然後他提出這樣一個問題：假定一個人在海上遇到風暴，必須將他船上裝載的部分東西扔出船外，那麼，他應當扔一匹值錢的馬呢，還是應當扔一個不值錢的奴隸？在這種情況下，他左右兩難，一方面想保住自己的財產，另一方面又要顧及人類的感情。

「假定當一條船沉沒時一個愚笨的人抓住了一塊船板，那麼一個聰明的人，若有可能，是否可以搶走他的那塊船板？」

「不行」，希卡同說，「因爲那是不正當的。」

「但假如是船主呢？因爲這條船是屬於他的，他就可以搶走那塊船板嗎？」

「完全不可以，這就如同在茫茫的大海上他不可以因爲船是他的而把乘客扔到海裡。因爲在船抵達預定的口岸以前，船不屬於船主而屬於乘客。」

「再假設一種情況。假定有兩個遭遇海難而需要救助的人（兩個都是聰明的人），但卻只有一塊小木板，那麼，這兩個人都應當爲救自己而爭奪這塊木板呢？還是一個人應當讓給另一個人？」

「當然是一個人應當讓給另一個人了！但那另一個人必須是其生命對其本人或國家更有價值的人。」

「但如果無論是對國家還是對其本人，這兩個人都同樣重要，又將如何呢？」

「那麼也不應該爭奪，其中有一個人必須放棄，好像這是由抓鬮或猜拳來決定似的。」

「再假設一種情況，假定一個人的父親偷盜寺廟中的寶物或挖掘通往國庫的地道，他的兒子應向官方告發嗎？」

「不，那是有罪的；相反，如果父親被控，他的兒子應當爲其辯護。」

「咳，那麼國家利益不是比其他一切責任更重要嗎？」

「是的，國家利益的確比其他一切責任更重要。但公民忠於其父母，這對我們的國家有好處。」

「但如果父親試圖篡奪王位，或叛國，他的兒子也要保持沉默嗎？」

「當然不能，他應當懇求他的父親不要這樣做。假如他的父親不聽，他可以責備甚至威脅他的父親；最後，如果事情發展到有可能導致國家的覆亡，他應當寧可犧牲父親也要維護國家的安全。」

希卡同還提出這樣一個問題：「假如一個聰明的人不小心收進了一枚假幣，待他發現之後，他可以把它當作眞幣用於償付債務嗎？」第歐根尼說可以，安提派特說不可以，我贊成安提派特的看法。

假如一個人明知他賣的酒不久就會變壞，他應當把這一實情告訴他的顧客嗎？第歐根尼認爲沒有必要；安提派特則認爲，一個誠實的人就會這樣做。這些問題，像很多法律條文一樣，在斯多葛派學者中間經常爭論。「出賣一個奴隸時，應當公佈他的缺陷（不僅要說明民法規定賣主必須公佈的那些缺陷，否則買主有權把這個奴隸退還給他，而且還要說明他是否誠實，是否喜歡賭博、偷盜或喝酒）嗎？」一種觀點認爲應當公佈這些事實，另一種觀點則認爲沒有這個必要。

「假如有人把金子當作黃銅賣，一個正直的人應該告訴他這是金子，還是趕緊用一先令㉟買下這價值一千先令的東西呢？」

到現在，我對這些問題的看法是什麼，以及上述這兩位哲學家之間爭論的原因是什麼，已經是夠清楚的了。

二十四

還出現這樣一個問題：協定和承諾，用民選司法官的法律用語來說，「當它們並不是通過武力或欺詐而達成或作出時」，是否必須永遠遵守？

假如一個人給另一個人一種治療浮腫的藥，但約定：治癒後，患者將永遠不再使用該藥；假定

㉟ 當時這種古羅馬的銀幣大約値九便士。

患者由於使用該藥，恢復了健康，但幾年後他又舊病復發；假定他想再次使用此藥，但卻未能得到原先與其有過約定的那個人的允許，他該怎麼辦？那就是問題。既然那個人拒絕這一要求是不近人情的，既然他的朋友使用此藥並不會對他造成任何危害，因此，病人儘量保護自己的生命，關心自己的健康，是正當的。

還有，假定一個百萬富翁指定某個聰明的人爲他的繼承人，並立下遺囑，留給他一筆價值一億塞斯特斯的遺產㊱；假定他要求這個聰明的人在繼承他的這筆遺產之前必須在光天化日之下在講壇上跳一次舞；假定這個聰明的人答應了他這樣做，因爲若不答應，這個富翁就不會把他的財產留給他；那麼，他是否應當履行他的諾言呢？我認爲，他本來就不應當答應這一要求，那才有骨氣。但是，既然已經答應了，如果他認爲在講壇上跳舞是不道德的，那麼從道德上來說，他違背諾言而不要遺產比履行諾言而接受遺產要好——除非他也許是把這些錢捐給國家以應付某個嚴重的危機。在那種情況下，只要對國家有利，如果你願意，即使在講壇上跳舞也不是不道德的。

二十五

對受諾者本人不利的那些承諾也是不必遵守的。例如神話中說，太陽神曾向他的兒子法厄同許過諾，他將滿足法厄同的任何要求。法厄同想駕駛他父親的太陽車。太陽神就同意了。結果在法厄

㊱ 大約值七十五萬鎊。

同駕車返回地面之前，他由於受雷擊而被燒死。在這種情況下，他父親不履行諾言比履行諾言要好得多！而忒修斯要求涅普頓履行的那個諾言又怎樣呢？涅普頓答應忒修斯可以實現三個願望，忒修斯希望他的兒子希波呂托斯死掉，因爲這位父親懷疑兒子與其繼母有染。然而當這個願望實現時，忒修斯卻悲痛欲絕。另外還有，阿伽門農曾向狄安娜許過願，他要把他的王國內那年所生的最美的創造物獻祭給她，結果他只好把他的女兒伊菲革涅亞獻祭給狄安娜，因爲那年所生的沒有比她更美的了。他應當寧可食言也不做那種令人髮指的邪惡的事情。

因此，諾言有時是不必遵守的；託管物也不一定非得歸還。假定有一個人，在他神智正常時，把他的劍交給你保管，後來他神經病發作，來向你要回他的劍。在這種情況下，把劍還給他是有罪的，所以你不應當把劍還給他。再假定，有一個人把一大筆錢交給你，要你保管，後來他想把這筆錢用於叛國謀反，你應該把這筆錢還給他嗎？我認爲你不應該還給他，因爲若把錢還給他，你就是在做損害國家利益的事情，而國家對於你來說應當是世界上最親愛的東西。所以有許多東西，它們本身看起來好像是符合道義的，但在某些情況下卻證明是不符合道義的：履行諾言、遵守協定、歸還託管物，可以因爲利的變化而不再是符合道義。

說完這一點，我想，關於那些在明智的幌子下僞裝有利而實際上卻違背正義的行爲，我已經說得夠多了。

但是，既然在第一卷裡我們從道德上的正直的四個來源推出道德責任，在這裡讓我們繼續從這四個方面來指出這些貌似有利而實則無利的行爲是與美德相違背的。我們已經討論過智慧（狡猾企圖冒充智慧），也討論過公正（公正永遠是有利的）。剩下來我們要討論的還有兩種道德上的正直，一種可見之於一個優秀靈魂的偉大和卓越，另一種可見之於穩健和自制對靈魂的塑造和調整。

二十六

按照悲劇詩人們對攸利賽斯的描述（至少，他們是這樣描述他的），他認爲自己的計策是有利的。在我們最可信賴的權威——荷馬的作品中，對攸利賽斯並沒有這種懷疑；但悲劇作家們卻指責他企圖通過裝瘋逃避服兵役。這種詭計是不符合道義的，但是有人也許會說：「對他來說，保住自己的王位，與自己的父母妻兒一起在伊塔刻島過安逸的生活，是有利的。難道你認爲每天面對苦役和危險就能贏得可與這種安逸的生活相比擬的榮譽嗎？」

不，我認爲以這種代價換取的安逸應當受到鄙視和拒斥，因爲如果它是不符合道義的，它也就不是有利的。因爲你想，如果攸利賽斯裝瘋一直裝下去，人們會說他什麼呢；因爲，儘管後來攸利賽斯在戰爭中表現出英雄的氣概，他還是受到埃阿斯這樣的指責：

「你們都知道，最早提出要宣誓的是他，
而後來違背自己誓言的也是他。
他堅持裝瘋，因爲這樣他就可以不從軍。
要不是精明聰慧的帕拉墨得斯揭穿了他狡猾

而且厚顏無恥的僞裝，
他就永遠無須履行自己的誓言。」

不僅如此，而且對他來說，不但與敵人而且與海洋作鬥爭（像他後來所做的那樣），比在希臘各邦聯合起來與蠻族作戰時背棄希臘，更有好處。

但還是讓我們從異國他鄉的神話故事回到我國歷史上的眞實事件。馬爾庫斯·阿梯里烏斯·雷古盧斯在他第二次任執政官時，在非洲因爲中了克桑提波斯的計而被生俘，克桑提波斯是漢尼拔的父親哈米爾卡手下的一位斯巴達將軍。㊲斯巴達人派雷古盧斯回羅馬，要他同元老院洽商釋放迦太基的貴族戰俘㊳事宜，並且在成行前要他發誓，假如有辱使命，他自己必須返回迦太基。雷古盧斯回到羅馬，他不可能看不到那種似是而非的貌似之利，但像結果所證明的那樣，他斷定這並不是

㊲ 西塞羅所說的日期有誤。雷古盧斯任執政官是西元前二六七年和前二五六年。他第二次任地方總督時，在西元前二五五年的突尼斯戰役中慘遭失敗而被生俘。而且，西元前二五五年的那個哈米爾卡不是漢尼拔的父親，因為他直到西元前二四七年才開始他的政治生涯，當時他只是個青年。他於西元前二二九年在西班牙戰役中陣亡，那時他還正值壯年。

㊳ 在西元前二五〇年的帕諾木斯戰役中，盧西烏斯·凱基利烏斯·梅特盧斯俘獲迦太基將軍達十三人之多，他們全都是貴族出身。

眞正有利的。他的貌似之利是：留在他自己的國家，在家與自己的妻子兒女共用天倫之樂，保持他的前執政官的地位和尊嚴，把自己遭受的失敗看作是任何一個指揮打仗的人都有可能遇到的一種不幸。誰說這不是有利的呢？你認爲是誰呢？「偉大的靈魂」和「勇敢」說這不是有利的。

二十七

難道你還能找到更有權威的評判者？這種否定來自那些美德，因爲它們的特點就是無所畏懼，不爲世俗生活的沉浮枯榮所動，並且認爲沒有什麼是人所不能忍受的。那麼，雷古盧斯是怎麼做的呢？他到了元老院，陳述了自己的使命。但當元老院對這個問題進行投票表決時，他拒絕投票，因爲他認爲，只要他仍受在敵人面前所起誓言的約束，他就不是元老院的一員。除此之外，他還說（有人會說：「多麼愚蠢的傢伙，偏喜歡做對自己不利的事情！」），把這些戰俘放回去是不利的，因爲他們都是些年輕而且幹練的軍官，而他自己則已經老朽了。元老院接受了他的意見，沒有放這些戰俘回去。他自己回迦太基去了。對自己國家和家庭的依戀並未能阻止他返回迦太基。甚至他明知回去後自己將要面對最殘暴的敵人和酷刑，他還是認爲必須神聖地履行自己的誓言。當他回戰俘營後，敵人折磨他，不讓他睡覺，最終因疲竭而死；即便如此，他回迦太基仍比留在國內好，因爲作爲一個年邁的戰俘，一個具有執政官地位的人，違背誓言而脫身是可恥的。

你也許會說：「但是，他不但不積極主張換俘，而且甚至還對這種行爲公開表示反對，這是愚蠢的。」

這怎麼是愚蠢的呢？既然他的建議對國家有好處，那怎麼能說是愚蠢的呢？相反，有害於國家的事情對任何一位公民來說能是有利的嗎？

二十八

如果人們把利和道德上的正直割裂開來，那麼他們就是在推翻「自然」所設定的基本原則。因爲我們所有的人都想得到對自己有利的東西；利對我們具有不可抗拒的吸引力，我們不可能不爲它所吸引。因爲有誰會拒斥對自己有利的東西呢？或者說得更確切一點，有誰不爲了得到對自己有利的東西而竭盡所能呢？但是，因爲除了在好名聲、恰當和道德上的正直以外，我們在任何地方都不可能發現對我們眞正有利的東西，所以，正因爲這一緣故，我們把這三者看作是首要而且最高的努力目標，而我們稱之爲利的那種東西，我們認爲它與其說是我們尊嚴的一種裝飾物，不如說是生活的一種必需的附帶物。

有人也許會說：「那麼，我們認爲誓言究竟有多重要呢？我們並不怕激怒朱庇特，是吧？根本就用不著害怕。所有哲學家的那種普遍爲人們所接受的觀點是：神從不發怒，也從不害人。這不僅是那些教導說神本身並不操心各種煩惱的事情也不會給其他人帶來煩惱的人[39]的看法，而且也是那

㊴ 伊壁鳩魯學派。

些相信神永遠在工作、永遠在指導著他的世界的人㊵的看法。況且，即使朱庇特發怒了，他所加害於雷古盧斯的還能超過事實上雷古盧斯所加害於自己的嗎？所以，因宗教上的顧忌而放棄這麼大的利，是得不償失的。」

「或者，他是否怕自己的行爲會是不道德的？首先，關於這一點，有格言道：『諸害相權擇其輕。』那麼，那種不道德中所含之害眞的同那種可怕的刑罰中所含之害一樣大嗎？其次，阿克齊烏斯的劇本中有這樣兩句臺詞：

堤厄斯忒斯：『你怎麼背信食言？』

阿特柔斯：『我沒有講過自己一定守信。我對不講信義的人，從來不受自己誓言的約束。』

雖然這句話出自一個邪惡的國王之口，但它還是很有道理、很有啓發性的。」

他們的第三個論點是：正像我們堅持認爲某些事情看起來似乎是有利的而事實上卻並非如此一樣，他們堅持認爲，某些事情看起來似乎是符合道義的而事實上卻並非如此。他們說：「例如，就

㊵ 斯多葛學派。

拿上面所提到的這個例子來說，雷古盧斯爲了信守自己的誓言回去受折磨，這看起來似乎是符合道義的，但實際上卻並非如此，因爲在敵人的脅迫下所起的誓是不應當履行的。」

他們的最後一個論點是：凡是非常有利的事情可能都是符合道義的，儘管事先看起來似乎並非如此。

他們所提出的反對雷古盧斯的行爲的論點，大致上就是這些。讓我們對它們逐一加以考察。

二十九

「他不必怕朱庇特發怒而加害於他。朱庇特從不發怒或害人。」

不管怎麼說，這個論點反對的不光是雷古盧斯的行爲，它同樣也反對信守其他任何誓言。但是當我們起誓時，我們應當考慮的並不是我們若違誓食言恐怕會遭到什麼樣的懲罰，而是我們起誓後所負的責任：誓言是一種由宗教的神聖性支持的保證；鄭重的諾言，比如在作爲見證的神的面前所許的諾言，必須神聖地加以履行。因爲問題已不再是關於神的發怒（因爲沒有這種事情），而是關於公正和誠信的義務。因爲，如恩烏尼斯所說的那樣（他說得非常好）：

「仁慈的誠信女神，在空中飄然巡行；
你以朱庇特偉大的名義起誓！」

所以，無論是誰，違背自己的誓言就是褻瀆誠信女神；而且，正如加圖在他的演說辭裡告訴我們的，我們的祖先在選擇誠信女神的廟址時認爲，她應當住在卡庇托爾山上，「與至尊至善的朱庇特爲鄰」。

有人還進一步表示反對：「即使朱庇特發怒了，他對雷古盧斯的傷害也不可能超過雷古盧斯對他自己的那種傷害。」

假如痛苦是唯一的惡，那麼他們說得很對。但是最有權威的那些哲學家㊶卻明確地告訴我們說，痛苦不但不是最大的惡，而且甚至根本就不是惡。請不要小看雷古盧斯，他可不是他們這一說法的正確性的無足輕重的見證——相反，我倒傾向於認爲，他正是他們這一說法的正確性的最好見證。因爲，一個羅馬的一等公民，爲了忠實地履行自己的道德責任，情願面對苦刑，難道我們還能找到比他更好的見證嗎？

他們又說：「諸惡相權擇其小」——請問，一個人會「寧可選擇無行也不願遭受不幸」嗎？或者說，難道還有什麼比無行更大的惡嗎？因爲，如果身體的殘缺都會引起人們某種程度的不快的話，一個墮落的靈魂的殘缺和醜陋似乎就更應當爲人們所厭惡了！所以，比較嚴謹地討論這些問題

㊶ 斯多葛學派。

的那些人㊷就敢說無行是唯一的惡，而比較粗率地談論這些問題的那些人㊸也毫不猶豫地稱之爲最大的惡。

他們再一次引用以下這句臺詞：

「我沒有講過自己一定守信，我對不講信義的人，從來不受自己誓言的約束。」

詩劇作者那樣說是恰當的，因爲他在塑造阿特柔斯這個人物時，必須使臺詞適合於劇中的角色。但如果他們的意思是想把「對不講信義的人所發的誓言並不是誓言」當作一個原則，那他們就必須注意，它不能成爲作僞誓的一個藉口。

此外，我們還有規約戰爭的法律，與敵人打交道通常也應當信守誓言：因爲一個人如果發誓時他自己心裡清楚地認識到這個誓言是應當履行的，那麼就必須信守這個誓言；但如果沒有這種認識，那麼即便他沒履行誓言也不算僞誓。例如，假定一個人爲海盜所擄，他答應付一筆贖金爲自己贖命，那麼即使他起過誓，他事後不交這筆錢並不算欺詐，因爲海盜並不屬於合法的敵人之列，而

㊷ 斯多葛學派。
㊸ 亞里斯多德學派。

是全世界的公敵。對他們根本談不上什麼誓言，也談不上什麼相互約束的誓約。因爲發假誓並不一定是僞誓，但是，用我們法律上的習慣用語來說，「憑你的良心」發誓，爾後又不履行，那就是僞誓。歐里庇得斯說得很妙：

「我的嘴起了誓，我的心卻沒有起誓。」

但雷古盧斯則無權用僞誓來破壞與敵人達成的戰爭條約與協定。因爲我們是在同合法的、公開宣戰的敵人作戰；而且，爲了規約我們與這種敵人的關係，我們有自己完備的關於宣戰和締結和約的法典，以及其他許多對各國都有約束力的法律。要不然，元老院絕不會把一些傑出的羅馬人縛交給敵人。

三十

然而過去確實發生過那種事情。提圖斯・維圖利烏斯和斯普利烏斯・波斯圖彌烏斯，在他們做第二任執政官時，在考迪翁戰役中敗北，我們的軍團被迫在軛門下通過。㊹這兩位將軍因爲沒有得到人民和元老院的同意就同薩謨奈人媾和，所以被縛交給薩謨奈人。而且，同時被縛交的還有平民

㊹ 軛門即牛軛或用三支矛搭成的拱門，從軛門下通過表示認輸、屈服。——中譯者

護民官提比略・努米西烏斯和昆圖斯・梅利烏斯，因爲他們支持媾和。元老院這樣做是爲了廢除同薩謨奈人簽訂的和約。波斯圖彌烏斯是上述縛交行動的提議者和擁護者，儘管他自己是否也被縛交尚在爭議之中。

許多年後㊺，蓋烏斯・曼奇烏斯也有一次類似的經歷：他未經元老院許可就與努曼提亞人簽約，盧西烏斯・富利烏斯和塞克斯圖斯・阿梯利烏斯根據元老院的法令提議將他縛交給努曼提亞人，蓋烏斯・曼奇烏斯本人竟然也擁護這個提案；結果該提案通過，他被縛交給了敵人。他的行爲比昆圖斯・龐培高尙。龐培的情況與他相同，但龐培卻請求寬恕而拒絕接受那個提議。在這後一個例子中，貌似之利壓倒了道德上的正直；在前一個例子中，道德上的正直重於貌似之利。

「但是，」他們反對雷古盧斯的做法，爭辯說，「在武力脅迫下所起的誓本來就不應該有約束力。」好像一個勇敢的人會屈從於武力似的！

「那麼，既然雷古盧斯不主張釋放戰俘，他爲什麼還要回羅馬到元老院來呢？」你所批評的這一點正是他的行爲的最高尙的特徵。因爲他不願自己獨斷獨行，而是說明情況和理由，讓元老院來作判斷。要不是他的建議起了作用，那些戰俘肯定會被遣送回迦太基。假如那樣的話，他就可以留在國內，在家過安穩的日子。但是，他認爲這樣對國家不利，所以他相信，他表

㊺ 一百八十四年後，即西元前一三七年。

明自己的信仰並為之而受苦受難是符合道義的。

當他們也爭辯說凡是非常有利的事情都可以證明是符合道義的時候，他們不應當說它「可以證明是」符合道義的，而應當說它實際上就是符合道義的。因為凡是不符合道義的事情，它同時不可能是有利的；一件事情不可能僅僅是因為其有利而符合道義，但它之所以有利卻是因為它是符合道義的。

因此，從歷史上的許多不乏光彩的例子中，我們很難找出一個比雷古盧斯的行為更值得稱讚或更英勇的例子。

三十一

但在雷古盧斯的那整個如此值得稱讚的行為中，最值得我們欽佩的是以下這一點：正是他提議不要釋放戰俘。因為他返回迦太基這一事實在我們今天看來似乎是值得欽佩的，但在那個時代，他則別無選擇。所以，這一點應當歸功於時代，不應當歸功於人。因為我們的祖先有這樣一種看法，即認為在保證誠信方面，沒有什麼比誓言具有更有效的約束力了。十二表法、「神聖」法㊻，甚至對敵人也發誓講誠信的條約、監察官們所作的調查和他們所給予的懲罰，都清楚地證明了這一點；

㊻ 按照費斯圖斯（Festus）的說法，「神聖」法是這樣一種法律：它使犯法者及其家人和財產被某個神所詛咒；其他權威人士則認為該詞只指在聖山上制定的法律（西元前三九四年）。

因爲我們的祖先過去在處理案件時，常常對違誓案作出最嚴厲的判決。

平民護民官馬爾庫斯・龐波尼烏斯曾指控奧魯斯的兒子盧西烏斯・曼利烏斯在他任獨裁官期滿後又將其任期延長了幾天。另外，他還指控他將自己的兒子提圖斯（後來外號叫作「托誇圖斯」㊼）放逐到荒郊野外，要他過與世隔絕的生活。當提圖斯（他當時是一個年輕人）聽說他的父親因爲他的緣故而遇到麻煩時，他急忙趕回羅馬（故事就是這樣說的），一大早就來到龐波尼烏斯的家。有人向龐波尼烏斯報告提圖斯來訪。因爲龐波尼烏斯以爲怒氣衝衝的提圖斯是想向他提供用來反對其父親的新證據，所以他就起床，叫房間裡的人都出去，傳這位年輕人進來。提圖斯一進房間就拔出劍，並揚言說，如果龐波尼烏斯不發誓撤回對他父親的起訴，他就立刻將他殺死。龐波尼烏斯看到這一陣勢，嚇得不敢違抗，只好發誓。事後，他向平民們報告了這件事，說明他不得不放棄此案的原因，撤回了對曼利烏斯的起訴。那個時代就是這樣，非常重視誓言的神聖性。

在阿尼奧戰役中，有一個高盧人向一個羅馬小夥子挑戰，要求與他決鬥，結果這個小夥子殺死了那個高盧人，摘取了他的項圈，並因此而獲得外號。這個小夥子就是提圖斯・曼利烏斯。後來，他做第三任執政官時，在維色瑞斯戰役中擊敗並趕跑了拉丁人。他是一個絕頂偉大的人。他對父親非常孝順，但對自己的兒子卻很苛嚴。

㊼「托誇圖斯」（Torquatus）的意思是「戴著項圈的」。關於這個外號的由來，請見下文。——中譯者

三十二

像雷古盧斯因信守自己的誓言而應當受到稱讚一樣，坎尼戰役後漢尼拔有條件地釋放並派往元老院的那十個人，如果他們眞的沒有返回的話，那麼就應當受到譴責，因爲他們曾發過誓，如果換俘問題談不成功，他們就一定返回敵營。關於他們後來是否返回，歷史學家們眾說紛紜。波呂比烏斯是最有權威的歷史學家之一，他說在當時被派來的十個著名的貴族中有九人，因元老院不同意換俘而沒有完成其使命，就返回了。但這十人中有一人卻在羅馬留了下來。這個人曾在離開敵營後不久又折回了敵營，佯稱忘了帶某件東西；於是，他就解釋說，他已經回過營，履行了諾言，因此以前所發的誓對他來說已經失效。他錯了，因爲欺騙不但不能免除違誓罪，而且還罪加一等。因此，他的那種厚顏無恥的狡詐只是一種貌似精明的愚蠢。所以元老院下令，將這個狡猾的壞蛋縛交給漢尼拔。

不過，這個故事最有意義的部分是：漢尼拔手裡的八千個俘虜既不是他在戰場上擒獲的，也不是因爲他們貪生怕死逃離戰場而被俘的，而是執政官保盧斯和瓦羅將他們留在營地而被俘的。儘管本來用一小筆錢就可以把這些人贖回來，但元老院提議不贖他們，目的是爲了讓我們的士兵牢牢地記住這一教訓：他們必須不成功便成仁。據波呂比烏斯說，漢尼拔聽到這一消息後完全喪失了信心，因爲元老院和羅馬人民在遭受慘敗時仍表現出如此高昂的鬥志。因此，道德上的正直勝過貌似之利。

但是，用希臘文撰寫羅馬史的作者蓋烏斯・阿基利烏斯則說，離開敵營後不久馬上又折回去的有好幾個人，他們都想用這種詭計使自己逃避履行誓言的義務，結果他們每個人身上都被監察官烙上了可恥的印記。

讓我們把以上這番話當作是這個論題的結束語吧。因爲很顯然，懷著一種怯懦的、卑劣的、沮喪的心情所做出的行爲（假如雷古盧斯的關於釋俘的建議受其個人的貌似之利的影響，他希望自己留在國內而不顧國家的利益，那麼他的行爲就是這種行爲）是不可能有利的，因爲它們是可恥的、不光彩的和不道德的。

三十三

我們最後要談的是第四種道德上的正直，它包括恰當、溫和、節制、自律和克己。

任何事情，如果違背這樣一些美德，怎麼能夠有利呢？但是昔蘭尼學派（即亞里斯蒂普斯學派的追隨者）和以安尼克里斯作爲自己學派的名字的那些哲學家卻斷言一切善皆在於快樂，並且認爲美德之所以值得稱讚只是因爲它是快樂的產物。現在這些學派已經過時，伊壁鳩魯開始流行——實際上他所擁護和支持的是同一種學說。如果我們要想維護和堅持我們的道德上的正直的準則，我們就必須像俗話所說的那樣，「全力以赴」地與這種哲學鬥爭到底。

因爲如果，像我們在梅特羅多魯斯[48]的著作中所看到的那樣，不但利，而且還有人生的幸福，

---

[48] 梅特羅多魯斯（Metrodorus，西元前三三〇—前二七七年）：伊壁鳩魯最傑出的弟子。——中譯者

完全有賴於一種強健的體質和關於體質將始終保持強健的、合理的期望，那麼，那種利——並且，他們稱之爲至高無上的利——肯定會與道德上的正直發生衝突。因爲，首先，在那個體系中智慧處於什麼地位呢？從每一可能的來源中搜羅快樂的那種收集者的地位嗎？一種美德，卻要迎合感官上的快樂，它處於一種多麼可悲的奴役狀態啊！而且，智慧的功能將是什麼呢？在兩種感官上的快樂之間作機巧的選擇嗎？就算可能沒有什麼比這種選擇更令人愉悅的了，但試想，對於智慧來說，還有什麼比這種作用更卑賤的呢？

另外，假如有人認爲痛苦是最大的惡，那麼堅忍（它只是不在乎艱辛和痛苦）在他的哲學中具有什麼地位呢？因爲，儘管伊壁鳩魯時常非常有男子漢氣魄地說到痛苦，我們還是不應當考慮他說些什麼，而應當考慮，一個用快樂來定義善、用痛苦來定義惡的人，他一貫主張的是什麼。

還有，假如我願意聆聽他的教誨的話，我就會發現，他常常大談節制和克己。但像人們所說的那樣，「水不會流動」㊾。因爲他把快樂看作是最大的善，他還怎麼能讚美克己呢？因爲克己是情欲的敵人，而情欲則是快樂的婢女。

然而，談到這三種主要美德時，那些哲學家就儘量設法應付，而且還應付得相當巧妙。他們把智慧當作提供快樂和消除痛苦的知識納入他們的體系。他們還用某種方法爲堅忍掃清道路以適合於

㊾ 這是拉丁文的一句俗語，意為事情不順利。——中譯者

他們的學說；他們教導說，堅忍是漠視死亡和忍受痛苦的一種合理的方法。他們甚至把節制也引入他們的體系（當然，這很不容易，但他們還是盡自己最大的努力將它引進了），因爲他們認爲最大的快樂就在於沒有痛苦。在他們的學說中，公正則步履蹣跚，或者更確切地說，已經趴在了地上。所有那些在社會生活和人類社會的夥伴關係中都能看到的美德也是如此。因爲，無論是友誼，還是善良、慷慨、謙恭，如果人們不是因爲這些美德本身的價值而去追求，而是爲了感官上的快樂或個人私利而加以培養，那麼它們都不可能存在。

現在讓我們作一扼要的重述。

正像我已指出那種違背道德上的正直的利並不是利一樣，我堅持認爲所有感官上的快樂都是違背道德上的正直的。因此，在我看來，卡利豐和狄諾馬庫斯應該受到強烈的譴責。他們以爲把快樂與道德上的正直結合在一起就可以解決這一爭端。這就好像把一個人與一個禽獸結合在一起！但道德上的正直拒絕這種結合。她厭惡它、鄙視它。當然了，至高無上的善應當是單純的，它不可能是一種具有各種完全相反的特性的混合物。但是這一理論我已經在另一部著作中作了比較充分的論述，因爲這個問題是個大問題。現在還是讓我們言歸正傳。

然後，我詳細討論了貌似之利與道德上的正直發生衝突時應如何作決定的問題。雖然另一方面有人斷言快樂也可以有一種利的外觀，但它與道德上的正直之間仍然不可能有相同之處。因爲，即使我們盡可能最慷慨地允許快樂進入我們的生活，我們也會承認，它也許會給生活增添一些情趣，但它肯定不能提供眞正的利。

我的兒子，馬爾庫斯，這篇東西是你父親送給你的禮物。我認爲這是一份厚禮。但它的價値將取決於你接受它的態度。所以，你，請容許我打個譬喻，應當和你聽克拉蒂帕斯講學所做的筆記一道，把我論責任的這三卷當作客人來歡迎。此外，正像假如我來到了雅典（當時我已啓程赴雅典，要不是國家以毋庸置疑的口氣將我半路召回，現在我應該已經在那裡了），你也會時常傾聽我的談話一樣，請你用盡可能多的時間閱讀這幾卷文章，因爲它們會向你傳達我的心聲；而且對於它們，你願意研讀多長時間就能研讀多長時間。當我看到你樂於研究這一哲學分支時，我將與你進一步面談（我希望我們能早日見面㊿），但如果那時你仍在國外，那就只好用書信的形式和你筆談了。

再見了，我親愛的馬爾庫斯。你知道，你是我最鍾愛的人，如果你樂於接受這種勸告和教誨，我將更加愛你。

㊿ 但是西塞羅後來再也沒有見到過他的兒子。

人名索引

（本索引中的「老」「友」「責」分別代表《論老年》《論友誼》《論責任》）

經典名著文庫 141
論老年・論友誼・論責任

作　　者 —— 西塞羅（Marcus Tullius Cicero）
譯　　者 —— 徐奕春
發 行 人 —— 楊榮川
總 經 理 —— 楊士清
總 編 輯 —— 楊秀麗
文庫策劃 —— 楊榮川
副總編輯 —— 黃惠娟
責任編輯 —— 陳巧慈
封面設計 —— 姚孝慈
著者繪像 —— 莊河源
出 版 者 —— 五南圖書出版股份有限公司
地　　址 —— 台北市大安區 106 和平東路二段 339 號 4 樓
電　　話 —— 02-27055066（代表號）
傳　　眞 —— 02-27066100
劃撥帳號 —— 01068953
戶　　名 —— 五南圖書出版股份有限公司
網　　址 —— https://www.wunan.com.tw
電子郵件 —— wunan@wunan.com.tw
法律顧問 —— 林勝安律師
出版日期 —— 2021 年 8 月初版一刷
2023 年 3 月二版一刷
定　　價 —— 450 元

國家圖書館出版品預行編目資料

論老年．論友誼．論責任 / 西塞羅著；徐奕春譯．-- 二版 -- 臺北市：五南圖書出版股份有限公司，2023.03
面；公分
ISBN 978-626-343-921-4(平裝)

871.5　　112003432